Grenzgängerinnen der Moderne

Gelebte Sehnsucht
Grenzgängerinnen der Moderne

Herausgegeben von Susanne Nadolny

edition ebersbach

Bibliografische Information der Deutschen Bibliothek
Die Deutsche Bibliothek verzeichnet diese Publikation in der Deutschen Nationalbibliografie; detaillierte bibliografische Daten sind im Internet über http://dnb.ddb.de abrufbar.

1. Auflage 2005

Droysenstr. 8, 10629 Berlin
www.edition-ebersbach.de

Layout, Satz und Umschlaggestaltung: Kerstin Grundhöffer, Berlin
Druck und Bindung: Westermann Druck, Zwickau

ISBN 3-938740-01-9

Inhaltsverzeichnis

Vorwort

Leidenschaft, Mut und kreative Energie kennzeichnen die aufregenden Lebenswege der Frauen, die den Aufbruch in die Moderne wagen. Die meisten von ihnen dürften von Haus aus ideale Voraussetzungen gehabt haben, ein sorgloses und bürgerlich gesichertes Leben zu führen, doch die ihnen zugedachte Rolle als Ehefrau und Mutter ist ihnen nicht genug. Der gesamtgesellschaftliche Umbruch, der sich im ausgehenden 19. Jahrhundert vollzieht, macht das Infragestellen traditioneller Rollenzuschreibungen plötzlich nicht nur möglich, sondern unerlässlich.

Angetrieben von der Suche nach einer Alternative zu dem, was ihnen ihre Mütter vorleben, und überzeugt, dass es für Frauen in dieser Welt eine neue Lebensart geben müsse, ziehen sie es vor, ihren »goldenen Käfig« zu verlassen. Fremde Länder, deren Sprachen sie bereits sprechen, faszinieren sie. Literatur und Poesie wecken Sehnsüchte nach der großen Passion. Sie machen sich auf den Weg in ein Leben ohne Halbheiten und Kompromisse, ohne Anpassung und Mittelmaß, bereit zum Sprung ins Ungewisse. Viele von ihnen nutzen die Ehe als Sprungbrett in ein freieres, unabhängigeres Leben, verlassen ihre Männer aber wieder, wenn diese Ehe in bedrückender Enge und aussichtsloser Langeweile zu erstarren droht. Ganz bewusst beschreiten sie neue Wege und schaffen sich, allen Widerständen und Misserfolgen zum Trotz, kreative Freiräume. In radikaler Ablehnung gesellschaftlicher, moralischer und oftmals auch ästhetischer Konventionen beginnen sie, die Grenzen ihrer neugewonnenen Freiheit auszuloten, mitunter auch zu überschreiten. Sie rauchen Zigarre, fahren schnelle Autos, lieben Männer und Frauen, posieren nackt. Engagiert streiten sie für die Gleichberechtigung, für Unabhängigkeit und Pazifismus. Sie wechseln Land, Sprache, Partner, Beruf, den sie sich nicht nur suchen, sondern auch noch selbst erfinden müssen. Neben ihrer Schriftstellerei sind sie Journalistinnen, Übersetzerinnen, Verlegerinnen. Sie fertigen Lampenschirme, basteln Halsketten für die Haute Couture, entwerfen Bühnenbilder. Wenn's sein muss, sind sie auch Landarbeiterin, Hausangestellte oder Chauffeurin. Sie werden gefeiert als »Prototypen der neuen Frau«, »Ikonen der Moderne« oder »befreite Avantgardistinnen«, umschwärmt von den berühmtesten Malern und Literaten ihrer Zeit, verewigt in der Kunst. Das Risiko, am Ende einen hohen Preis zahlen zu müssen, nehmen sie bewusst in Kauf.

»Zum Teufel mit meiner Familie! Großer Gott, was für eine langweilige Gesellschaft«, ruft die junge **Katherine Mansfield** aus. Ihre prüde Umgebung schockt sie mit ihrer Bisexualität, doch den libertinen Lebenswandel zahlt sie mit Krankheit und frühem Tod. **Mina Loy,** von amerikanischen Zeitungen als Verkörperung der »Neuen Frau« gefeiert, ist hin- und hergerissen zwischen Mutterschaft und künstlerischen Ambitionen. Im Babybrei rührend, so gesteht sie, habe sie über neue Lebensentwürfe nachgedacht und darüber, wie sie es anstellen könne, nicht zu leben, wie es die eigene Großmutter für richtig hielt. **Dorothy Parker** macht als ebenso gnadenlose wie trinkfeste Kritikerin von sich reden. Die *selfmade* Frau gefällt den New Yorkern, die verrückt sind nach ihren Versen und respektlosen Erzählungen und dabei ihre Verletzlichkeit und suizidalen Tendenzen geflissentlich übersehen. **Annemarie Schwarzenbach,** die jüngste der Grenzgängerinnen, ist gleichwohl diejenige, die die weitesten Wege auf sich nimmt. Auf ihren Reisen, die sie bis nach Persien und Afghanistan führen, entdeckt sie das ständige Unterwegssein als die ihr einzig adäquate Lebensform. **Nancy Cunard,** Millionenerbin und Verlegerin, führt einen lebenslangen Kampf gegen die übermächtige Mutter – so angepasst an die High Society wie diese ist, so rebellisch verhält sich die Tochter dagegen. Bequem macht sie es sich dabei nie. **Claire Goll,** exzentrische Muse und Dichterin, ist vor allem daran gelegen, als »große

Liebende« in Erinnerung zu bleiben. Bissig, scharfzüngig, provokant ist sie femme fatale und Megäre, ein »Teufelsweib«, ihre Dichtungen dennoch von »erotischer Zeitlosigkeit«. Die ungestüme und lebenshungrige **Helen Hessel,** Meisterin der kurzen Form und Heldin eines gelebten Romans, der unter dem Titel *Jules und Jim* für Furore sorgt, ist sich sicher, niemand könne so lieben wie sie: »Ich finde mich weich und reich und gefährlich und ich liebe meine Genüsse und mein Leben«. Die Schriftstellerin **Elsa Triolet** schließlich ist zerrissen zwischen zwei Sprachen, findet es lächerlich, das Glück ihres Lebens auf einer Schreibmaschine aufzubauen, und tut es dennoch. Mit einem Mann müsse einen mehr verbinden als die Liebe, denkt sie, begibt sich auf die Suche und findet einen Dichter, der sie unsterblich macht. »Die Frauen sind die Zukunft der Welt«, stellt sie fest. »Ihre Kraft ist noch nicht entdeckt, aber war denn der elektrische Strom schon immer bekannt? Sie wird noch Berge versetzen, diese Kraft, diese Mischung aus Instinkt und Energie, die ganz und gar Hexerei ist, weil sie noch niemand versteht. Keine Amazonen, Frauen, wie man sie sich fraulicher kaum vorstellen kann, mit Brüsten, langen Haaren, empfindlich, sanft … und stark.«

Susanne Nadolny

Mina Loy.

Andrea Barnet

Mina Loy (1882–1966)

Das Leben hält einen großen Reichtum bereit

Im Sommer 1916 wartete eine hinreißend schöne junge Frau mit ihrer kleinen flachsblonden Tochter in einem Passbüro in Florenz. Sehr bald würde diese Frau nach New York übersiedeln und ihre neunjährige Tochter und ihren siebenjährigen Sohn in Florenz zurücklassen. Nachdem sie beide in die Obhut ihrer italienischen Nurse und in, wie sie hoffte, fähige Hände an der Englischen Schule gegeben hatte, wo sie bereits angemeldet waren, gab sie sich selbst das Versprechen, sie nicht für zu lange Zeit zu verlassen.

Sie war keine gefühllose Mutter. Sie war überzeugt davon, dass sie das Richtige tat. Sie sah sich als jemand, der zu einer ganz ungewöhnlichen Reise aufbricht, einer Art Pilgerfahrt der Seele, einem Abenteuer, das in ihrer eigenen Vorstellung – zweifellos um ihren Entschluss, die Kinder zu verlassen, vor sich selbst zu rechtfertigen – heroische Züge annahm. Sie war zu der Überzeugung gekommen, dass es eine neue Lebensart für eine Frau in dieser Welt gab, nicht weil ihr so etwas bereits begegnet war, sondern weil sie sich nicht mehr vorstellen konnte, die Einschränkungen der alten Lebensweise zu ertragen, eines Lebens, wie ihre Mutter es geführt hatte, eingeengt durch die Fesseln von Familie und Haushalt, völlig versunken in einer nicht zu beschwichtigenden Wut. Wenn sie sich auch einer Vernachlässigung ihrer Kinder schuldig gemacht haben mochte – in ihrem eigenen Bewusstsein war das zu etwas völlig anderem geworden, war es nicht Hartherzigkeit, sondern ein Akt der Verantwortung: die langsam gewonnene Erkenntnis nämlich, dass sie, um ihr Leben zu verändern, einem eigenen Lebensentwurf folgen musste. Sie wollte nicht länger nur ein Opfer der Verhältnisse sein.

Keine Frage, dass ihr die Trennung von den Kindern nahe ging. Sie spürte, wie sich ihr die Kehle zusammenschnürte. »Ich muss davonlaufen vor diesem Gefühl.«[1] Sie riss sich zusammen, entschlossen, sich ihren Zweifeln nicht auszusetzen.

Stephen, ihr Ehemann, hatte Florenz bereits im Jahr zuvor mit einer Geliebten verlassen, und das war das Letzte, was sie von ihm gehört hatte.

Den ganzen Sommer über hatte Mina Pläne gemacht, sich fabelhafte Möglichkeiten zusammengeträumt, wie sie ihren Unterhalt verdienen würde, sobald sie in New York war: zum Beispiel mit Hutkreationen und Titelentwürfen für Modezeitschriften, die sie dem *Vogue*-Magazin verkaufen wollte, oder durch Modeentwürfe für Couture-Kleidung, mit denen sie Förderer auf sich aufmerksam machen würde.

Sie hatte Van Vechten, einem amerikanischen Freund, auch laufend ihre neuen Gedichte zugesandt, in der Hoffnung, dass amerikanische Leser aufgeschlossener dafür waren als die Engländer. »Ich bin überzeugt«, schrieb sie ihm in einem Brief, »dass die amerikanische Kunst uns mehr an ›befriedigendem Sex‹ vermittelt.«[2] Van Vechten hatte bereits einige ihrer 34 dissonanten Gedichte aus der mit *Love Songs* betitelten Folge in der neuen Avantgarde-Literaturzeitschrift *Others* untergebracht, die Alfred Kreymborg herausgab. Mina war überrascht gewesen, dass sie einen kleineren Literaturskandal hervorgerufen hatten. Hämischen Kritikern habe es »geschaudert« ob der deutlichen Sexualität ihres Themas, und sie hätten über das Fehlen von Interpunktionszeichen und die kühne Anordnung ihrer Gedichtzeilen gespöttelt.[3] Wichtigtuer verglichen sie mit Isadora Duncan, der entfesselten Pionierin des modernen Tanzes, und machten sich über den »isadorischen« Überschwang ihrer Verse lustig.[4] Andere bezeichneten ihre dichterische Arbeit als »ins Kraut geschossenen Erotizismus«, wieder andere als »pure Pornographie«, wie van Vechten belustigt mitteilte.[5]

Dennoch, als Van Vechten bei ihr anfragte, ob sie ihm nicht vielleicht »etwas ohne sexuelle Unterströmung« schicken könne, hatte Mina mit munterer Bosheit geantwortet. Sie habe keine andere Wahl, als bei ihrer Richtung zu bleiben. Sie kenne nichts als das Leben – und das ließe sich im allgemeinen auf Sex zurückführen. Außerdem habe sie das sichere Gefühl, »dass das Leben einen größeren Reichtum für uns bereithält – wenn wir uns nur ganz darauf einlassen ... Uns Modernen bleibt wohl kaum irgendein Winkel der Seele verborgen.«[6]

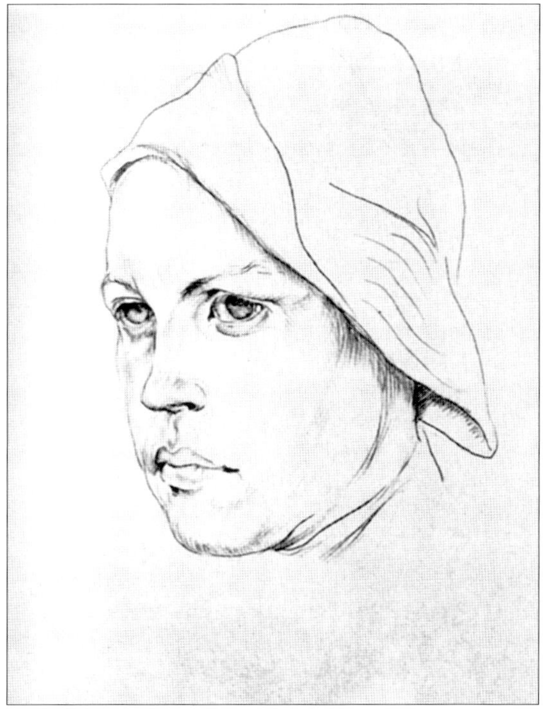

Minas Zeichnung von Carl von Vechten, 1913.

Als Mina Loy den Frühzug nach Neapel bestieg, um nach Amerika aufzubrechen, wusste sie noch nicht, konnte es nicht wissen, dass in dem »modernen Selbstexperiment«, wie sie es gerade begonnen hatte, Einsamkeit der Preis war, den sie zu zahlen hatte, wenn sie ihre Vorstellungen verwirklichen wollte.

Mina Loy fiel immer auf: Sie war groß und gertenschlank, ein strahlendes Geschöpf mit feingeschnittenen Gesichtszügen, fließendem rabenschwarzen Haar, das sie zu einem modischen Knoten geschlungen hatte, und einem messerscharfen Verstand, hinter dem sie ihre vielen Momente der Verzweiflung verbarg. Obgleich sie in maßgebenden internationalen Kreisen verkehrte, mit vielen Freundschaften pflegte – von Gertrude Stein bis zu Djuna Barnes, James Joyce und Brancusi – und obgleich sie in den Zwanzigerjahren sehr bekannt war und ihre Gedichte in jeder Avantgarde-Zeitschrift der Epoche erschienen, war Minas »Pilgerfahrt« nie einfach. Ob sie vom viktorianischen London in das Paris des *fin de siècle* wechselte, von da ins futuristische Florenz und dann in das Greenwich Village der Bohème, ins revolutionäre Mexiko und wieder zurück nach Amerika – überall blieb sie eine Exilantin. Im Laufe der Zeit hatte sie vier Kinder, zwei Ehemänner und mehrere herzzerreißende Liebesaffären. Als sie schließlich erkannte, dass die Liebe alles übrige verschlang, versuchte sie ihr Liebesbedürfnis zu zerstören.

Im Laufe ihrer 84 Lebensjahre spielte Mina Loy viele verschiedene Rollen: Sie war Malerin, Dichterin, Schauspielerin, Stückeschreiberin, Designerin, Konzept-Künstlerin und eine ambivalente Mutter. In ihrer polyglotten Identität spiegelten sich »die Selbstverwirklichungsstrategien« einer neuen Art Frau, die experimentellen Formen eines Lebens, das sich, fortschreitend, immer neu erfand. Es war ein Leben in ständiger Veränderung, wie ihre Lyrik, voller ironischer Seitenbewegungen und plötzlicher Unterbrechungen, voll sexueller Dissonanz und listiger Ausflüchte – nicht vorhersagbar und gewiss nicht »sicher«. Obgleich Mina, ganz

Mina Loy, ein strahlendes Geschöpf mit feingeschnittenen Gesichtszügen.

wie sie es beabsichtigt hatte, eine Alternative zu der erstickenden Enge von Ehe und Häuslichkeit fand, wurde ihr auch klar, dass es schwieriger war, mit der Freiheit zu leben, als sie zu erringen, dass Verstrickungen unvermeidlich waren. Um ihnen zu entrinnen, würde es nötig sein, immer in Bewegung zu bleiben, ihr altes Leben immer wieder »unterzupflügen«.

Mina Loy, 1882 in London geboren, hatte eine Vorliebe für Kunst und zeichnete gern, trotz aller Anstrengungen sie davon abzuhalten. In dem engstirnigen, klassenbewussten Milieu des Edwardian London galt es immer noch als nicht *ladylike* für eine Frau zu arbeiten. Mina wurde nicht erlaubt, die Kunstschule zu besuchen, man hätte daraus schließen können, dass ihr Vater nicht für sie aufkommen konnte oder dass sie »eheuntauglich« war. Immerhin erlaubten ihr die Eltern, wenn auch widerwillig, in München Malerei zu studieren.

Als sie zwei Jahre später wieder in London war, lernte sie den mittelmäßigen, immer verschuldeten Kunststudenten Stephen Haweis kennen. Als sie einen Monat später entsetzt feststellte, dass sie schwanger war, nahm sie Stephens Angebot einer »platonischen Verbindung« an, um den elterlichen Repressionen auszuweichen. Mit 21 war Mina also im vierten Monat schwanger und unglücklich verheiratet. Das Paar zog nach Paris und trotz Minas schwankendem Gemütszustand malte sie weiter und stellte sechs Aquarelle im Herbstsalon von 1903 aus. Als das Kind ein Jahr später an Meningitis starb, war sie untröstlich.

Bereits zerstritten, zog das Paar nach Florenz. Die meiste Zeit lebten sie und Stephen jedoch getrennt, er mit einer Geliebten, sie allein, mit gelegentlichen Liebhabern.

Mina bekam zwei weitere Kinder, Joella im Jahr 1907 und Giles 1908. Joellas Vater war der französische Arzt Henry Joel Le Savoureux, der Minas Depression nach dem Tod ihres ersten Babys behandelt hatte. Haweis bestand jedoch darauf, dass auch Joella sein Kind war.

Nahezu begraben unter der doppelten Last von Mutterschaft und künstlerischen Ambitionen, schwankte Mina zwischen Überschwang und Verzweiflung, aktivem Widerstand und teilnahmsloser Passivität, arbeitete aber weiter.

> »Meine Lebensentwürfe entstanden, während ich auf einem Spirituskocher im Babybrei rührte – und meine besten Zeichnungen hinter einem Ofen, der umgeben war von einer Wäscheleine voller Kinderkleidung, die zum Trocknen aufgehängt war.«[7]

Joella und Giles in Florenz, 1911.

An guten Tagen ging sie pfeifend und Zigaretten rauchend durch die Straßen, malte und entwarf neue Kleider. An schlechten Tagen schloss sie sich in ihrem Haus ein und blieb im Bett.

Erst als sie der betörenden Mabel Dodge begegnete, hellte sich ihr Leben auf. »Mabel«, bemerkte Mina, »hatte eine Art, der allerneuesten und noch so strengen Philosophie einen lasterhaften Zug und eine gewisse Schlüpfrigkeit zu verleihen«.[8] Mabel versorgte sie mit Büchern über Freud und Bergson, über Buddhismus und Madame Blavatsky, Telepathie und Tarot. Sie machte sie mit Gertrude Stein bekannt und mit einer bunten Schar von New Yorkern, die durch ihre Villa zogen: Hutchin Hapgood, Carl Van Vechten und den glamourösen John Reed.

Letztlich aber wurde Minas Übertritt vom *fin de siècle* zur Moderne dadurch bewirkt, dass sie sich auf den Futurismus und seinen raubeinigen und überragenden Anführer, Filippe Marinetti, einließ, der sich selbst als das »Koffein-Kristall Europas« bezeichnete. Der Futurismus, eine zündende Weltanschauung, deren Ziel auch der Umsturz der klassischen Kunsttradition war, hatte sich unter der Ägide ihres Chefideologen Marinetti, der überall theatralische Happenings inszenierte, über ganz Italien ausgebreitet. Marinetti predigte eine neue dynamische Kunst, die die »Stahlhärte und das Fieber und das Tempo der Moderne verkörperte«.[9]

Stephen Haweis, einer der Irrtümer in Mina Loys Leben.

Solch provokante Worte trafen genau in Minas eigenen Aufruhr. Einerseits war sie überrascht, wie sie durch »diesen bombastischen Superman« zu beeindrucken war, andererseits war sie von seiner ausschweifenden Theatralik fasziniert.[10] Als sie eines Abends einem großartigen Spektakel beiwohnte, bei dem Marinetti in Aktion eine verärgerte und nörgelnde Menge von Florentinern wie durch Magie zum Schweigen brachte, fühlte sie sich wie nach zwei Wochen am Meer.[11] Bei aller Selbstdarstellung und wuterregender Hybris war da eine Energie in Marinetti, die sie magnetisch anzog.

Auch Marinettis Prosa-Experimente erregten schließlich ihre Aufmerksamkeit. Gefesselt von der Vorstellung, dass die traditionelle Satzstruktur durch »die bizarren Rhythmen der Imagination« ersetzt werden könnten, wie Marinetti es formulierte, fing Mina selbst an, eine Reihe solcher aphoristischer Notate zu komponieren – ihr erster Schreibversuch. Das Ergebnis, das sie »Aphorismen zum Futurismus« betitelte, war eine Liste von 51 Regeln, nach denen sie nun zu leben versuchte.

Später schrieb Mina dem charismatischen Marinetti zu, er habe ihrem »Leben allein durch den Kontakt mit seiner überbordenden Vitalität zwanzig Jahre hinzugefügt«.[12] Marinetti hatte sie ermutigt, ihr Leben und ihre Arbeit ernster zu nehmen.

Filippo Tommaso Marinetti, Futurist und Weltverbesserer, 1910.

Dennoch strebte die Affäre mit Marinetti bald ihrem Ende zu. In diesem Juni – im Jahr 1914; Mina war 32 Jahre alt – sah Mina sich zum ersten Mal gedruckt: *Aphorismen über den Futurismus*, die Mabel an Alfred Stieglitz geschickt hatte, erschienen in der New Yorker Avantgarde-Vierteljahreszeitschrift *Camera-Works* und erregten mehr Aufmerksamkeit als Texte von Gertrude Stein, die ebenfalls dort gedruckt wurden.

Marinettis aufmerksames Interesse an Mina war inzwischen so gut wie erloschen. Die Möglichkeit, dass Italien in den Krieg eintreten könnte, nahm ihn völlig in Anspruch. Mina erlitt einen Nervenzusammenbruch und verbrachte sieben Wochen im Bett. »Auch wenn die alten Werte nicht mehr gelten und meine Wurzeln gewissermaßen als Experiment – unter feinsten und fürchterlichen Qualen ausgerissen wurden«, schrieb sie in einem Brief an ihre Freundin Mabel Dodge, sei ihr neues Leben »interessant«.

Als Antwort auf Marinettis Frauenfeindlichkeit – er fand Frauen in Charakter und Intellekt den Männern unterlegen und sie verkörperten für ihn als »femmes fatales« oder Madonnen lediglich die »amore«, die den Mann fesselte – ging Mina daran, ein feministisches Manifest zu verfassen, »eine vollständige Re-Systematisierung der Frauenfrage« wie sie es nannte.[13]

»Hört auf, euch mit Männern zu vergleichen, um zu wissen, was Ihr nicht seid«, sagte sie, »bemüht euch in euch selbst herauszufinden, was Ihr seid. So wie die Dinge jetzt liegen, … habt Ihr die Chance zum Parasitentum, zur Prostitution oder zur Negation.«

Die fälschliche Annahme, der Wert der Frau sei »identisch mit ihrer physischen Reinheit«, fuhr sie fort, sei ein zu bequemer Rückhalt. Er mache Frauen »lethargisch« bei dem Bemühen, einen eigenen Charakter auszubilden. Die Ratschläge, die Mina im weiteren anbot, umfassten auch die chirurgische Beseitigung der Jungfräulichkeit in der Pubertät, das Recht auf sexuelle Erfahrungen und Mutterschaft – gleichgültig ob innerhalb einer Ehe oder außerhalb.

Die Frau müsse den Wunsch, geliebt zu werden, in sich zerstören. Sex oder die sogenannte Liebe müssten befreit werden von Vorstellungen wie Ehre, Kummer, Sentimentalität, Stolz und folgerichtig auch Eifersucht. Erst dann würden Frauen in der Lage sein, sich dem Leben mit Neugier zu stellen.[14]

Trotz ihrer sprunghaften Stimmungsumschwünge schrieb Mina weiter. Mabel hatte sie gedrängt, so schnell wie möglich nach New York zu kommen. Aber es gab niemanden, der in Italien ihre Kinder übernehmen würde. »Ich möchte gern als Designerin arbeiten«, schrieb Mina. »Ich hoffe sehr, dass die Familiendinge sich so arrangieren lassen, dass ich nach New York kommen kann.«[15]

Schließlich, Ende 1916, erklärte die Nanny – wenn auch widerwillig – ihre Bereitschaft, bei den Kindern zu bleiben. Endlich war Mina auf ihrem eigenen Weg. Ihr Ruf als eine »Radikale des *vers libre*« war ihr vorausgegangen, wie Mina bald feststellte. Van Vechten hatte ihr scherzhaft über den Schock des Kritikers ob »der Nonchalance, mit der sie die Geheimnisse des Sex enthüllte«, geschrieben, nachdem ihr sardonisches Gedicht *Pig Cupido* in der ersten Ausgabe von *Others* erschienen war, aber er hatte ihr nicht erzählt, dass ihre Anrufung der Fleischeslust und -liebe ihr einen Ehrenplatz in der Unterwelt-Bohème eingetragen hatte.[16]

Alfred Kreymborg, den sie jetzt persönlich kennen lernte, hieß sie sofort in seinem Kreis willkommen, zu dem Man Ray, William Carlos Williams, Marianne Moore und die wohlhabenden Kunstmäzene Walter und Louise Arensberg gehörten, die *Others* finanziell unterstützten.

Vier Monate später wurde Mina von einem Reporter der *New York Sun* als die Verkörperung der »Neuen Frau« porträtiert. Unter ihrem Foto war zu lesen: »Wenn sie nicht die moderne Frau ist – wer dann, bitteschön?«[17]

Der Artikel zählte ihre Referenzen als »Moderne« auf, wozu gehörte, dass sie *vers libre* schrieb, Lampenschirme entwarf, ihre Kleider selbst herstellte, Schauspielerin war, für Zeitschriften illustrierte und Bühnenbilder schuf. Aber – wie genau lebte man als eine »Moderne«, wurde Mina gefragt. Ihre Antwort: »Nicht zu leben, wie die eigene Großmutter es für richtig hielt. Die moderne Frau stürzt sich auf das Leben und erlaubt sich ihre eigenen Gefühle zu haben.«[18]

New Yorker Apartment von Louise und Walter Arensberg.

Inzwischen verbrachte Mina nahezu jeden Abend im Haus von Walter und Louise Arensberg, dem Ehepaar, das Mina später »als die kultiviertesten Leute, die ich je gekannt habe«[19] bezeichnete. Fast über Nacht war der Salon der Arensbergs zu einem Mittelpunkt alles Neuen geworden, zum inoffiziellen Clubhaus eines dicht miteinander verstrickten Kreises von Schriftstellern und Künstlern und zu einer kosmopolitischen Mischung aus Europäern und Amerikanern, die zur Moderne gehörten und allnächtlich zusammentrafen, um sich Neuigkeiten zu erzählen und zu flirten, Schach zu spielen und gegenseitig ihre Träume zu analysieren. Walter Arensberg, selbst ein Dichter und ein Förderer der Literatur, schrieb Gedichte, entschlüsselte abgelegene literarische Texte und finanzierte, wie Mabel Dodge, Avantgarde-Zeitschriften, unter anderen *Rogue* und die kurzlebige *Others*. Aber Arensberg liebte und sammelte auch Kunst. Zu der Zeit, als Mina ihm begegnete, hatte er bereits eine der frühesten und abenteuerlichsten Sammlungen moderner Kunst in New York zusammengetragen. Die über fünf Meter hohen Wände seiner eleganten, durch zwei Stockwerke führenden Wohnung in der West 67th Street waren dicht behängt mit Werken von Cézanne und Matisse, Braque und Picasso. Und Arensberg sammelte Künstler fast so begierig wie deren Werke. Jahrelang unterstützte er Marcel Duchamp nicht nur, indem er seine Miete zahlte und ihn mit seiner Gastfreundschaft aufs Üppigste verwöhnte, sondern auch, indem er alle seine Arbeiten kaufte.

Die Abende bei den Arensbergs waren legendär. Hors d'oeuvres und Whisky gab es in Hülle und Fülle.

»Wir waren kaum angekommen«, erinnert sich Gabrielle Buffet-Picabia, »da gehörten wir auch schon zu einer bunten Clique, die die Nacht zum Tage machte, Kriegsverweigerer aller Nationalitäten ..., die in einer unvorstellbaren Orgie aus Sexualität, Jazz und Alkohol lebte.«[20]

Mina Loy bewegte sich gern in der weltläufigen und bilderstürmerischen Gesellschaft der Arensbergs und fühlte sich nicht nur zu dem Zirkel französischer Freunde hingezogen – Marcel Duchamp, Francis und Gabrielle Picabia, Albert Gleizes und seiner Frau Juliette Roche, dem Romancier und Diplomaten Henri Roche – sondern auch zu den Amerikanern, die sie jetzt kennen lernte: den Dichtern Wallace Stevens und William Carlos Williams, der geistreichen Louise Norton, die unter dem Pseudonym *dame rogue* schrieb, den Künstlern Beatrice Wood, Man Ray, Clare Tice und der Baroness Elsa von Freytag-Loringhoven, eine ausgewiesene Exzentrikerin.

Für Mina gab es neben dem Liebeskarussell bei den Arensbergs, das sie beobachtete und in sarkastischem Ton in ihrem Tagebuch schilderte, noch andere, tiefergehende Ablenkungen. Das Jahr 1917 sollte für sie durch die Ankunft eines Neulings im Arensberg-Kreis, des Boxer-Dichters und Dadaisten Arthur Cravan, für immer ein Höhepunkt ihres Lebens sein.

Der als Fabien Lloyd 1887 geborene Cravan, ein Provokateur von legendären Ausmaßen, war damals schon eine wohlbekannte Figur in europäischen Kreisen, ein Flüchtling, Fälscher und Meister der Verstellung, der so jahrelang dem Militärdienst entkommen war. Er war sehr groß, von attraktivem Äußeren und besaß ein

Fassungsvermögen für Alkohol, das nahezu seinem Vergnügen an Skandalen entsprach. Er behauptete, unter anderem, ein Neffe Oscar Wildes zu sein. In Paris war er mit der Avantgarde wohlvertraut gewesen, wurde auf Bällen an der Seite des Malers Delaunay gesehen, Tango tanzend in grellbunter Kostümierung oder auch in einem schwarzen Hemd mit Ausschnitten, durch die man rot auf seine Brust gekritzelte obszöne Szenen betrachten konnte. In Berlin war der Kraftprotz mit vier Prostituierten auf den Schultern durch die Straßen gezogen. Sein eigentliches Metier war die Selbstinszenierung, wobei er sich als Schriftsteller so kämpferisch gab wie im Ring. Wenn sein Name vor einem Boxkampf angekündigt wurde, sprang er von seinem Stuhl im Ring auf und führte sich selbst voller Stolz als »Hoteldieb, Maultiertreiber, Schlangenbeschwörer, Chauffeur ... Matrose, Goldsucher und Dichter mit dem kürzesten Haarschnitt der Welt« [21] ein.

Cravan gab eine Zeitschrift heraus, die sich einzig und allein mit seiner eigenen literarischen Produktion befasste und die er von einem Schubkarren aus verkaufte. Dann hielt er bombastische Reden an Gleichgesinnte und gab gesellschaftsfeindliche Ratschläge, wobei er sich, wo immer er konnte, der physischen Überlegenheit rühmte. »Fickt soviel ihr könnt oder macht ein hartes Training«, schrieb er. »Wenn der Umfang Eures Oberarms 48 Zentimeter misst, dann habt ihr Talent.«[22] Einmal kündigte er einen Vortrag an, den er »zur Freude der Damen« bekleidet mit einem Sportsuspensorium halten und dabei »seine Eier auf den Tisch legen« werde. Er versprach, am Ende seiner Rede Selbstmord zu begehen. Die ausverkaufte Halle war brechend voll. Aber statt sich umzubringen, sprach er über Victor Hugo.

Anfang Mai 1917 hatte der Arensberg-Kreis die letzte Veranstaltung der Saison geplant: *The Blind Man's Ball*, eine Party zu Ehren eines neuen kleinen Magazins, das von Duchamp, Roche und Beatrice Wood zusammen herausgegeben wurde und zu dem Mina unter vielen anderen einen Beitrag geliefert hatte. Die Gäste wurden auf-

Arthur Cravan lebte im Zustand einer gewissen, von fast allem entlasteten Leichtigkeit.

gefordert, sich zu verkleiden und als Verkörperungen moderner Kunstrichtungen zu erscheinen. Die meisten erfanden eigene Schulen. Clara Tice, die berühmteste Illustratorin von *Vanity Fair*, die auch Illustrationen zu Underground-Zeitschriften wie *Rogue* beisteuerte, kam als Dampfheizung, ein Freund von ihr als hartgekochtes Ei. Duchamp erschien als Drache. Mina als Kreuzung von

Pierrot und Lampenschirm. Beatrice hatte sich als russischer Bauer verkleidet.

Die Arensbergs und ihre Freunde versammelten sich auf der Empore. Mina saß neben Duchamp, der sie gebeten hatte, ihn an diesem Abend zu begleiten. Sie tranken Champagner, machten Witze, flirteten und beobachteten den ganzen Rummel. Von oben erkannten sie Arthur Cravan, der, in ein Bettlaken gehüllt, gerade gekommen war. Um seinen Kopf hatte er ein Handtuch zu einem Turban geschlungen. Mina beobachtete, wie Cravan sich durch die Menge bewegte, einen Augenblick später sah sie ihn die Treppe heraufstolpern, auf ihren Tisch zu. Taumelnd ließ er sich neben sie in einen Sessel fallen, warf das Laken beiseite – wobei er seine ganze nackte Männlichkeit enthüllte – und schlang seinen verschwitzten Arm um Minas nackte Schulter.

»In seinen Sessel gekrümmt, waren ihm Mund und Kinn mit höhnischem Grinsen auf die Brust gesunken«, so erinnerte sie sich später in *Colossus*, ihrem kaum irgendetwas verhüllenden Schlüsselroman über ihr Leben mit Cravan, »seine unausgesprochenen Obszönitäten ließen meine gepuderte Haut gefrieren.«[23]

Abgestoßen von seinen groben Annäherungsversuchen, stand Mina auf und verschwand. Später, als sie ihm beim Weggehen noch einmal begegnete, bemerkte sie, dass er »total betrunken«[24] durch die Menge schlurfte und den Frauen ihre Telefonnummern abforderte.

Später schrieb Mina gewissermaßen entschuldigend, dass Cravan »ein Riese war, der den ganzen Zirkus in sich trug«.[25] Selbst eine Außenseiterin, hatte sie immer eine Schwäche für andere gleicher Machart empfunden; im Fall von Männern für schwierige überlebensgroße Charaktere. Cravan war da, wie sich zeigte, keine Ausnahme. Während des Frühlings merkte sie, wie sie trotz der anfänglichen Ablehnung wider alle Vernunft auf diesen merkwürdigen streitbaren Mann zuglitt. Oft vergruben sich beide in einem der tiefen Armsessel der Arensbergs und lasen im gleichen Buch.

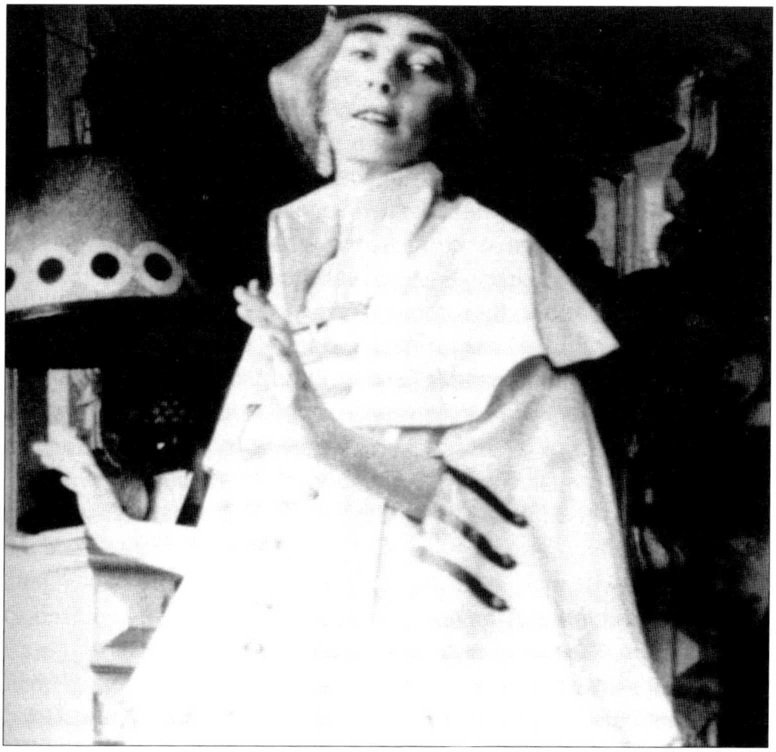

Mina Loy, verkleidet für den Blindman's Ball, 1917.

Cravan war ein Vagabund. Er lebte, sagte Mina, im Zustand »einer gewissen, von fast allem entlasteten Leichtigkeit«[26], schlief auf Parkbänken, in den Wohnungen von Freunden, auf dem Dach der Pennsylvanian Railway Station. Auf sein Drängen begannen sie die Stadt zusammen zu durchwandern, erkundeten geheime Lieblingsplätze: aufgegebene Rangierbahnhöfe, die überwucherten Ufer des Hudson, verlassene Parks bei Nacht. Was sie an ihm bewunderte, schrieb Mina, war die Fähigkeit »seine ganze Aufmerksamkeit auf ein Grasbüschel, auf die Frostglasur in einer Wagenspur«[27] zu konzentrieren. Im Verlauf der Wochen fing sie an, die Poesie dieser verlorenen Orte selbst zu empfinden, seine Hingerissenheit zu teilen. Ein zögerndes Liebeswerben begann, dem sie zu widerstehen versuchte. Sie bemühte sich, gleichgültig zu scheinen und nahm Zuflucht zu ihrem Witz. »Deine ganze Ironie ist vorgetäuscht«, sagte

Cravan eines Nachts zu ihr. »Ich habe nur den einzigen Wunsch, so ungeheuer zärtlich zu dir zu sein, dass du ganz ohne Ironie lächelst.«[28]

Mina stellte fest, dass sie sich gegen ihren Willen mehr und mehr in ihn verliebte. Sie fragte sich, ob er sie nicht nur zu seinem Vorteil austricksen wollte. »Es kam mir in den Sinn«, schrieb sie in sarkastischer Distanziertheit, »dass, wenn ich bei jeder Gelegenheit genau das Gegenteil von dem sagen würde, was ich denke, sich Colossus dann in einer ähnlich fixierten psychologischen Situation befände wie jede Frau.«[29]

Aber je mehr sie sich gegeneinander wehrten, in desto tiefere Gefühlsschichten drangen sie beim anderen vor. Cravan fand, dass Mina »die erste Frau war, die nicht versuchte, sich ihm zu widersetzen.« Und Mina schrieb: »Nach und nach dämmerte es mir, dass ich zum ersten Mal in meinem Leben das Gefühl hatte, beschützt zu werden.«[30] Und auch wenn sie spürte, dass dieses Bedürfnis, an das er gerührt hatte, dieses Allerheiligste, das sich nicht fassen ließ, bis zu den frühesten, rudimentären Sehnsüchten ihrer Kindheit zurückreichte, war sie unfähig, das auszusprechen, verkleidete ihre Gefühle in »Emotionen«, die »im Gegensatz zu der Differenziertheit ihres Verstandes primitiv waren.«

Mina und Cravan redeten unaufhörlich miteinander. »Ich hatte den Mann gefunden, mit dem ich geistig ganz und gar korrespondierte«[32], schrieb Mina. Gegen Ende des Sommers hatten sie zwei Phantasie-Kinder: einen Papierlöwen und einen Tiger aus Chinatown, die sie »Gaga« und »Moche« nannten.

Ihr Glück fand im September 1917 ein jähes Ende, als Cravan außer Landes gehen musste, um dem Militärdienst zu entgehen. Während nur weniger Monate wurde die Atmosphäre vom Kriegsfieber verpestet. Die Regierung verbot radikale Zeitschriften und es ging das Gerücht, dass eine schwarze Liste der aktiven Kriegsgegner aufgestellt worden sei. Geheimpolizisten observierten Isadora Duncan, weil sie, in eine rote Fahne gewickelt, die »Marseillaise« getanzt hatte. Sogar frühere »Linke« demonstrierten Patriotismus.

»Es ist schon großartig, dabei zu sein, wenn ein Zeitalter zuende geht«[33], bemerkte Jean Heap sardonisch. Die Zeitschrift *The Masses*, das Sprachrohr der Bohème, durfte wegen kriegsgegnerischer Gesinnung nicht mehr erscheinen.

Mina hatte ihre Kinder inzwischen mehr als ein Jahr nicht gesehen. Sie hatte kürzlich erfahren, dass die Scheidung vollzogen war und sie das Sorgerecht für die Kinder erhalten hatte. Abgesehen davon aber erwähnte sie diese kaum je in ihren Aufzeichnungen, sie blieb da merkwürdig undurchsichtig. Obgleich sie sich in manch anderer Hinsicht selbst Vorwürfe machte, über ihre unvollkommene Rolle als Mutter schwieg sie sich aus, immer noch unfähig, die Bedürfnisse der Kinder mit ihrer lautstarken Selbstverwirklichung in Einklang zu bringen.

Seit Dezember war Cravan in Mexico City und überschwemmte sie mit Briefen, in denen er sie anflehte zu ihm zu kommen. Er sei ohne sie verloren, schrieb er. »Sag mir, dass du sofort kommen wirst und dass wir den Rest unseres Lebens zusammen verbringen werden.«[34] Er bat sie, ihm eine Haarlocke zu schicken. »Aber besser du kommst mit all deinem Haar«[35], drängte er. Er wolle sie heiraten, sagte er. Keine Frau könne sich mit ihr vergleichen. »Die Zärtlichkeit eines starken Mannes ist immer überwältigend«, sinnierte Mina. Sie sei ein Luxus, »den schwache Männer sich nicht leisten können.«[36] Sie besorgte sich eine Fahrkarte, und im Januar war sie bei ihm.

Die ersten Tage in Mexico City verbrachten sie damit, durch die Straßen zu ziehen und die Konserven in den Lebensmittelläden zu bewundern. »Wir waren auf die Quelle der Verzauberung gestoßen und sie überflutete die ganze Welt.«[37] Eine Heirat schien unausweichlich. »Jetzt, da ich dich eingefangen habe«, teilte ihr Cravan mit, »fühle ich mich befreit.«[38]

Er hatte bisher als Box-Lehrer einen mageren Unterhalt verdient, verlor aber zu ihrer beider Verdruss ein Match und damit auch seinen Job. Als »Nichtsesshafte«, die sie jetzt waren, wanderten sie

Mina Loy, 1905.

durch die Provinzen Oaxaca und Vera Cruz und ihr Geld schmolz dahin. Aber immer noch waren sie glückselig. Sie lebten von Haferflocken und nochmals aufgekochtem Kaffeesatz, stimuliert von Gesprächen. Als sie in den Docks von Salina Cruz herumstöberten, fanden sie ein altersschwaches Boot, für das sie ihr letztes Geld hergaben und das sie nun zu einem schmucken Segelboot umbauen wollten. Mina zog Matrosenhosen an und kochte ihre Mahlzeiten am Strand. Im Schatten eines Baumes nähte sie das Segel. Mina wurde schwanger und sie grübelten darüber, wie sie überleben konnten. Eines Nachts schlug Cravan vor, sich gemeinsam das Leben zu nehmen. »Wie können wir sterben, wo wir doch noch nicht über alles geredet haben?«[39], fragte Mina.

Sie machten neue Pläne. Im Dock von Vera Cruz lag – auf dem Weg nach Buenos Aires – ein japanisches Hospitalschiff, auf dem noch ein Bett frei war. Mina sollte allein nach Buenos Aires fahren, ihre Papiere waren in Ordnung. Cravan wollte sich unabhängig von ihr auf ihrem inzwischen aufpolierten Segelboot auf den Weg machen. Sobald das Baby geboren war, würden sie nach Europa zurückkehren und die anderen Kinder holen. Das Leben würde eine einzige nicht endende Idylle sein.

Cravan entschloss sich, das Boot zu erproben. Mina stand am Ufer und sah, wie die Brise das Segel ergriff. Sie beobachtete, wie das Boot an den Wind ging, das Segel sich mit Luft füllte und dann voll aufblähte. Ihr Blick verfolgte Cravan, der das kleine Boot in Fahrt brachte. Sie beobachtete, wie das straffe weiße Segel sich stetig fortbewegte, wie das Boot hin- und herlavierte und eine Fährte von weißem Schaum hinter sich ließ. Sie sah, wie das Boot in der Ferne schrumpfte, ein Spielzeugboot wurde, ein weißer Fleck auf dem Blau. Das Segel berührte den Horizont, tauchte dann unter, entschwand ihrem Blick.

Mina wartete am Strand. Als er um Mitternacht immer noch nicht zurückkam, geriet sie außer sich. Vielleicht war er gezwungen worden, irgendwo abseits des Strandes zu landen, vielleicht hatten kleine Reparaturen seine Rückkehr verzögert.

Tag um Tag wartete Mina, in Cravans Mantel gehüllt, am Strand und ihre Augen suchten den Horizont ab. Als eine Woche vergangen und er immer noch nicht da war, fühlte sich Mina einem Nervenzusammenbruch nahe. Das Schiff nach Südamerika sollte abgehen, für Wochen waren keine weiteren Überfahrten angezeigt und sie hatte kein Geld. Gepeinigt von der Ungewissheit und einer kaum unterdrückten Angst, wartete Mina bis zur letzten Minute, ehe sie an Bord ging, und versuchte sich mit dem Gedanken zu beruhigen, dass Cravan ihr bald nachkommen würde, indem er mit dem Boot der zerklüfteten Küste folgte, um sie wie verabredet zu treffen. Mina erreichte Buenos Aires vier Wochen später. Sie wartete. Sie wartete monatelang. Aber Cravan erschien nicht und wurde auch nie mehr gesehen.

Schließlich fuhr Mina im März 1919 allein nach England und musste zu ihrer Demütigung ihre Familie um Geld bitten. Sie blieb für den Rest des Winters bei der Mutter, die sie immer noch verachtete, wartete auf die Geburt des Kindes. Die englische Klassengesellschaft erfüllte sie immer noch mit Abscheu – wegen ihres Antisemitismus' und Fremdenhasses, ihres Misstrauens gegen Künstler. Im April brachte sie eine Tochter zur Welt, Fabienne. Im Sommer kehrte sie nach Florenz zurück zu ihren beiden älteren Kindern, die jetzt zehn und zwölf Jahre alt waren. Sie war verstört darüber, wie sehr sie sich verändert hatten. Sie versuchte zwar an ihr früheres Leben anzuknüpfen, aber vergebens. Ihre Freunde waren verschwunden, ihr Lebensschwung war dahin. Und sie war immer noch ganz besessen von Cravan. Obgleich mehr als ein Jahr vergangen war, weigerte Mina sich zu

Mina Loy mit einem Thermometer als Ohrring, 1920.

glauben, dass er tot war. Sie stellte sich vor, dass er irgendwo in eine Falle geraten war: gestrandet auf irgendeiner gottverlassenen Insel mitten im Meer, in einem feuchten mexikanischen Gefängnis verhungerte. Seine Leiche war nicht gefunden worden. Unfähig etwas voran zu bewegen, machte Mina Pläne Florenz zu verlassen, um ihre Nachforschungen wieder aufzunehmen. Diesmal ließ Mina alle drei Kinder in Florenz zurück und schiffte sich nach New York ein.

Die Stadt war stark verändert. Seit die Prohibition ihre Wirkung tat, ging eine Bar nach der anderen ein, die Fenster alter Lieblingsstätten waren verhängt wie in einer Geisterstadt. Die Bohème von downtown traf sich jetzt in Teesalons oder in den illegalen Flüsterkneipen, wo geschmuggelter Alkohol in braven Kaffeetassen serviert wurde. Auch die Abende der Arensbergs hatten sich verändert. Walter und Louise tranken zu viel. Viele Franzosen waren in ihre Heimat zurückgekehrt. Auch wenn Duchamp versuchte den alten Geist wiederzubeleben, die Stimmung war nicht mehr dieselbe.

Mina hatte eine kleine Wohnung in der Belford Street in Greenwich Village, downtown, bezogen. Innerhalb weniger Tage hatte sie ihre Verbindung zu alten Freunden neu belebt. Sie fand auch den Weg zurück zum Breevort, dem einzigen Nachtclub, der sich zur allgemeinen Erleichterung nicht verändert hatte.

Nachdem Kreymborgs Magazin *Others* eingegangen war, entstanden an seiner Stelle zwei neue Literatur-Zeitschriften: *The Dial* und *The Little Review*, Margaret Andersons kühne, kleine Schöpfung, die sie zusammen mit ihrer Geliebten Jean Heap herausgab.

Anderson und Heap waren 1917 aus Chicago fort und ins Village gezogen, wo *The Little Review* sehr rasch zum »Dynamit« der Chicagoer Bohème wurde.[40] In New York war eine der ersten Ausgaben des Magazins als »pornographisch« verboten worden. Ein Vorwand, denn eigentlich ging es, wie viele vermuteten, um dessen Antikriegshaltung. Berühmt für ihre Hartnäckigkeit, blieb Margaret auch in diesem Fall standhaft.

Jetzt, in ihrem sechsten Jahrgang, veröffentlichte *The Little Review* immer häufiger neue Literatur von Frauen: Djuna Barnes, Mary Butts, Dorothy Richardson, Marianne Moore, Gertrude Stein und die Baroness. Wie Mina gehofft hatte, waren die Herausgeberinnen auch für ihre Arbeiten höchst empfänglich. Sehr bald merkte Mina, wie sie dieser neue Kreis von Frauen, der sich um *The Little Review* gebildet hatte, anzog. Viele von ihnen trafen sich abends in Andersons und Heaps Wohnung in der 8th Street.

Mina schrieb weiter, auch wenn es sie jetzt mehr Mühe kostete. Sie arbeitete an einem langen Gedicht über ihre Überquerung des Kontinents mit Cravan sowie an einigen Prosastücken – Teile eines Romans, auch die autobiographisch. Alles war durchsetzt von Verzweiflung, alles schwierig zu Ende zu führen. Sie war inzwischen neununddreißig, immer noch unfähig, Cravan aufzugeben, zugleich beschämt durch ihre eigene Unfähigkeit dazu. Ein Mann habe es leichter als eine Frau, notierte sie in ihr Tagebuch. Zuletzt wird die Frau vom Leben besiegt, »ob sie sich nun um die Meinungen anderer kümmert oder nicht«.[41] »Meine Gesundheit ist ziemlich zerstört und ich weiß nicht, was morgen sein wird«[42], schrieb sie Mabel nach Tao/New Mexico, die jetzt mit ihrem neuen Ehemann, Tony Luhan, dort lebte.

Zu unglücklich, um weiter an ihrem Roman über Cravan zu arbeiten, und voller Sorge, dass sie zusammenbrechen könnte, fuhr Mina in das Rose Valley Sanatorium in Pennsylvania, um dort eine »Ruhe-Kur« zu machen.

Ihr Leben brach auseinander. Cravans Mutter hatte ihr kürzlich in einem Brief die Vernachlässigung ihrer Kinder vorgeworfen. Auch ihre Freunde wurden zunehmend kritisch ihr gegenüber. Sie sah sich gezwungen, die Kinder nach New York zu holen, obwohl sie kein Geld hatte. Joella war inzwischen fast vierzehn, Fabienne kein Kleinkind mehr. Sie hatte gehört, dass Stephen in Florenz gewesen war und den zwölf Jahre alten Giles mit sich in die Karibik genommen hatte. Mina fühlte, wie die Dinge ihr entglitten.

Verzweifelt bat sie Mabel um Hilfe. Sie wolle ein kleines Restaurant in Paris eröffnen. Sie meinte dort genug zu verdienen, um die Kinder zu unterhalten.

> »Ich vermute, es ist lächerlich nach all den Jahren, darum zu bitten – aber ich habe mich immer wieder gefragt, was ich als nächstes tun könnte. Ich möchte frei von Sorgen sein – und arbeiten. Ich habe so viel in mir angesammelt, das heraus muss … es ist nachgerade unerträglich. Würdest du mir 1 000 Dollar, rückzahlbar in zwei Jahren, leihen, um ein Restaurant zu eröffnen? Wenn es erst mal läuft, werde ich ein wenig Zeit und Frieden finden … Ich habe während der letzten paar Jahre die Hölle durchgemacht … und das hat meine Phantasie befeuert, ich muss ihr freien Lauf lassen oder ich breche zusammen. Lass mich wissen, ob du das für mich tun willst.«[43]

Minas Bitte um Geld muss zumindest zu einem Teil erfüllt worden sein, denn ein paar Monate später, irgendwann im Jahr 1921, war Mina unterwegs nach Paris und bald danach in Florenz, wo sie endlich mit ihren beiden Töchtern zusammentraf. Giles, der einige Jahre später an einer seltenen Krebserkrankung starb, war noch bei seinem Vater.

Während der nächsten Jahre waren Mina und die Kinder dauernd unterwegs, von Florenz nach Berlin und von da nach Paris. Dort schloss sich Mina einem alten Freund an, dem Schriftsteller und Playboy Lawrence Vail und seiner neuen reichen Frau, Peggy Guggenheim. Peggy war bereit Mina bei einem Lampengeschäft zu unterstützen, das einige Zeit florierte und dessen Angebot sich um Glas-Novitäten, Papierschnitte und gemalte Blumenarrangements erweiterte. Aber um 1928 waren die beiden Frauen bereits zerstritten, was zugleich das Ende des Geschäfts bedeutete.

Außer zu Mabel Dodge hatte Mina bisher keine enge Freundschaft mit Frauen erfahren. Vielleicht hatte die bittere Antipathie gegen ihre Mutter sie in dieser Hinsicht eher zurückhaltend gemacht. Aber in New York hatte sie sich mit Djuna Barnes angefreundet. Beide hatten sich immer etwas abseits gehalten, um ihre Unabhängigkeit zu wahren, und beide hatten die gesellschaftliche Isolierung und ihr Anderssein ähnlich empfunden. Djuna und Mina hatten beide in Paris gelebt. Zurück in New York tauschten sie zahllose Briefe aus und Dunja versuchte alles ihr Mögliche, um Minas literarische Arbeit in Amerika bekannt zu machen. Nachdem Mina in der Liebe eine Niederlage erlebt hatte, versuchte sie nun, ihr Liebesbedürfnis ganz auszulöschen: wann immer sie ihm nachgegeben habe, sei ihre »Pilgerfahrt« behindert, die Fähigkeit, ihre emotionale Überlegenheit und Unabhängigkeit zu behaupten, die sie als Künstlerin brauchte, gemindert worden. »Nach der Liebe mit all ihren Katastrophen zu suchen ist weniger riskant, als sie zu finden«[44], sollte sie einmal schreiben.

1936 zog Mina wieder nach New York zurück – diesmal mit wenig Illusionen. Anfangs wohnte sie mit ihrer Tochter Fabienne zusammen, die im unteren Manhattan lebte. Aber sie war rastlos, fühlte sich zunehmend unwohl unter Menschen. Nach ein paar Jahren bestand sie darauf, ein Zimmer für sich allein in der Bowery zu beziehen, in elender Nachbarschaft von Süchtigen, Menschen aus der Unterschicht und Stadtstreichern. Während der nächsten siebzehn Jahre lebte Mina dort allein und zog alle paar Monate in ein anderes Mietshaus der Gemeinde.[45] Zunächst traf sie noch ein paar alte Freunde, aber mit den Jahren wurde sie immer ungeselliger. Und auch das Geld wurde immer mehr ein Problem. Zuletzt weigerte sie sich, überhaupt noch irgendjemanden zu treffen.

»Mina ist im letzten Stadium einer Depression und erlaubt mir nicht, sie zu besuchen«[46], schrieb Djuna 1940 an McAlmon. Aber Mina schrieb immerhin. Und sie begann zu modellieren. Ihr Interesse galt den Trinkern und Nichtsesshaften aus der Nachbarschaft. Sie schrieb Gedichte über sie, gestaltete kunstvolle Porträtskulpturen, für die sie Lumpen, Sicherheitsnadeln und Eierkisten,

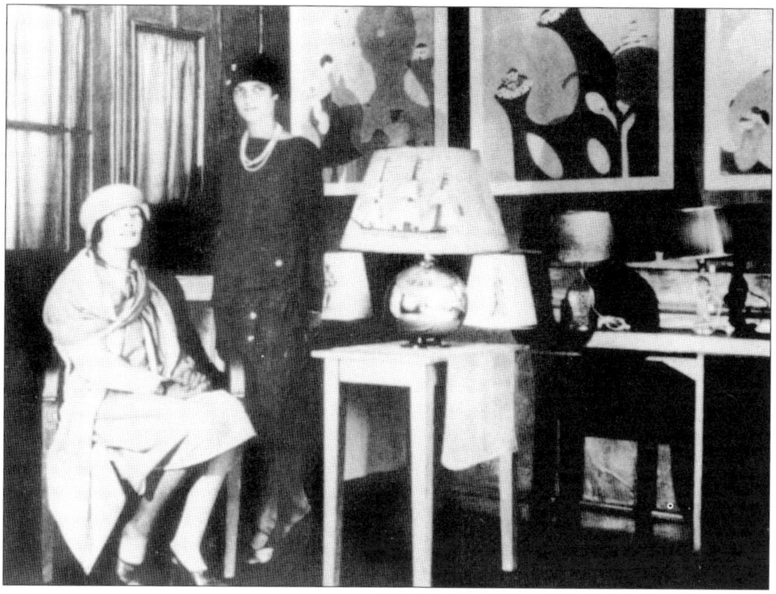

Mina Loy und Peggy Guggenheim in Minas Lampengeschäft, Paris 1927.

Abfall und Gegenstände verwendete, die sie auf der Straße aufgelesen hatte. Sie skizzierte ihre bartstoppeligen Gesichter, ihr zahnlückiges Lächeln, ihre zerschlissenen Schuhe.

1959 organisierte ihr alter Freund Duchamp eine Ausstellung von ihren Bowery-Objekten. Obgleich sie sich darüber freute, weigerte sich Mina bei der Eröffnung dabei zu sein. Sie spürte, dass die Menschenmenge ihr, der »Klausnerin«, jetzt zu viel sein würde.

Mina hatte die verschiedenen Identitäten ebenso bereitwillig angenommen, wie sie die unterschiedlichsten Länder »annahm«. Als Außenseiterin, die sie überall war, hatte sie aus ihrer Wurzellosigkeit einen Zustand gemacht, war ihr von Veränderungen durchsetztes Leben, das Nirgendwohingehören ihr zu etwas Vertrautem geworden.

So wie sie ihr Leben als »Anglo-Mischling«, wie sie es nannte, begonnen hatte, als Kind gemischter Herkunft und einer nicht genau definierten Gesellschaftsklasse, war ihr die eigene gebrochene Identität inzwischen zur Gewohnheit geworden: Malerin und

Mina Loy und Djuna Barnes.

Dichterin, Christin und Jüdin, Ehefrau und Liebhaberin, Dadaistin und Romantikerin, hatte sie ihre vieldeutigen und widersprüchlichen »Ichs« benutzt, wie es ihr gefiel und wann immer sie wollte. Sie hatte ihre Veränderbarkeit als das gesehen, was sie war – oder doch hätte sein können: eine kunstvolle Maske, hinter der sie die Freiheit fand, die Möglichkeit, allen gesellschaftlichen und kulturellen Definitionen auszuweichen. In ihrem Mischlings-Status lag die Möglichkeit, ein »work in progress« – ein unvollendetes Werk zu bleiben, eine moderne, selbsterfundene Seele.

Einst war Mina eine Ikone der Moderne gewesen: eine, die sowohl Verführerin als auch Spielgefährtin der Futuristen war, der Prototyp der »neuen Frau«, die ihre Runden auf den Village-Parties drehte, die Verfasserin radikaler Gedichte und kühner feministischer Polemiken, »die schönste in einer schönen Generation von Dichterinnen«[47] , wie Van Vechten sie nannte. Jetzt war sie eine matronenhafte Heilige der Bowery-Slums, eine weißgepuderte geistergleiche Erscheinung, die Geschichten und Zigaretten mit den Enterbten teilte, die mit den Obdachlosen Sitzungen abhielt, Kuren gegen Katzenjammer verordnete, Pennys für Wein bereithielt. In gewissem Sinne schloss sich Minas Pilgerfahrt zu einem Kreis. Mit diesem Leben in der Bowery war sie endlich »zu Hause«, eine, die dazugehörte in einer Welt von Außenseitern.

Die Habenichtse nannten sie »Mama Mina« – ein ironischer Dreh, der zu einem früheren Zeitpunkt sogar ihr selbst gefallen haben könnte. Nachdem sie ihr Leben damit verbracht hatte, der Mütterlichkeit zu entkommen, war sie nun die in ein weißes Nachtgewand gehüllte, alle beglückende Ersatz-Mutter in einer Welt der Ausgestoßenen. Die Über-Mutter der Straße.

Dorothy Parker, 1962.

Alexandra Lavizzari

Dorothy Parker (1883–1967)
Leben und Schreiben wider Willen

»Nicht die Tragödien bringen uns um. Es sind die Schlamassel. Ich kann Schlamassel nicht ausstehen.«[1]

Im Jahre 1922, als Dorothy Parker diese kleine Lebensphilosophie beiläufig in einen Zeitungsartikel schmuggelte, ahnten ihre Leser nicht, dass die eigene schier aussichtslose Situation sie zu einer solchen Äußerung getrieben hatte. Man kannte die junge Autorin in der New Yorker Bohème schließlich als zynischen Witzbold und nicht – oder noch lange nicht – als selbstmordgefährdete Alkoholikerin. Dottie war die lustige Partynudel, mit der man nachts von einer Bar Manhattans zur nächsten zog, echtes Kind der goldenen Zwanzigerjahre, welches das Leben als ein einziges, ununterbrochenes Fest auffasste und sich einen Pappenstiel um den guten Ruf kümmerte. Nach mir die Sintflut, lautete bekanntlich die Devise des glanzvollen *Jazz Age*, dem F. Scott Fitzgerald soeben mit seinem Roman *Die Schönen und die Verdammten* ein Denkmal gesetzt hatte, und Dorothy Parker, mausarm aber einfallsreich, hatte sie sich bedenkenlos angeeignet – auch wenn ihre Schönheit sich in Grenzen hielt und die Verdammung, welche Fitzgeralds Figuren in den raschen Ruin stürzen, sie später nur schleichend und auf eher demütigend unspektakuläre Weise ereilen sollte.

1922 schwelgte Dorothy noch in einem literarischen Ruhm, der sie selbst überraschte. Ihre freche Feder gefiel den New Yorkern, sie waren verrückt nach ihren Versen und liebten den respektlosen Ton, mit welchem sie Bücher berühmter Autoren und Aufführungen nicht minder berühmter Regisseure verriss. Ihre Leser sahen in ihr den Inbegriff der *selfmade* Frau, die es geschafft hatte, sich auf dem harten New Yorker Pflaster einen Platz unter den Topjournalisten zu erobern, eine Frau mit Zukunft, von der man glaubte, dass sie die Welt nur von der Sonnenseite kenne und mit der Desillusion, die in den Zwanzigerjahren ihr literarisches Markenzeichen wurde, aus bloßer Effekthascherei kokettiere.

Dabei hatte Dorothy schon früh in ihrer wechselhaften Karriere die Gewohnheit entwickelt, Warnzeichen ihrer depressiven Seelenzustände unter dem Deckmantel scharfzüngiger Spöttelei zur Entschlüsselung freizugeben. Nur wenige Monate nachdem sie über die tödlichen Schlamassel geschrieben hatte, versuchte sie zum ersten Mal den Selbstmord zu verwirklichen, den sie in ihren Zeilen immer wieder angedeutet hatte. Keine Tragödie war es, welche die Neunundzwanzigjährige dazu trieb, sich mit einer stumpfen Rasierklinge die Pulsadern aufzuschneiden, sondern eben ein Schlamassel, das ihr an jenem trüben kalten Januarabend plötzlich ohne Ausweg schien. Mit ihrem Ehemann Eddie verkracht, der Trunksucht verfallen und erst noch schwanger von einem andern, der nichts mehr von ihr wissen wollte: Damit hatte Dorothy eine Zeit lang wacker leben können. Auch die Abtreibung hatte sie verkraftet, obwohl das schlechte Gewissen sie plagte. Aber dann war der schreckliche Alltag wieder eingekehrt und mit ihm die Sinnlosigkeit des Daseins, die sich im Suff immer schlechter ertränken ließ. Es bedurfte einer radikaleren Lösung, fand sie eines Abends, und da war ihr Eddies Rasierklinge, die er bei seinem Auszug vergessen hatte, gerade zustatten gekommen. Zwei Schnitte, rasch, bevor sie es sich anders überlegen konnte, und schon wähnte sie sich erlöst. Oder doch nicht ganz, denn sie hatte zuvor vorsorglich das »Swiss Alps Restaurant« von nebenan angerufen, man möge ihr bitte eine Mahlzeit in die Wohnung hochbringen, und so fehlte schlicht die Zeit, um ganz zu verbluten. Ein halbherziger Versuch also, aber immerhin einigermaßen glaubwürdig inszeniert.

Die Hilferufe in ihren bisherigen Veröffentlichungen hatte niemand verstanden, selbst ihre engsten Freunde nicht, die es im Nachhinein vorzogen, ihren Suizidversuch als Ausrutscher zu verharmlosen. Dorothy machte es ihnen leicht. Kaum im »Presbyterian

Hospital« erwacht, setzte sie sich in ihrem Krankenbett wirksam in Pose, lachte und gab Witze zum Besten, um die Sorgenfalten auf den Gesichtern ihrer Besucher zu glätten, und trug stolz die blauen Bänder am Puls zur Schau, als wären sie Trophäen einer kühnen, ruhmreichen Tat. Sie mochte blass sein und mitgenommen aussehen, aber ihre Lebensgeister waren schon mit dem ersten Augenaufschlag zurückgekehrt, und zwar reger denn je. Dorothy fiel es jedenfalls nicht schwer, ihre Freunde zu beruhigen, dass sie noch die alte sei und der nächtliche Spaß in den Bars und Hotellounges weiter gehen könne. Die Verzweiflung war schnell verdrängt, zu schnell, und der Lebensüberdruss bis zum nächsten Koller vergessen. Fun war wieder angesagt, verkündete die genesene Dorothy, und wo Fun war, fehlte sie nicht gern.

Im Nachhinein lassen sich Dorothy Parkers Verletzlichkeit und suizidale Tendenzen unschwer aus ihren spottgeladenen Versen und Erzählungen herausschälen. Als Autorin hat sie ihr literarisches Material stets nur aus der eigenen Biographie geschöpft und mit ihren schwachen, von faden Schwindlern abhängigen Frauenfiguren den Lesern ziemlich ungeschminkte Variationen ihrer selbst vorgelegt. Damals beliebte man in der Medienwelt allerdings noch, die augenfälligen Parallelen von Leben und Werk zu übersehen. Selbst der Journalist und Schauspieler Robert Benchley, mit dem Dorothy in tiefer und lebenslanger Kumpelfreundschaft verbunden war, ist vor ihrer schonungslosen Selbstentblößung zurückgeschreckt und hat die dunkleren Seiten seiner Freundin eher als Allüren einer verwöhnten Göre heruntergespielt. Dabei hatte er wahrscheinlich Dorothys grandiosen Mädchennamen Rothschild im Sinn und, damit verbunden, die Vorstellung einer in grenzenlosem Luxus gelebten Vergangenheit.

Dorothy wurde 1883 in West End, New Jersey, geboren und wuchs als viertes Kind von Eliza und Henry Rothschild tatsächlich im gehobenen Milieu der West Seventy-Second Street von New York auf, wohlbehütet und mit der Gewissheit, einen lebenslänglichen

Dorothy (rechts) mit den Geschwistern im Riverside Park.

Wohlstand genießen zu dürfen. Die erste Gemeinheit des Lebens – so interpretierte Dorothy den Tod der Mutter – traf sie jedoch bereits mit fünf Jahren. Entsprechend kommen Mütter in Dorothy Parkers Kurzgeschichten denkbar schlecht weg, denn sie hat ihnen die Erfüllung ihrer Rolle verwehrt und sie zumeist als hohle, unsympathische Figuren dargestellt. Gleichgültigkeit bis hin zu Lieblosigkeit zeichnet ihren Umgang mit Kindern aus. Die junge Camilla Cruger in der Geschichte *Horsie (Pferdchen)* aus dem Jahre 1932 beispielsweise verabschiedet sich für die Nacht von ihrer neugeborenen Tochter mit einem kühlen »Gute Nacht, Unnützes«, und Mrs. Hazelton in Parkers letzter Geschichte *The Bolt Behind the Blue* (1958) vernachlässigt die elfjährige Ewie und kann am Schluss nur noch ohnmächtig deren Verrohung unter der Obhut des klatschsüchtigen Dienstmädchens feststellen. Andere Beispiele ließen sich ad libitum zitieren, denn die Autorin gefiel sich im Leben gern als Opfer unglücklicher Umstände und kultivierte mit Sorgfalt das Ressentiment, von der Mutter im Stich gelassen worden zu sein. Aber nicht nur die Mutter, auch der Vater ließ sie in ihren Augen im Stich, als er 1913 an einem Herzschlag starb und seinen vier Kindern infolge unglücklicher Börsenspekulationen von seinem Vermögen kaum mehr als Krumen hinterließ.

Mit zwanzig Jahren stand Dorothy somit als Vollwaise da – mit nichts anderem an Bagage als einer frühzeitig abgebrochenen Schulbildung, einem frechen Mundwerk und dem vom Vater geerbten Talent, leichtsinnig-witzige Verse zu schmieden. Der Traum vom müßigen Wohlstandsleben war zu Ende, es galt, die Ärmel hochzukrempeln und das Leben, das richtige, anzupacken. An Selbstvertrauen fehlte es der jungen Dame nicht, wohl aber an Lebenstauglichkeit, denn Dorothy war in praktischen Dingen nicht nur unbegabt, sondern auch vollkommen ahnungslos.

Den Glamour-Zeitschriften *Vogue* und *Vanity Fair* verdankte sie eine erste Möglichkeit, ihre außergewöhnliche Leichtigkeit des Schreibens professionell einzusetzen. Zwar waren ihre Aufgaben bei der Redaktion anfangs bescheiden; sie sollte lediglich Modefotografien mit kurzen Texten versehen. Eine todlangweilige Sache, fand Dorothy, die es sich nicht verkneifen konnte, mit zynischem Humor sowohl die Modeprodukte selbst als auch ihre Leserschaft – die verhassten Hausfrauen – zu verulken. Über ein umgewandeltes Shakespeare-Zitat für die Beschreibung von gewagt knapper Damenunterwäsche mochte man noch ein Auge zudrücken, aber andere Späße wurden ihr von der Redaktion übel genommen. Sie musste sich sagen lassen, dass ihre Anspielungen auf Sex für die

Die zwölfjährige Dorothy Rothschild, 1906.

prüden Damen der High Society zu direkt und anstößig seien und auf die Dauer dem guten Ruf der Zeitschrift schaden würden. Mit anderen Worten sollte sie fortan ihre Feder zügeln, da ansonsten ihre redaktionellen Dienste nicht mehr gebraucht würden. Dorothy ließ sich indessen nicht einschüchtern. Statt sich zu mäßigen, perfektionierte sie ihren bissigen Stil, denn sie war sicher, dass sie früher oder später damit Erfolg haben würde. Tatsächlich war das positive Echo auf ihre Beiträge bald überwältigend, und ihre Sprüche wurden vom breiten Publikum so hoch geschätzt, dass sie selbstständig Artikel nach freier Wahl veröffentlichen und sogar Theaterproduktionen am Broadway besprechen durfte.

Die junge Theaterkritikerin merkte rasch, dass ihr der Verriss besser lag als die Eloge, und begann zum Genuss einer wachsenden Leserschaft ihre scharfen Kritiken zu einem neuen, erfrischend spontanen Genre auszufeilen, dank dem sie bereits mit vierundzwanzig zu den beliebtesten und meist gelesenen Journalistinnen New Yorks zählte. Gerade Theaterautoren und Produzenten fürchteten aber ihre Besuche, wussten sie doch, dass sie keine Trivialität, keine mittelmäßige schauspielerische Leistung durchgehen ließ; über jeden Makel berichtete sie und fällte in ein paar scherzhaften Sätzen ein endgültiges, meist vernichtendes Urteil. Dabei scherte sie sich weniger um eine ausgewogene, sachbezogene Kritik als um die geistreiche Darlegung ihres subjektiven Erlebens. Miese Dialoge und dumme Plots fand sie bedauerlich und schlechte Schauspieler konnten ihr die Laune verderben, aber am schlimmsten war die Langweile; sie war unverzeihlich. So fanden nur wenige Aufführungen Gnade in ihren Augen, und entsprechend begannen ihre Erwartungen zu sinken.

Dorothy Parker und Robert Benchley (rechts) mit Frank Crowninshield *(Vanity Fair)*, Edna Chase *(Vogue)* und dem Verleger Condé Nast, 1919.

»Wir gehen heroisch ins Theater und hoffen immer mit rührendem Glauben, dass es dieses Mal alles in allem vielleicht nicht so schlimm sein wird – und befürchten zugleich mit dem bitteren Schrecken, den uns die grausame Erfahrung eingejagt hat – dass es wahrscheinlich schlimmer sein wird. Wir sitzen geduldig, bis wir mit Schicklichkeit gehen dürfen, und dann kommen wir heraus mit einer Miene, die besagt: ›Nun, Gott sei dank ist es vorbei.‹ ... Da ist zum Beispiel *Tiger! Tiger!*, Edward Knoblocks Drama im Belasco. Irgendwie kann ich nicht nachempfinden, dass der Schwindel erregende Lebenstaumel des modernen Lebens etwas mit meiner tiefen Qual während der Aufführung zu tun hatte – ich mache das Stück selbst verantwortlich.«[2]

Auch in ihren Buchbesprechungen kultivierte Dorothy den Ton kühler Spöttelei. »Überhaupt«, schreibt sie etwa über das populärwissenschaftliche Buch eines Yale-Professors, »so viel lässt sich über einen Band wie Prof. Phelps' *Happiness* sagen. Als idealer Kamerad in der Badewanne rangiert er an zweiter Stelle hinter einer Plastikente. Man kann ihn in Händen halten ohne Muskelanstrengung oder Nervenanspannung, ... und er lässt sich zu Ende lesen, bevor das Wasser abgekühlt ist. Und wenn er das Abflussrohr hinunter gleitet, nun, dann gleitet er eben das Abflussrohr hinunter.«[3]

Verrisse dieser Art fielen ihr leicht, fast zu leicht. Als sie sich später an die so genannte seriöse Literatur wagte und Erzählungen zu schreiben begann, kam ihr die eigene routinierte Schlagfertigkeit in die Quere. Persönliche Erfahrungen über Liebeskoller und Lebensüberdruss in die Geschichten einfließen zu lassen, erwies sich als eine mühselige Arbeit, vor der sie zurückschreckte. Viel lieber ging sie auf eine Party und trank bis zur Ohnmacht, als brav zu Hause vor einem weißen Blatt zu sitzen. Kreatives Schreiben, fand sie früh heraus, war ihr verhasst, und sie verstand selbst nicht, was sie trieb, immer wieder neue Anläufe zu nehmen. In späteren

Jahren zählte sie Autoren wie Ernest Hemingway, William Faulkner, Scott Fitzgerald, Dashiell Hammett und Lilian Hellman zu ihrem Freundeskreis und zeigte sich auch in ihren selten luziden Momenten an deren Werken neidlos interessiert. Selbst aber wollte sie sich keine größeren literarischen Arbeiten zumuten, denn diese verlangten Konzentration, einen längeren Rückzug von der Gesellschaft und vor allem das Kontrollieren des automatisch ins Seichte driftenden Stils, lauter Dinge, zu denen sich Dorothy unfähig fühlte. Wenn sie schrieb, dann wollte sie es tun, wie ihr der Schnabel gewachsen war: ja nichts Langatmiges und Komplexes, sondern bloß, mit viel Whisky nachhelfend, kurze Prosastücke für den Alltagsgebrauch – und möglichst rasch Geld dafür kassieren, um die

Dorothy und Eddie Parker, 1919.

leer getrunkene Flasche zu ersetzen. Ihre Erzählungen, die in den wichtigsten Literaturzeitschriften der West Coast abgedruckt wurden, wertete sie höchstens als journalistische Eintagsfliegen ohne Tiefgang. Die Mühe, solche Geschichten zu verfassen, stand für sie in keinem Verhältnis zum Resultat, mochte dieses ihr auch noch so viel Lob einbringen. Jahre konnte es dauern, bis sie versprochene Geschichten ablieferte, wobei sie nie Hemmungen zeigte, großzügige Vorschüsse von Verlagen anzunehmen und in *Highballs* oder Europareisen zu verpulvern, ohne einen Gedanken an ihre Verpflichtungen zu verlieren.

1917 heiratete Dorothy den jungen Börsenmakler Eddie Parker und legte mit Genugtuung den ihr seit der Kindheit lästigen jüdischen Mädchennamen ab. Die Ehe war von Anfang an stürmisch und wegen Parkers aufbrausendem Temperament und Dorothys geradezu peinlicher Unterwürfigkeit unausgeglichen. Parker kehrte zudem nach einem Kriegseinsatz in Frankreich als unheilbarer Alkoholiker und Drogensüchtiger zurück und zog Dorothy, die zuvor nur anstandshalber an Cocktails genippt hatte, rasch in die Sucht hinein. Streitigkeiten zwischen den beiden arteten in handgreifliche Auseinandersetzungen aus, nicht selten erwachte Dorothy von ihrem Kater mit einem blauen Auge und Beulen und Schrammen am ganzen Körper. Diese ehelichen Demütigungen zu ertragen, halfen wiederum nur Drinks.

Aus ihrem Alkoholproblem machte Dorothy nie ein Hehl, ja, es war in ihren Augen gar kein Problem, denn schließlich war das Leben ohne Whisky fad bis zur Unerträglichkeit und der körperliche Zerfall ohnehin unaufhaltbar. Der Whisky wurde ihr bester Freund, aber auch er hatte seine Tücken, befand sie; nicht immer stellte sich die erwünschte Euphorie ein, dank der sie die Misere ihres Alltags vergessen konnte, sondern ließ sie im Stich wie die jungen Männer, in die sie sich so leicht verliebte. Wenn sie wenigstens daran hätte sterben können, doch nicht einmal dies war ihr vergönnt:

Drink and dance and laugh and lie,
Love, the reeling midnight through,
For tomorrow we shall die!
(But, alas, we never do.)[4]

Nicht selten benahm sich Dorothy unter dem Einfluss des Alkohols aggressiv und vulgär, mit Vorliebe bei öffentlichen Anlässen und auf Dinner Parties der New Yorker High Society. Sie hatte nichts zu verlieren, meinte sie, am allerwenigsten ihren Ruf, der ohnehin nicht der beste war. Die Gastgeber wussten, dass sie kein Blatt vor den Mund nahm und mit Ausfälligkeiten und einer Kaskade unanständiger *four-letter words* zu rechnen war, wenn sie den Publikumsliebling Dorothy Parker auf ihre Gästeliste nahmen. Als Entschädigung für solche gesellschaftliche Unannehmlichkeiten garantierte ihre Anwesenheit jedoch ein hohes intellektuelles Gesprächsniveau, Kurzweil und viel Pep. Zu den Gastgebern, welche in den Zwanzigerjahren während der Sommersaison in Long Island die Ehre hatten, Mrs. Parker in ihren palastähnlichen Residenzen zu empfangen, gehörten der Bankier Otto Kahn, Ralph Pulitzer, der Besitzer der Zeitung *World*, sowie der Redakteur Herbert B. Swope, dessen legendäre Wochenend-Parties F. Scott Fitzgerald in seinem Roman *The Great Gatsby* (1925) verewigt hat. *Great Neck*, Swopes Anwesen an der East Shore Road von Long Island, auf dem Dorothy in jener Zeit am liebsten ihre Wochenenden verbrachte, beschreibt Fitzgerald als »... eine sehr betrunkene Stadt voll berauschter Leute und Schwelger + Schauspielerinnen im Ruhestand.«[5]

Dorothys Ehe mit Eddie dauerte gerade mal fünf Jahre. Es folgte eine Zeit der Verzettelung, der Ausschweifung und kurzlebiger Liebschaften mit Männern, an deren Namen sich Dorothy morgens manchmal nicht einmal mehr erinnerte.

»Into love and out again/Thus I went and thus I go«, charakterisierte sie in leichten Zeilen diese Zeit der spärlichen Produktivität. Sie sei eine billige Frau, behauptete sie gern von sich, und

Robert Benchley, der ihre zahllosen Affären aus nächster Nähe mitverfolgte, konnte ihr nur bedauernd Recht geben. Die Männer, an die sie sich jeweils hängte, seien ihrer unwürdig, versuchte er zu erklären, aber Dorothy zuckte nur die Achseln und konterte, dass sie sich für die Dienste, die sie zu leisten hätten, bestens eigneten. Möglichst jung, gut aussehend und reich sollten sie sein, mehr verlange sie von ihnen nicht. Das klingt einfach und abgeklärt, in Wahrheit aber litt Dorothy, emotional von derart farblosen und meist recht unzuverlässigen Liebhabern abhängig zu sein. Enttäuschte Liebe aus weiblicher Sicht ist denn auch das Leitmotiv, das sowohl ihre Prosa als auch ihre gesamte Lyrik wie ein roter Faden durchzieht. Liebeskummer bis zum Wahnsinn sowie die ironische Analyse der eigenen Willensschwäche in Liebesdingen gehörten in den Zwanzigerjahren zu ihren literarischen Spezialitäten, darüber erzählte, fluchte und spottete sie mal direkt auf sich selbst anspielend, mal kaum verschleiert in die Züge einer fiktiven Figur schlüpfend.

Porträt von 1921.

Weil Dorothy Parker sich scheute, ihr Liebesleid literarisch an die große Glocke zu hängen und dem tragischen Ton triviale Verspieltheit vorzog, wurde sie in ihren verletzten Gefühlen auch nie wirklich ernst genommen. Man nahm ihre Verse für bare Münze und bewunderte sogar die burschikose Art, mit welcher die Autorin ihre Enttäuschungen wegsteckte. Dass diese sie zusammen mit dem erhöhten Alkoholkonsum langsam in einen Zustand permanenter, knapp kontrollierter Depression trieben, wurde nicht erkannt.

Dorothy Parker mit Charles McArthur, Arthur Samuels, Harpo Marx und Alexander Woollcott, 1924.

Nach der Trennung von Eddie im Jahre 1922 hatte Dorothy einstweilen die Nase voll vom bürgerlichen Traum des trauten Heims und bezog im Algonquin Hotel an der West 44th Street eine kleine Suite. Das Leben im Hotel hatte beachtliche Vorteile. Die verhassten Putzarbeiten und das Kochen fielen weg, sie fühlte sich weniger isoliert als in einer Wohnung, und da war vor allem die im Alkoholrausch leicht zu bewältigende Distanz zwischen Stammtisch und Bett: eben im Speisesaal des Hotels Algonquin stand nämlich der große runde Tisch, an dem Dorothy in einer Runde prominenter Zeitungsverleger, Theaterautoren und Literaten zechend und Sprüche klopfend ihre Nachmittage und einen Teil ihrer Nächte zuzubringen pflegte. Zum harten Kern dieser Freundesgruppe gehörten u. a. George Kaufmann und Alexander Woollcott von der *Times*, die Journalisten Robert Benchley und Heywood Broun, der Kolumnist Franklin P. Adams und Harold Ross, Herausgeber der Wochenzeitung *Stars and Stripes*. Doch die Zahl der Freunde, die während Jahrzehnten Tag für Tag in geradezu symbiotischer Verbundenheit ihre Zeit an jenem Tisch verschwendeten, wuchs stetig an, und schon bald erlangten die Bonmots und Geistesblitze der *Algonquians* in der Stadt eine gewisse Berühmtheit. In den Klatschspalten wurde über sie berichtet, wobei Dorothys inzwischen sprichwörtlich gewordene Schlagfertigkeit jeweils mit Zitaten beehrt wurde. Dies half ihr allerdings nicht, über die ernüchternde Tatsache hinwegzusehen, dass sie nichts anderes tat, als am *round table* des Algonquian Hotels ihr Talent zu vergeuden. Während Autoren wie John Dos Passos, Willa Cather und Eugene O'Neill zur gleichen Zeit zurückgezogen an ihren Werken arbeiteten, mied Dorothy ihr Zimmer so oft sie konnte; sie war süchtig geworden nach der Gesellschaft ihrer Zechkumpel und statt zu arbeiten, zog sie vor, mit ihnen über mögliche literarische Projekte zu diskutieren, die sie mit wenigen Ausnahmen doch nie realisierte.

Dorothy zur Zeit ihrer Scheidung von Eddie Parker.

Erst die Bekanntschaft und Heirat mit dem Schauspieler Alan Campbell öffnete ihr 1933 neue Horizonte. Sie war vierzig, noch hübsch und quirlig, wenn auch schon etwas gezeichnet von ihrem chaotischen Lebensstil, während Alan mit seinen neunundzwanzig Jahren das Bild einer idealen Leinwandschönheit abgab: gewelltes Haar, feine, vielleicht eine Spur zu weibliche Gesichtszüge, sportlich, charmant. Dorothys Männertyp, zweifelsohne, aber diesmal war sie wenigstens an einen Menschen geraten, der mehr als *good looks* zu bieten hatte, denn er war selbst literarisch interessiert und hatte bereits einige Erzählungen in der Prestigezeitschrift *The New Yorker* veröffentlicht. Obwohl er jünger war als sie, übernahm Alan die Rolle eines Aufsehers in der Beziehung. Er schaffte Ordnung in ihren katastrophalen Finanzen, brachte sie dazu, einen regelmäßigeren Tagesablauf zu befolgen, und achtete darauf, dass sie sich ordentlich gekleidet und frisiert in der Öffentlichkeit zeigte. Für Alan war Dorothy »die einzige Frau, die ich je gekannt habe, deren Geist vollkommen auf den meinen eingestimmt war.«[6] Dorothy schwelgte im Glück. Sollte sie doch noch den idealen Mann gefunden haben?

Dorothy mit Alan Campbell, kurz nach ihrer Hochzeit, 1934.

Das Ehepaar Campbell wurde 1935 von *Paramount Pictures* nach Hollywood gerufen, um Filmskripte zu verfassen und solche, die an platten Dialogen krankten, zu überarbeiten. Die Campbells waren damals nicht die einzigen, die sich von Hollywoods Geld in die Filmstudios ködern ließen; auch namhafte Schriftsteller wie William Faulkner, Thornton Wilder und Scott F. Fitzgerald versuchten in der Filmbranche ihr Glück und harrten mehr oder weniger lang in jenem künstlichen Eldorado aus. Der noch wenig bekannte Alan verdiente 250 Dollar die Woche und Parker sogar das Vierfache. Ihre Zusammenarbeit zeitigte indessen keine nennenswerten Resultate, was nicht erstaunt, wenn man bedenkt, dass sie manchmal Dialoge zu schreiben hatten, ohne über den *Plot* des Films informiert worden zu sein. Mit Kunst habe all dies nichts zu tun, schrieb Dorothy ihren Freunden in New York, aber wenigstens helfe das enorme Gehalt, ihre Schulden abzuzahlen. Alan begann jedoch bald unter der Tatsache zu leiden, dass ihm Hollywoods Filmproduzenten bloß zweitrangige Filmrollen anboten, und das auch nur, mutmaßte er, weil er der Ehemann der berühmt-berüchtigten Dorothy Parker war. Er begann, sich die Suchtgewohnheiten seiner Frau anzueignen und trank sich schließlich – nach einer Trennung von Dorothy und späteren zweiten Heirat mit ihr – 1963 gar zu Tode.

Mitte der dreißiger Jahre sah die Zukunft für die beiden indessen noch viel versprechend aus. Noch hatte sich Amerika nicht vom Börsenkrach von 1929 erholt, aber was kümmerte es Alan und Dorothy, nun, da sie im Geld schwammen?

»Abgesehen von der Arbeit, die ich wie das Weihwasser hasse, liebe ich es hier«, schrieb sie an Alexander Woollcott.[7] Auch in Hollywood lautete das Losungswort Fun, und Dorothy, die ihre luxuriöse Villa am North Canon Drive in Beverley Hills in vollen Zügen genoss, vernachlässigte wieder einmal ohne schlechtes Gewissen ihr schriftstellerisches Talent und organisierte im neuen Zuhause kostspielige Parties. Zu sagen, dass sie das Geld aus dem Fenster warf, ist kaum übertrieben; wie in der Liebe und dem Alkohol kannte sie auch in Geldsachen kein Maß. Sie genoss es, viel zu verdienen mit einer Arbeit, die sie zwar nicht befriedigte, aber auch nicht sonderlich anstrengte. Witzige Dialoge zu schreiben, fiel ihr leicht, und es machte ihr wenig aus, dass ihre Originalskripte später von andern Filmskriptleuten bis zur Unkenntlichkeit abgeflacht wurden. Sie schrieb, wie früher im Auftrag von *Vogue* und *Vanity Fair,* für das Geld und nicht, um sich zu verwirklichen.

Als 1936 in Hollywood das Aufkommen des Faschismus und die nationalsozialistischen Tendenzen in Deutschland zum Thema wurden, entsann sich Dorothy plötzlich wieder ihrer jüdischen Wurzeln und fühlte sich berufen, die Öffentlichkeit vor der Gefahr rechtstotalitärer Regimes zu warnen. Doch wie ehedem bei der sporadischen Ankündigung ihres Selbstmordes, vermochte sie mit ihrem politischen Aktivismus niemanden so recht zu

Dorothy Parker und Alan Campbell nach ihrem Wegzug aus Hollywood bei ihrer Ankunft in New York, 1937.

überzeugen. Alles nur Theater, hieß es in den Filmstudios skeptisch, als die »Kommunistin« Dorothy die »Anti-Nazi-League« mitbegründete und im russischen Bauernlook öffentliche Reden hielt. Dieser konkrete Protest kam Dorothy jedoch gelegen. Das *easy life* von Hollywood war daran, an Reiz zu verlieren, und Dorothy, ihre antibürgerliche Grundhaltung vor lauter Luxus zu vergessen. Der Wegzug aus Hollywood 1937 und die zunehmenden ehelichen Spannungen trieben Dorothy nach einer längeren Europareise schließlich wieder nach Manhattan und zu der von ihr so geschätzten Hotelexistenz.

Literarischen Ruhm strebte sie noch immer nicht an, obwohl sie langsam wieder Erzählungen zu schreiben begann und mit Erfolg veröffentlichte.

»I'm a short-distance writer«, sagte sie von sich selbst, als sie dem Direktor der *Viking Press* die Bitte um eine Autobiographie oder einen Roman abschlug. Sie kannte ihre Grenzen und wollte sich nicht über die Kurzform hinauswagen. Bleibendes, dachte sie, würde sie nicht hinterlassen. Den durchschlagenden Erfolg ihrer Gedichtbände *Enough Rope* (1926), *Sunset Gun* (1929) und *Death and Taxes* (1931) wollte sie nicht überbewerten, obwohl alle drei über Nacht zu Bestsellern wurden. Tatsächlich betritt sie darin nur mit wenigen Zeilen literarisches Neuland. Eine gewisse prosodische Eintönigkeit kennzeichnet ihre Lyrik, hingegen taucht die Autorin ihre Reime über die enttäuschte Liebe derart unauffällig in schwärzesten Humor und weiß so originell und respektlos mit gängigen poetischen Klischees umzugehen, dass der mangelnde formale Reichtum dadurch oft wieder wettgemacht wird.

Die Liebe sei doch nur »a permanent flop« fasst sie im Gedicht *Coda* ihre Ansicht zusammen; ihre Verse, meist in einfachstem, balladenhaftem Rhythmus verfasst und mit glasklarer Botschaft, fluktuieren zwischen Sarkasmus, ironisierter Trauer und bittersüsser Abrechnung mit dem starken Geschlecht. So kleidet sie etwa in *General Review of the Sex Situation* ihre Enttäuschung über die Unmöglichkeit glücklicher Liebe in flotte Verse:

Woman wants monogamy;
Man delights in novelty.
Love is woman's moon and sun;
Man has other forms of fun.
Woman lives but in her lord;
Count to ten, and man is bored.
With this gist and sum of it,
What earthly good can come of it?[8]

Neben der Liebe taucht in Parkers Lyrik der Selbstmord mit ähnlichem Variationsreichtum auf; er bildet auch das Thema ihres berühmtesten Gedichtes, *Résumé,* das gern als repräsentatives Werk in Anthologien zitiert wird:

Razors pain you;
Rivers are damp;
Acid stains you;
And drugs cause cramp.
Guns aren't lawful;
Nooses give;
Gas smells awful;
You might as well live.[9]

Dorothy Parker, die für ihr Liebäugeln mit dem Selbstmord bekannt gewesen war, starb 1967 infolge eines Herzanfalls im Hotel Volney, verarmt und fast vergessen. Wegen der natürlichen Todesart hat die Nachwelt sie oft der Feigheit bezichtigt, und in Nachworten zu ihren regelmäßig neu aufgelegten Werken ist nicht selten vom tragischen Umstand die Rede, dass die brillante Schriftstellerin sich selbst um Jahrzehnte überlebt habe. Dorothy hat selbst im Alter ähnlich empfunden.

»Hören Sie«, verabschiedete sie sich kurz vor ihrem Tod von einem Bekannten, »seien Sie nicht traurig, wenn ich sterbe, ich bin nämlich schon seit langem tot.«[10]

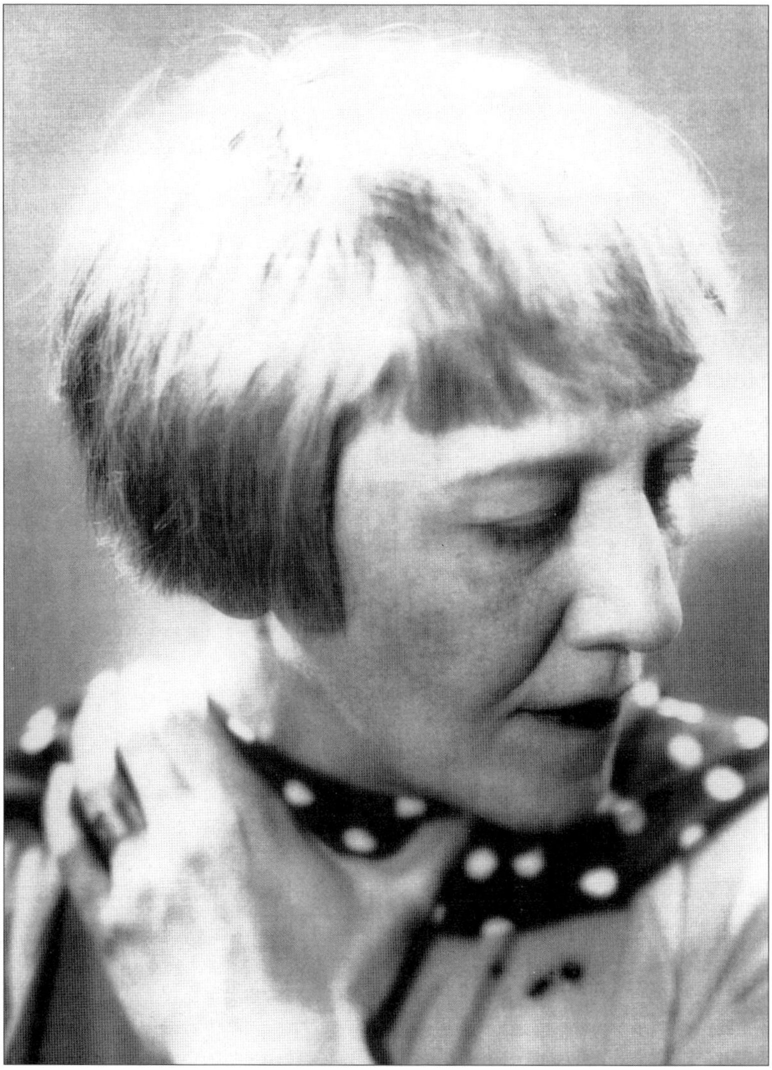

Helen Hessel.

Susanne Nadolny

Helen Hessel (1886–1982)

Unabhängig und nur sich selbst verantwortlich

»Ein perfektes Beispiel einer befreiten Avantgardistin«[1] nannte sie die Psychoanalytikerin und Schriftstellerin Charlotte Wolff, die Helen Hessel in den Zwanzigerjahren in Berlin kennen gelernt und später in Paris eine Zeitlang die Wohnung mit ihr geteilt hatte. »Eine Draufgängerin, die leidenschaftlich liebte und haßte, arbeitete oder faulenzte«[2].

»Niemand kann so lieben wie ich«, lautet Helen Hessels Devise. »Die Liebe umgibt mich wie ein Duft. Zum Dank liebt man mich in allen möglichen Figurationen. L'Indépendante, mich, die Unabhängige, die nur sich selbst verantwortlich ist, rein – und frivol.«[3] Für bürgerliche Moralvorstellungen bleibt da nur geringschätzige Verachtung. Franz Hessel, den Vater ihrer beiden Kinder, heiratet sie gleich zweimal. Mit seinem besten Freund, dem französischen Schriftsteller und Kunstsammler Henri-Pierre Roché, lebt sie eine *amour fou,* die in die Literatur- und Filmgeschichte eingeht. Roché erzählt die Geschichte dieser »Liebe zu Dritt« in seinem Buch *Jules et Jim,* das durch François Truffauts gleichnamigen Film aus dem Jahre 1962 Weltruhm erlangte. Der Film über eine deutsch-französische Männerfreundschaft, die sowohl den Krieg als auch die Liebe zur selben Frau überdauert, gilt heute als Klassiker der Nouvelle Vague. Die Rolle der temperamentvollen Verführerin Catherine, für die Helen Hessel Modell stand, übernahm die Schauspielerin Jeanne Moreau. Generationen von Kinogängern gilt sie seither als Inkarnation der vollendeten Frau, elegant und selbstsicher, voller Lebenslust, leidenschaftlich und zu jedem Risiko bereit. Im Film sagt Jules (Franz Hessel) an einer Stelle zu Jim (Henri-Pierre Roché):

Jeanne Moreau, Henri Serre und Oskar Werner in François Truffauts Film *Jules et Jim,* 1962.

»... sie *ist* eine Königin, Jim. Ich will ganz offen mit Ihnen sprechen: Catherine ist keineswegs besonders hübsch oder intelligent oder ehrlich, nur, sie ist eine wirkliche Frau. Und diese Frau lieben wir beide. Sie ist es, die alle Männer begehren.«[4]

Mit ihrer überschäumenden Energie zieht Helen Hessel Zeit ihres Lebens Bewunderer beiderlei Geschlechts in ihren Bann. Sich selbst gegenüber eine gnadenlose Kritikerin, wird sie wütend, wenn sich irgendjemand ihrer Verführung entzieht. »Comme je suis convaincu de ta rouge rage...«,[5] heißt es in Rainer Maria Rilkes Gedicht »Geranium qui éclate«, das er »Madame Helen Hessel« widmet. ›Madame‹ ist vielmehr ein sportlicher Typ, von muskulöser Statur, »vulgär«, wie sie selber findet, eine ausgezeichnete Schwimmerin, leidenschaftliche Autofahrerin und bis ins hohe Alter eine starke Raucherin. Für ihren Sohn trug Helen »mit ihren blauen Augen und ihrem langen blonden Haar, ihrer ungestümen Zärtlichkeit und ihrem Drang zu verführen die Züge Aphrodites.«[6]

Helen Hessel liebt die Herausforderung. »Ich brauche Leben und Bewegung«, schreibt sie in ihr Tagebuch und wechselt Neigungen und Berufe, lässt sich als Malerin ausbilden, widmet sich dem Tanz, liebäugelt mit der Schauspielerei. Als hoch geschätzte Modejournalistin, die aus Paris für die *Frankfurter Zeitung* schreibt, beeindruckt sie Walter Benjamin und Theodor Adorno. Lieber noch verfasst sie Gedichte, Aphorismen, Prosatexte. Die kurze Form passt zu ihr. Für mehr fehlt ihr der Atem, den sie zum Leben braucht. Selten kommt sie zur Ruhe, schnell ist sie gelangweilt. Immer muss etwas passieren in ihrem Leben, auch wenn dann manchmal doch mehr passiert, als ihr lieb ist. So zwingt die wechselvolle Geschichte des vergangenen Jahrhunderts die ›höhere Tochter‹ auch zu Tätigkeiten, die ihr nicht gerade in die Wiege gelegt wurden.

Ihren Kindern nimmt sie das Versprechen ab, glücklich zu sein, worin sie den wichtigsten Beitrag eines jeden Menschen zum Glück aller sieht. Ihr jüngerer Sohn, mit dem sie ein sehr freundschaftliches und enges Verhältnis verband, beschreibt die mütterliche Erziehung als eine Mischung aus »Respektlosigkeit, Einfallsreichtum und Poesie«.[7]

Am 30. April 1886 wird Helen Katharina Anita Berta Grund in Berlin als Tochter des Bankiers Friedrich Wilhelm Carl Grund und der Julie Anna Grund geborene Butte geboren. Die protestantische, ursprünglich aus Schlesien stammende Familie lebt in Schöneberg. Vom Vater, der Klavier spielt und leidenschaftlich malt, erbt Helen die musischkreative Begabung, vermutlich auch die Unbekümmertheit in Liebesdingen. Fritz Grund hielt es mit der ehelichen Treue ähnlich wie später seine Tochter. Ein Verhältnis mit dem Dienstmädchen blieb nicht ohne Folgen.

Als jüngstes von fünf Kindern erlebt Helen ihre Kindheit als eine »Welt voll unbändiger Freude, ausgelassenem Leichtsinn, mütterlicher Ängste und väterlicher Nachgiebigkeit«[8] . Die Mutter ist psychisch krank, sie stirbt in einer Nervenheilanstalt, als Helen schon verheiratet ist. Auch Helens Bruder Otto leidet an einer Geisteskrankheit, die Geschwister Ilse (geboren 1880) und Fritz (geboren 1884) werden durch Selbstmord sterben. Helens lapidarer Kommentar: »Selbstmord ist der Schnuller der Erfolglosen«, so der Wortlaut einer ihrer Aphorismen, die 1921 in der Zeitschrift *Das Tagebuch* veröffentlicht werden.

»Lenchen« ist ein eigenwilliges Nesthäkchen, das von allen verwöhnt wird, insbesondere von ihrer Gouvernante. Ein inniges Verhältnis verbindet sie mit der zwei Jahre älteren Schwester Johanna, genannt Bobann, mit der sie viel Ähnlichkeit hat. Sie ist weniger temperamentvoll als die ungestüme Helen, eher sanft, was später sowohl Franz Hessel als auch Roché anzieht, die beide eine kurze Liaison mit ihr eingehen. Helen besucht die höhere Mädchenschule in Charlottenburg, lernt Englisch und Französisch. Mit 16 Jahren geht sie für einige Monate nach England, wo sie sich heimlich mit ihrem Cousin Frank verlobt. Nach ihrer Rückkehr beginnt sie eine Ausbildung als Malerin bei George Mosson, einem englischen Maler, dreißig Jahre älter als Helen und, wie ihr scheint, bestens dazu geeignet, sie in der körperliche Liebe zu unterweisen. Der Malerei wegen geht sie 1912 nach Paris, wo sie schnell Anschluss an die Kreise der Pariser Bohème findet. In den Künstlercafés am Boulevard Montparnasse lernt sie eine Welt kennen, die sie schwer beeindruckt, aber auch einschüchtert. Im Gegensatz zu ihrer ebenfalls malenden Freundin Augusta von Zitzewitz, die es sichtlich genießt, mit interessanten Menschen Bekanntschaft zu schließen, fühlt Helen sich eher unbehaglich. »Verglichen mit dem Idealbild eines Gardeoffiziers oder englischen Lords kamen mir die Künstler mit ihren allzu ausdrucksvollen Mienen und Gebärden fremd und eher unheimlich vor. Ich verlor meine Unbefangenheit in ihrer Gesellschaft, sah von einem zum anderen und konnte eine gewisse Beklommenheit nicht überwinden.«[9] Die beiden jungen Berlinerinnen sind regelmäßig im Café du Dôme am Boulevard Montparnasse zu Gast. Mit ihrer blonden Mähne und ihren wachen, blauen Augen fällt Helen in dieser Umgebung auf, auch ihrem Landsmann Franz Hessel, der sich eines Abends mit den Worten »Sie haben ja Augen wie Goethe in den mittleren Jahren« an

Café du Dôme am Boulevard Montparnasse, Paris.

ihren Tisch setzt. Sein kindlicher Mund und seine sanften braunen Augen erregen ihre Aufmerksamkeit. Er ist klein und rundlich, irgendwie »drollig«, wie sie findet, dabei unterhaltsam und amüsant, ein *homme à femmes,* der die Frauen mehr liebt als sie ihn. Seit sechs Jahren lebt Franz Hessel in Paris und gehört wie viele deutsche Künstler und Literaten zu den Stammgästen des Café du Dôme. Franz nimmt Helen an die Hand, zeigt ihr seine Lieblingsplätze in der Stadt, Saint-Julien-le-Pauvre, St.-Germain, Quartier Latin. Sie tanzen in kleinen Bal-Musettes, besuchen Rummelplätze, flanieren über die Grands Boulevards. Der Gesprächsstoff geht ihnen nicht aus. Träumerisch-vergnügt stellen sie sich vor, wie es gewesen wäre, wenn sie sich schon in Berlin begegnet wären, wo sie nicht weit voneinander gelebt hatten.

Franz Hessel.

1880 in Stettin geboren, war Franz Hessel um die Jahrhundertwende mit seiner Familie nach Berlin gezogen. Nach Beendigung der Schule geht er zum Studium nach München, wo er in Schwabinger Künstlerkreisen verkehrt und erste Erfahrungen einer *ménage à trois* mit der Schriftstellerin Franziska von Reventlow und dem polnischen Maler Bogdan von Suchocki sammelt. Franz ist fasziniert von der temperamentvollen Exzentrikerin, doch für sie ist er lediglich eine »elegante Begleitdogge«, von deren Geld es sich angenehm leben lässt. Sein früh verstorbener Vater hatte ihm ein beträchtliches Vermögen vererbt, das es Franz lange Zeit ermöglicht, frei von materiellen Zwängen zu leben. Die wohlhabenden Eltern gehörten dem jüdischen Großbürgertum an, doch Franz wurde ebenso wie seine Geschwister protestantisch getauft. Bereits in der Münchner Zeit hatte Hessel begonnen, Gedichte zu veröffentlichen. 1908 erscheint seine erste Prosasammlung *Laura Wunderl,* ein Band mit Novellen. Helen fühlt sich wohl in Franz' Gesellschaft. Sie kann ihm alles erzählen, was ihr gerade durch den Kopf geht, auch Unsinniges, ohne Angst, von ihm bewertet oder verurteilt zu werden. In seiner Nähe fühlt sie sich freier und unabhängiger. Franz ist ein aufmerksamer Zuhörer, liebevoll und tolerant, kurzum »der ideale Mann zum Heiraten«, wie sie schon sehr bald feststellt. Das Aufgebot wird bestellt. Franz, da ist sie sich sicher, würde ihr keine Vorschriften machen. Sie warnt ihn noch, mit der Treue sei das bei ihr so eine Sache. Souverän gibt er ihr zu verstehen, man könne sich schließlich immer noch scheiden lassen, wenn es tatsächlich nicht klappen sollte. Beide versprechen sich von dieser Ehe eine größere Unabhängigkeit ihren Familien gegenüber, die im Übrigen mit Zurückhaltung reagieren. Helens Brüdern ist die jüdische Verwandtschaft suspekt, die Verwandtschaft von Franz mutmaßt, sie sei wohl nur hinter seinem Geld her.

Kurz vor der Hochzeit, die 1913 in Berlin stattfindet, hatte Helen noch in Paris den besten Freund ihres Verlobten um ein Gespräch unter vier Augen gebeten. Das Rendezvous platzt, weil Helen sich erheblich verspätet. Henri-Pierre Roché, 1879 in Paris geboren, war als Kunstsammler, u. a. von Picasso, Man Ray, Braque, Duchamp und Brancusi überaus erfolgreich. Darüber hinaus arbeitete er als Übersetzer, Schriftsteller und Journalist. Roché und Hessel hatten sich kurz nach dessen Ankunft in Paris kennen gelernt. Eine enge Freundschaft, die sich auf gemeinsamen Reisen, u. a. nach Deutschland, Italien und Griechenland, vertieft hatte, verbindet die äußerlich so ungleichen Männer. Der große, schlanke Roché ist ein ausgesprochener Frauentyp, ein Don Juan, stets bemüht, die Kunst der Verführung zu perfektionieren, indem er sie praktiziert. Über seine zahlreichen Liebschaften pflegt er genauestens Buch zu führen. Den Überblick zu behalten fällt ihm schwer. Als François Truffaut viele Jahre später Rochés Notizen, die insgesamt vierzig Aktenordner füllen, abtippen lässt, laufen ihm die entsetzten Stenotypistinnen ob der pikanten Details reihenweise davon. Truffauts Film *Der Mann, der die Frauen liebte* geht auf diese Art der »Buchführung« Rochés zurück. Roché und Hessel haben nicht nur in literarischen Dingen den gleichen Geschmack, sondern auch in puncto Frauen, was zu Komplikationen führen könnte, wären sie nicht stets bereit, brüderlich zu teilen. Franziska von

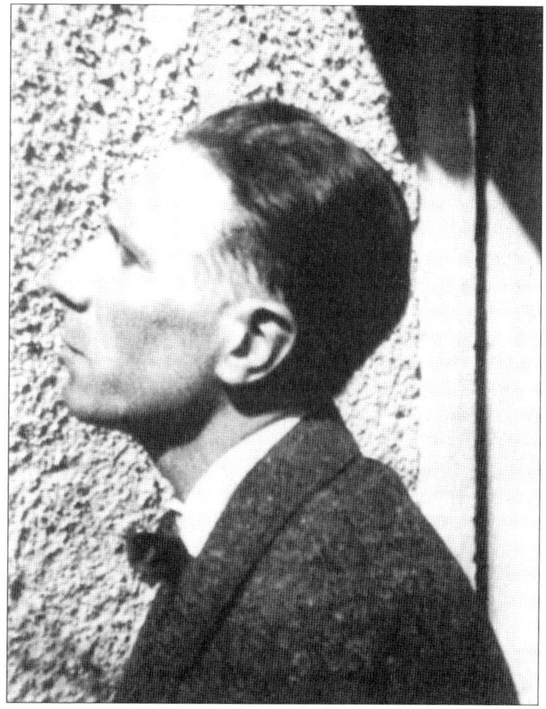

Henri-Pierre Roché.

Reventlow ist eine der Frauen, die sie beide lieben, ebenso die Malerin Marie Laurencin, die mit Rochés Hilfe zu Ruhm und Ansehen gelangt. Dann sind da noch Luise, Maga, Odile, Berthe ... Bei Helen ist nun plötzlich alles anders.

Hessel hat Helen allein entdeckt und will sie um jeden Preis für sich allein behalten. »Diese da nicht«, bittet er Roché, wohl wissend, dass er ebenso hingerissen von ihr sein würde wie er selbst. Roché respektiert den Wunsch des Freundes. Helen ist für ihn – bis auf weiteres – tabu. Bei einer ihrer Reisen hatten die Freunde auf einer griechischen Insel gemeinsam eine Statue entdeckt – den Torso eines Mädchens, das von Satyr geraubt wird. Das »archaische Lächeln« dieser Statue hatten sie seither gesucht – und bei Helen gefunden.

Die Verabredung von Helen und Roché ist geplatzt, ein neuer Termin wird nicht gefunden. Zwei Tage später reist Helen allein nach Berlin, Hessel folgt ihr kurze Zeit später. Als jung Verheiratete kehren sie nach Paris zurück, wo sie das Treffen mit Roché, nunmehr zu dritt, nachholen. Der Abend verläuft nicht gerade nach Helens Geschmack. Roché und Hessel haben sich wie immer viel zu erzählen. Sie beteiligt sich kaum noch an dem Gespräch, was Pierre bemerkt, ohne zu reagieren. Franz scheint sie vollkommen vergessen zu haben. Als das Essen beendet ist, schlägt Helen einen Spaziergang an der Seine vor. Sie bummeln zu dritt die Kaimauer entlang, die Männer noch immer in ihr Gespräch vertieft. Plötzlich lässt Helen Handschuhe und Tasche fallen, nimmt Anlauf und springt in ihrem langen Kleid kerzengerade in den Fluss. Lange bleibt sie unter Wasser, taucht erst in weiter Entfernung wieder auf. Sie hofft, ihren Begleitern gehörige Angst eingejagt zu haben, als Rache dafür, dass man ihr so wenig Beachtung geschenkt hatte. Hessel ist blass geworden. An derartige Szenen wird er sich von nun an gewöhnen müssen. In seinem Roman beschreibt Roché die Szene später ausführlich. Sein Alter Ego Jim ist begeistert. »Ein Strahl der Bewunderung blitzte in ihm auf. Die da fürchtete wenigstens nicht, *anderes zu tun!*«[10]

Ende Juli 1914 bringt Helen in Genf ihren Sohn Ulrich zur Welt. Die schwere Geburt überlebt das Kind nur durch die Hartnäckigkeit seiner Mutter. Erst später stellt sich heraus, dass Ulrich behindert sein wird. Eine Körperhälfte ist gelähmt, epileptische Anfälle sind die Folge. Roché ist als Taufpate des kleinen Jungen vorgesehen, doch der Kriegsausbruch verhindert sein Kommen. Drei Jahre später kommt der zweite Sohn Stéphane zur Welt, als »Ergebnis eines Urlaubs«, wie er selbst in seinen Erinnerungen *Tanz mit dem Jahrhundert* schreibt. Während der Kriegsjahre haben Hessel und Roché, die auf verschiedenen Seiten der Front kämpfen, nur brieflichen Kontakt. Erst 1920 kommt es zu einem Wiedersehen. Helen und Franz Hessel sind mit den beiden Kindern inzwischen nach Hohenschäftlarn im Isartal gezogen. Die Beziehung der Eheleute hat sich merklich abgekühlt. Schon in der Hochzeitsnacht hatte Franz zu seinem Leidwesen erkennen müssen, seiner Frau in sexueller Hinsicht nicht genügen zu können. Kurz darauf dichtet er für sie:

Helen und Franz Hessel in Hohenschäftlarn bei München, 1920.

»Verzeih mir, Liebchen
Und hab Erbarmen
Dass ich nicht gestorben bin
In Deinen Armen.«

Hessel ist zu sanft, zu nachgiebig, zu weich. Helen, die seine stoische Gelassenheit gelegentlich zur Weißglut reizt, bricht regelmäßig aus. Wenn die Tage einander zu gleichen beginnen und Langeweile droht, gönnt sie sich einen Liebhaber, der ihre schlechte Laune vorübergehend vertreibt. Irgendeiner steht immer parat. Nachdem Hessel einige ihrer spektakulären Ausbrüche miterlebt hat, wird er ihr sagen: »Du bist zu kompliziert für mich, ich war nicht der Herkules, den du brauchst. Wenn man dich lieben will, muss man auf jede andere Beschäftigung verzichten.«[11]

Als Roché in Hohenschäftlarn eintrifft, ist Helen gerade erst von einem halbjährigen Aufenthalt als Landarbeiterin auf einem

Gut in Pommern zurückgekehrt. Roché erkennt bald, wie es um die Ehe der Freunde steht – »J'ai eu un tas d'amants, ich hatte eine Menge Liebhaber«, erzählt ihm Helen bereitwillig, nicht ohne zu übertreiben –, und so sieht er keine Veranlassung mehr, den einst geleisteten Schwur einzuhalten. Die junge Mutter gefällt ihm mehr denn je. »Das archaische Lächeln, noch reiner und heller als früher, vibrierte, spannte sich, schoß Pfeile ab. Ihr Blick war voller Übermut und Kühnheit. Ihr Busen glich einem Kiel auf den Wellen«[12], heißt es in *Jules und Jim*. Roché und Helen werden ein Paar, was Franz unter der Voraussetzung akzeptiert, dass sie es den Kindern gegenüber verheimlichen. Ihre Beziehung ist durch und durch sinnlich. In ihrem Liebeshunger sind sie ähnlich unersättlich. Helen hat von Anfang an das Gefühl, endlich einen gleichwertigen Partner gefunden zu haben: »Ich schäme mich kein bisschen. Unsere Arme, unsere Beine, unsere Münder, seine Kraft, sein Atem, sein Geruch. Ich vermische mich mit ihm, er vermischt sich mit mir. Je suis dans le vrai, ich bin am Leben, Vagabundin – frei – alterslos.«[13]

Schon bald notiert Helen in ihrem Tagebuch: »Commençe la bataille«, der Kampf beginnt. Helen zeigt sich zu vollkommener Hingabe bereit, doch die geringste Unaufmerksamkeit auf Seiten Pierres interpretiert sie als seine mangelnde Bereitschaft zu bedingungsloser Liebe. Racheakte, die ihr lästig, aber notwendig erscheinen, sind die Folge. Als Pierre beiläufig erzählt, dass seine Mutter Helen vermutlich hassen würde, weil sie ihn »nicht als Mann einer Frau sehen will, die ihn sinnlich verführt«, ist Helens Kampfgeist augenblicklich geweckt. Hinzu kommt, dass Roché bereits seit 17 Jahren eine Freundin in Paris hat, die seine vielen Affären geduldig erträgt. Germaine müsse er vor einer offiziellen Verbindung erst um Erlaubnis fragen, setzt er Helen auseinander, die augenblicklich nach einem Ausgleich Ausschau hält. Als Helen schwanger wird, spitzt sich die Situation zu. Roché beteuert, er wolle unbedingt einen Sohn von ihr, aber – bitte schön – zu gegebener Zeit. Aufgrund der vielen Geisteskrankheiten in ihrer Familie ist Helen ein

Szene aus dem Film *Jules et Jim.*

legaler Schwangerschaftsabbruch gestattet, so dass sie den Eingriff – nicht ohne Bedauern – vornehmen lässt. 1921 wird die Scheidung von Franz und Helen ausgesprochen, was die beiden mit einer gemeinsamen Nacht feiern. Bald darauf ist sie erneut von Roché schwanger. Obwohl der Gedanke an ein gemeinsames Kind inzwischen für beide zu einer regelrechten Obsession geworden ist, entscheidet sie sich wieder für einen Abbruch. Franz Hessel steht ihr in den schweren Stunden zur Seite, nicht Roché, der in Paris derweil alten Gewohnheiten nachgeht. Helen, die sich mit »halben Siegen« nicht länger zufrieden geben will, gibt sich geschlagen. »Ich grolle Dir nicht«, schreibt sie an Roché, »sei glücklich. Mach sie glücklich. Das ist ein egoistischer Wunsch, damit der Tod des beherzten Kleinen nicht schmerze. Ich lese das, ich bin kalt wie

Glückliche Tage im Film *Jules et Jim.*

Marmor. Ich fühle es nicht in meinen Knochen noch in meinem Blut noch in meinem Herzen. Mein Hirn sagt einfach »ouf«.[14]

Der »Kampf« zwischen Helen und Roché wird sich noch jahrelang hinziehen. Die große Leidenschaft erweist sich als nicht alltagstauglich, Momente größten Glücks wechseln mit hässlichen Szenen, Vorwürfen, sogar Schlägen. Einmal kommt es am Bahnhof von Schäftlarn nach einem Streit zu einem Zwischenfall mit beinahe tragischem Ausgang. Als der Zug sich nähert, bleibt Helen trotzig auf den Schienen stehen, springt erst im allerletzten Moment zur Seite. Sie ist nicht schnell genug, die Lokomotive berührt sie leicht, sie stürzt, kann sich später an den Vorfall nicht mehr erinnern. Helen, die für sich selbst größte Unabhängigkeit beansprucht, stellt Forderungen an Roché, die dieser bisher von einer Frau nicht gewohnt war. Obwohl er in ihrer Nähe stets aufs Neue ihrer Vitalität erliegt, ist er jedes Mal erleichtert, wenn er »Ferien von Helen« machen darf. Andere Frauen sind einfacher, denkt er, und hält Ausschau nach weniger exzessiven Partnerinnen. Als Helen Jahre später erfährt, dass Roché inzwischen nicht nur Germaine geheiratet, sondern mit einer anderen Frau einen Sohn gezeugt hat, ist sie außer sich. Das ist selbst ihr allzu viel Libertinage. Es kommt zu einer gewalttätigen Auseinandersetzung in einem Hotelzimmer in Paris, bei der auch ein Revolver im Spiel ist. Helen schwört, Roché nie mehr wiedersehen zu wollen, und hält sich tatsächlich daran. Obwohl sie in Paris noch über zwanzig Jahre nicht weit voneinander entfernt wohnen werden, gilt Roché fortan als Tabu, von dem sie allenfalls noch als »dem Lügner« spricht. Als Roché im April 1959 stirbt, schreibt sie an eine Freundin: »Solange er existierte, war alles gut und jetzt tut es weh. Alles Entscheidende ist mir und den Kindern durch ihn gekommen, durch diese passion, die er in mir entzündet hat. Mir kommt es vor, als sei ich selbst gestorben, da der Zeuge meiner äußersten Lebendigkeit nicht mehr vorhanden ist.«[15]

Franz und Helen Hessel heiraten 1922 ein zweites Mal, nicht ohne sich »un non directe pour le lit« zu verordnen, und ziehen mit den Kindern nach Berlin, wo Hessel, dessen Vermögen von der Inflation aufgezehrt wurde, als Lektor für den Rowohlt-Verlag tätig wird. 1925 geht Helen mit den Kindern nach Paris, um in Rochés Nähe zu sein. Franz Hessel begleitet sie zunächst, kehrt dann aber nach Berlin zurück. Auch der ältere Sohn Ulrich fühlt sich in Berlin wohler und entscheidet sich nach der Schule zunächst für eine Ausbildung im selben Verlag, in dem auch sein Vater tätig ist. Mitte der dreißiger Jahre, als er »spürt, wie sehr sich Deutschland zum Schlimmen verändert hatte und daß dies nicht mehr das Land war, daß [er] geliebt hatte«[16], kehrt er ohne Bedauern nach Paris zurück.

Anders als sein Bruder Stéphane hat sich Ulrich nie mit der Beziehung seiner Mutter zu Roché abfinden können. Er mag es nicht, wenn Roché sich in die Erziehung der Kinder einmischt und zeigt deutlich seine Ablehnung. Stéphane dagegen sieht in dem sympathischen Franzosen in erster Linie einen großartigen Spielkameraden. Und er fühlt sich in den Künstlerkreisen, zu denen Roché ihnen Zutritt verschafft, ausgesprochen wohl. »Da waren Marcel Duchamp und dessen Begleiterin, Mary Reynolds, Man Ray, der von Helen eine schöne Nacktaufnahme am Strand machte, Le Corbusier und Philippe Soupault, Jules Pascin und Alexander Calder, Constantin Brancusi und Max Ernst, André Breton und Pablo Picasso. Besonders gefiel mir Man Ray mit seinem kleinen Katzenkopf und seiner Vorliebe für Überraschungen. Man langweilte sich nie mit ihm. Er spielte gern. Wie ich.«[17]

Helen bereut ihren Entschluss, nach Paris zu gehen, zu keiner Zeit. Bereits 1921 hatte sie mit journalistischen Arbeiten begonnen, als sie – mehr aus Geldnot – einen Artikel über die Umgangsformen und die Lebensweise der Kriegsgewinnler und Neureichen verfasst, den sie in der Zeitschrift *Das Tagebuch* unterbringen kann. Der Herausgeber Stefan Grossmann findet ihren Beitrag »famos« und freut sich auf weitere Ergebnisse ihrer »launigen Arbeit«. Später erhält sie eine Kolumne unter dem Titel *So ist es!* Von 1925 bis 1937 geht sie ihrer Tätigkeit als Chefredaktrice der wöchentlichen Beilage *Für die Frau* der *Frankfurter Zeitung* nach, wo ihre Artikel unter ihrem Mädchennamen Helen Grund erscheinen. In die schicken Modehäuser Lanvin, Schiaparelli oder Chanel begleitet sie mitunter auch ihr Ehemann, mit dem sie gemeinsam im *Tagebuch* und in der *Frankfurter Zeitung* publiziert. Helen ist froh, ihren Lebensunterhalt selbst verdienen zu können. Ihre Wohnung richtet sie ganz im angesagten Bauhausstil ein. Ihre vielen Künstlerfreunde kommen sie dort gern besuchen. Nach dem tränenreichen Bruch mit Roché ziehen Helen und Stéphane Hessel mit der jüdischen Ärztin und bekennenden Lesbierin Charlotte Wolff zusammen, bis sie sich – wegen einer »unmißverständlichen antisemitischen Äußerung«[18] Helen Hessels entzweien.

1935 hält Helen Hessel in München vor der Deutschen Meisterschule für Mode einen Vortrag, in dem sie über »Das Wesen der Mode« nachdenkt:

»Nein, die Frau ist nicht der Kamerad des Mannes. Kameraden sind ihm Männer. Der Wert der Frau kann auch nicht darauf beschränkt sein, Kinder zu bekommen. Ihre heiligste Aufgabe besteht darin in geheimnisvoller Weise zum Glück zu verlocken, zum Glück, dem Antrieb und Endziel unserer Sehnsucht. Und dazu verhilft ihr die Mode.«[19]

Nicht zum ersten Mal fällt Helen Hessel mit Äußerungen über Mode und Lebensart auf, die in krassem Gegensatz zu dem von der nationalsozialistischen Führung propagierten Frauenbild stehen. In der SS-Zeitschrift *Das Schwarze Korps* wird sie daraufhin stark angegriffen. Ihre fristlose Entlassung ist die Folge. In Helen Hessels Nachlass wird später ein Aufruf zur Gründung einer *Frauenliga gegen den Nationalsozialismus* gefunden, den sie um die Zeit des Kriegsbeginns geschrieben haben dürfte.

Hessel arbeitet derweil weiter bei Ernst Rowohlt und wird dieser Tätigkeit – wenn auch zum Schluss nicht mehr offiziell – bis 1938 weiter nachgehen, bis Helen ihn quasi in letzter Minute aus dem Land holt. Sie begleitet Hessel im Zug bis Belgien. Als sie ihn in Sicherheit weiß, kehrt sie noch einmal nach Berlin zurück und wird hier Augenzeugin des Pogroms der »Kristallnacht«, über den sie einen Bericht in englischer Sprache für den *New Yorker* abfasst.

Schon früh war die Idee entstanden, aus der »Liebe zu Dritt« auch ein Stück Literatur zu machen. Franz Hessel, der laut Auskunft seines Sohnes »nicht nur kein Hindernis, sondern vielmehr der literarische Mittler dieser Leidenschaft«[20] sein wollte, ermuntert Helen und Roché, Tagebuch zu führen, um daraus später einen Roman entstehen zu lassen. Rochés literarische Bearbeitung ist bekannt. Auch Franz Hessel lässt die ungewöhnliche Liebesgeschichte nicht los. Anders als im wirklichen Leben trennen sich die Protagonisten seines Romans *Pariser Romanze* (1920) jedoch, bevor sie ein Liebespaar werden. Auch in seinen Roman *Heimliches Berlin* (1927) und in dem im Nachlass aufgefundenen Fragment *Alter Mann* (1987 veröffentlicht) fließen Erinnerungen an seine Frau Helen ein. Sie selbst führte auf Drängen ihrer Lebenspartner ebenfalls Buch über den Beginn ihrer Romanze mit Roché, was sich so ähnlich liest wie ihre Briefe an ihn: »Pierre Pierre – des moments ›Tagebuch‹ où je tombe. It tears me to you. À d'autres moments j'ai peur que tu ne comprendras pas. … Dieser Augenblick – writing to you – ist Grenze zwischen travail journal und activité Reise.«[21] Als Roché ihr abwechselnd in deutscher, französischer und englischer Sprache geschriebenes *Journal* das erste Mal liest, ist er enttäuscht. Viel zu chaotisch, urteilt er, nicht ohne sich später wortwörtlich einiger Passagen für seinen Roman zu bedienen. Erst 1991 wird das *Journal d'Helen* in einem französischen Verlag erscheinen.[22] In Deutschland ist es 2004 so weit, als Teile des Tagebuchs in einem fulminanten Hörspiel Verwendung finden, in dem die Schauspielerin Meret Becker der Tagebuchschreiberin ihre Stimme leiht.[23]

Der Roman *Jules und Jim.*

1953 erscheint Rochés Roman *Jules et Jim* im Verlag Gallimard, mit mäßigem Erfolg. Zwar erhält er einen Preis, doch der Verkauf läuft schleppend, Restexemplare werden eingestampft. Zwei Jahre später fällt Truffaut ein Exemplar zufällig bei einem Bouquinisten am Palais Royal in die Hände. Noch ist er als Filmkritiker tätig, dennoch sucht er den Autor auf und verhandelt mit ihm über die Filmrechte. Als der Film 1962 mit Jeanne Moreau, Oskar Werner (Jules) und Henri Serre (Jim) in den Hauptrollen herauskommt, ist Helen Hessel bei der Premiere anwesend. »So. Für mich ist diese Erfahrung gleichzeitig beruhigend. Ich habe gelebt, und das ein wenig uncanny [unheimlich]. Ich bin tot und lebe noch«, schreibt sie anschließend an einen Freund.[24] Sie ist

Das Filmplakat zu *Jules et Jim* mit Jeanne Moreau in der Hauptrolle.

die einzige noch lebende Zeitzeugin. Roché war 1959 kurz nach den Verhandlungen mit Truffaut gestorben. Franz Hessel ist bereits seit 1941 tot. Im April 1940 waren Franz, Helen und Ulrich Hessel nach Sanary-sur-mer, einem kleinen Hafenstädtchen an der Côte d'Azur geflüchtet, das Helen von einer Reise im Sommer 1933 her kannte. Im Mai 1940 wird zunächst Ulrich im Konzentrationslager *Les Milles* interniert, acht Tage später auch sein Vater. Im Juli werden sie entlassen und kehren zu Helen zurück. Franz Hessel sollte sich von den Strapazen des Lageraufenthaltes nicht mehr erholen. Helen Hessel, der ebenfalls die Internierung drohte, entkam dieser mit einem für sie typischen Einfall. Als die französische Polizei sie festnehmen will, legt sie sich flugs nackt unter eine Decke, woraufhin die verdutzten Gendarmen Abstand von ihrem Vorhaben nehmen. Stéphane Hessel, der inzwischen französischer Staatsbürger geworden ist und als Offizier auf Seiten Frankreichs kämpft, wird im Juli 1944 verhaftet und nach Buchenwald verschleppt. Er überlebt den Krieg und wird später als Diplomat für die Vereinten Nationen tätig. 1947 folgt Helen Hessel ihrem Sohn in die Vereinigten Staaten, wo sie sich mit Chauffeursdiensten über Wasser hält und als Hausangestellte und Gesellschafterin reicher Amerikanerinnen tätig ist. 1950 kehrt sie nach Paris zurück.

Als sie mit 72 Jahren vom Rowohlt-Verlag, einst Arbeitgeber ihres Mannes, gebeten wird, Vladimir Nabokovs Roman *Lolita* aus dem Englischen ins Deutsche zu übersetzen, stürzt sie sich mit großer Begeisterung in die neue Aufgabe. »Wenn meine Übersetzung wirklich … um Haaresbreite perfekt wird, kann ich beruhigt

Helen Hessel.

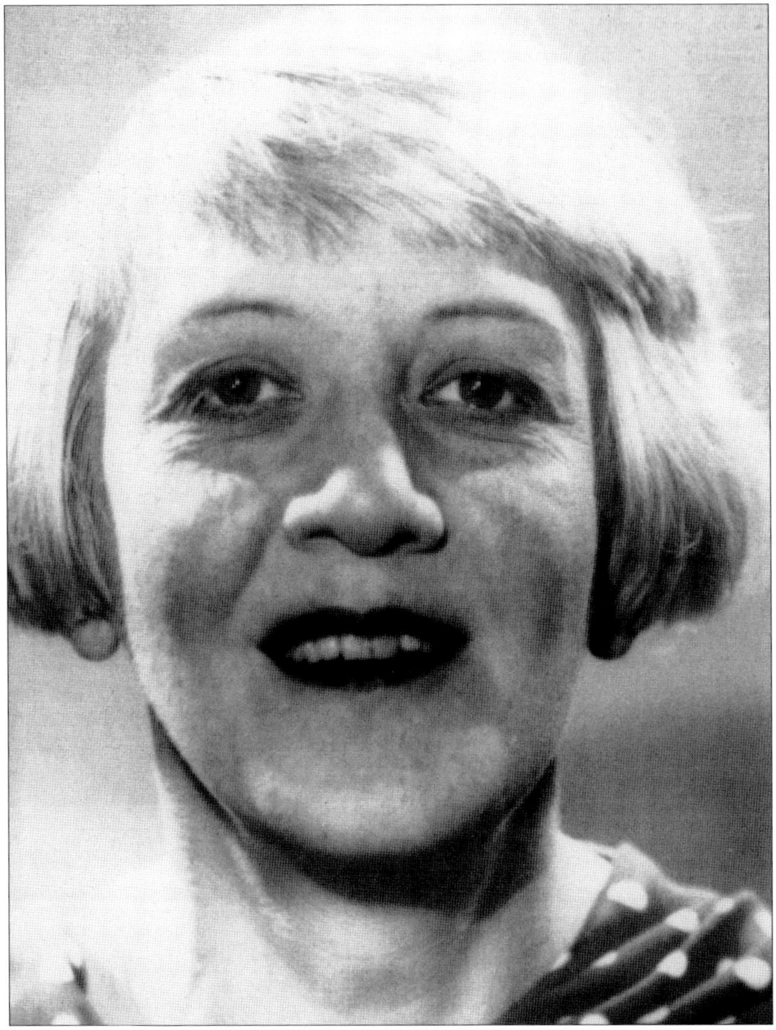

sterben; dann habe ich etwas geleistet, was mich überdauert«[25], schreibt sie an eine Freundin. Henri-Pierre Roché hatte ihr zu Beginn ihrer Liaison einmal zum Vorwurf gemacht, sie würde alles anfangen und nie etwas zu Ende bringen, nutze jeden freien Moment, um irgendeinen Mann zu treffen, anstatt zu arbeiten. Unnütz sei sie und ohne Kraft. Der Vorwurf trifft sie schwer. »Ich bin wie geblendet durch diesen unerwarteten Schlag. Und verletzt und

Helen Hessel hat uber 30 Jahre mit ihrer Freundin Anne-Marie Uhde in der Villa Adrienne in Paris gelebt. (Foto von 1975)

traurig. Das ist hart – und grausam – und wahr.«[26] Rochés Vorwürfe verfolgen sie ein Leben lang, auch wenn sie in ihrem Tagebuch vermerkt, im Grunde interessiere sie die Kunst nicht, sondern nur »das Leben, wie es sich formt, immer fließend.«

Helen Hessel wird 96 Jahre alt. Die letzten dreißig Jahre ihres Lebens lebt sie zusammen mit der Malerin Anne-Marie Uhde, der Schwester des Kunstsammlers Wilhelm Uhde, in einer Wohnung im 14. Arrondissement von Paris, ganz in der Nähe des Prominentenfriedhofs von Montparnasse, wo sie 1982 in der Grabstätte der Uhdes beigesetzt wird. Sechzig Jahre liegt die Zeit ihrer »äußersten Lebendigkeit« da schon zurück, als sie in ihrem Tagebuch notierte: »Es gibt kein anderes Schicksal als das von Penthesilea, um mich zu befriedigen. Encore – encore – Kämpfe – der Tod, Wonne. Wir halten uns, wir rollen um dich herum, Pierre – verlass mich nicht, ohne mich zu töten. Süßes Ausruhen, friedlicher Schlaf.«[27]

Katherine Mansfield,
1921.

Jutta Rosenkranz

Katherine Mansfield (1888–1923)

Alle Arten des Lebens ausprobieren

»Zum Teufel mit meiner Familie! Großer Gott, was für eine langweilige Gesellschaft. Ich kann sie alle zusammen nicht ausstehen. Ich werde bestimmt nicht mehr lange hier bleiben. ... Ich bin so unglücklich, daß ich wünsche, ich wäre tot – aber ich wäre verrückt, wenn ich sterben wollte, wo ich doch überhaupt noch *gar nicht* gelebt habe. ... Hier in meinem Zimmer habe ich das Gefühl, in London zu sein. In London! Beim Schreiben dieses Wortes möchte ich in Tränen ausbrechen.«[1] Im Oktober 1907, kurz nach ihrem 19. Geburtstag, schrieb Kathleen Beauchamp diese Zeilen in ihr Tagebuch. Drei Jahre lang hatte sie mit ihren beiden älteren Schwestern das Queen's College in London besucht, musste danach aber wieder zurück in ihre Heimat Neuseeland.

Kathleen wurde am 14. Oktober 1888 in Wellington, der Hauptstadt der britischen Kronkolonie, als dritte Tochter des Bankiers Harold Beauchamp und seiner Frau Annie geboren. Die Familie gehörte zu den angesehensten und reichsten des Landes. Die Eltern wünschten sich einen Sohn, doch erst nach der Geburt von zwei weiteren Mädchen – von denen eines früh starb – wurde der ersehnte Stammhalter geboren. So wuchs Kathleen mit drei Schwestern und dem jüngeren Bruder Leslie auf, an dem sie besonders hing. Ihre Mutter fühlte sich von den Kindern überfordert und zog sich oft zurück. Liebe und Zuwendung fand das Mädchen, das sich vernachlässigt fühlte, bei der Großmutter. Als Schriftstellerin nannte sich Kathleen später nach dem Mädchennamen ihrer Großmutter Katherine Mansfield. In vielen ihrer Erzählungen hat sie ihr ein literarisches Denkmal gesetzt. Im Unterschied zu ihren hübschen

Geburtshaus von Katherine Mansfield in Wellington.

und braven Schwestern galt Kass, wie sie in der Familie genannt wurde, als schwieriges Kind. Sie war mollig, kurzsichtig, unbeherrscht und eigensinnig. Doch dahinter verbarg sich ein sensibles und nachdenkliches Mädchen. »In meiner Kindheit lebte ich umgeben von einer Fülle von Blumen, und diese waren meine einzigen Vertrauten.«[2] Blumen begleiteten sie ihr Leben lang und spielten in fast jeder ihrer späteren Geschichten eine Rolle. Doch damals, als Kind, war Kathleen einfach anders als die anderen Mädchen, stieß auf Unverständnis und fühlte sich als Außenseiterin. Sie entsprach nicht den Vorstellungen einer anständigen, höheren Tochter und rebellierte gegen die konventionellen Regeln. Schon früh fiel ihre scharfe Beobachtungsgabe auf. Mit neun Jahren gewann sie in der Schule den ersten Preis für einen Aufsatz, später gründete sie eine Schülerzeitung und schrieb fast alle Artikel selbst. Im Mädchengymnasium von Wellington verliebte sie sich leidenschaftlich in eine Mitschülerin; bald darauf verehrte sie einen Cellisten, begann ebenfalls Cello zu spielen und träumte von einer Karriere als Musikerin. Doch zunächst verließ sie Neuseeland. In Begleitung der Eltern fuhren die drei ältesten Töchter nach London, wo sie am Queen's College ihre Ausbildung vollenden sollten. Gleich am ersten Tag lernte sie Ida Baker kennen, die sich später erinnerte: »Eines Tages, im Herbst 1903, wir waren gerade fünfzehn Jahre alt, ging ich mit Katherine … spazieren. Plötzlich sah sie mir ins Gesicht und sagte: ›Wollen wir Freundinnen sein?‹ Ich zögerte, einmal, weil ich mich einem kanadischen Mädchen von unserer Schule verpflichtet fühlte, und zum anderen dachte ich, daß Freundschaft sich allmählich entwickeln müßte. Aber es dauerte nicht lange, bis ich einsah, daß ich ihre Freundin war und es für die nächsten zwanzig Jahre bleiben sollte.«[3]

Katherine Mansfield, links stehend, und ihre Geschwister.

Der dreijährige Aufenthalt in der europäischen Metropole war entscheidend für Katherines Entwicklung. Dort wurde ihr bewusst, dass sie die provinzielle Enge ihrer Heimatstadt verlassen musste, um ihren Weg als Frau und Künstlerin zu finden. An eine Freundin schrieb sie: »Es ist mir ein solches Anliegen, daß alle Frauen eine feste Zukunft haben – Dir nicht auch? Die Vorstellung, dazusitzen und auf einen Mann zu warten, ist einfach scheußlich ...«[4] Katherine strebte nach persönlicher und beruflicher Unabhängigkeit. »Ich beginne nun langsam zu erkennen, wozu Frauen in der Zukunft fähig sein werden. Sie haben wirklich bis jetzt keine Chance gehabt. Wir haben gut reden von unseren aufgeklärten Zeiten und von unserem emanzipierten Lande – der reine Unsinn! Man hält uns in unseren selbstgeschmiedeten Sklavenketten fest. Ja, ich sehe jetzt ein, daß sie tatsächlich selbstgeschmiedet sind und daß wir sie nur selber beseitigen können.«[5] Kein Wunder, dass sich Katherine in Neuseeland nicht mehr wohl fühlte und sich nach Europa sehnte. Für ihren Vater jedoch war es unvorstellbar, seine achtzehnjährige Tochter allein nach London gehen zu lassen. Auch ihren Wunsch nach einer Ausbildung zur Berufsmusikerin lehnte er ab. Katherine gab nicht auf und machte Zukunftspläne: »Ich habe mich endgültig entschlossen, nicht Musikerin zu werden. Das ist nicht meine Stärke. Das sehe ich klar. Ich muß Schriftstellerin werden. ... Ich sollte eine gute Autorin werden. Den Ehrgeiz dazu besitze ich bestimmt, und auch die Ideen. Aber habe ich auch die Kraft, alles, was ich schreiben möchte, auszuführen? Ja, wenn ich zurückkehren kann, sonst nicht.«[6] Doch zunächst nahm sie am gesellschaftlichen Leben in Wellington teil und verliebte sich abwechselnd in Männer und Frauen. Mit einer neun Jahre älteren Malerin, die Katherine beeindruckte, weil sie sich ihren Lebensunterhalt mit ihrer künstlerischen Arbeit verdiente, erlebte sie eine leidenschaftliche Affäre. Im Gegensatz zu ihrer prüden Umgebung hatte Katherine mit ihrer Bisexualität keine Probleme. Über einen Verehrer notierte sie: »Ich bin drei Wochen lang mit einem jungen Engländer verlobt gewesen, weil er eine so schöne Figur hatte. … Ich brauchte ihn nur als Stoff zum Schreiben.« [7]

Katherine Mansfield, 1906.

Im Oktober 1907 erschien ihre erste Kurzgeschichte in einer Zeitschrift und sie erhielt dafür ein Honorar. Die Familie war beeindruckt und der Vater gab endlich seine Einwilligung zu ihrer Übersiedlung nach England. Im Jahr darauf verließ die 19jährige Neuseeland, das sie nie wieder sehen sollte. An eine Freundin hatte sie geschrieben: »Würdest Du nicht gern *alle* Arten des Lebens ausprobieren – eines ist doch sehr klein – aber das ist das Befriedigende beim Schreiben – man kann so viele Menschen verkörpern.«[8]

Die große Freiheit in Europa dauerte nur ein knappes halbes Jahr. In London traf Katherine Mansfield die Familie ihres Jugendfreundes, des Cellisten, wieder und verliebte sich nun in seinen Zwillingsbruder. Nach einigen Wochen des Zusammenlebens wandte sie sich enttäuscht von ihm ab, obwohl sie schwanger war. Überstürzt heiratete sie im März 1909 einen Musiklehrer, der ihr einen Antrag gemacht hatte, und verließ ihn schon am folgenden Tag. Von den Abenteuern der Tochter aufgeschreckt, reiste ihre Mutter nach Europa, brachte Katherine nach Bayern, fuhr zurück nach

Neuseeland und ließ die ungeratene Tochter aus ihrem Testament streichen. Katherine blieb in Bad Wörishofen und freute sich auf das Kind. Doch wenig später hatte sie eine Fehlgeburt. Den Verlust dieses Kindes beklagte sie ihr Leben lang. Die wenigen Monate, die Katherine Mansfield in Bad Wörishofen lebte, prägten ihr weiteres Leben entscheidend, sowohl in positiver als auch negativer Hinsicht. Ihre Beobachtungen in dem bayerischen Kurort inspirierten sie zu zahlreichen Erzählungen, die zwei Jahre später in ihrer ersten Sammlung mit Kurzgeschichten unter dem Titel *In einer deutschen Pension* erschienen. In ihnen zeichnet sie ein sarkastisches Bild des Kleinbürgertums in Deutschland kurz vor dem Ersten Weltkrieg. Jahre später bezeichnete sie das Buch als »unreif« und »nicht gut genug« und verhinderte eine Neuauflage. Doch in diesen ersten Geschichten fällt schon die genaue psychologische Beobachtung des Alltäglichen auf, die Katherine Mansfield in ihren späteren Erzählungen zur Meisterschaft entwickeln sollte. Ihr langweiliges Leben in der bayerischen Kleinstadt wurde durch eine kurze Beziehung mit einem polnischen Intellektuellen aufgelockert. Er machte sie auf das Werk Anton Tschechows aufmerksam, der – neben Charles Dickens – zu ihrem literarischen Vorbild wurde.

Als Katherine 1910 nach London zurückkehrte, wurde sie schwer krank. Erst später stellte sich heraus, dass der Pole sie mit einer Geschlechtskrankheit infiziert hatte, an deren Folgen sie ihr Leben lang litt. Sie schwächte das Immunsystem ihres Körpers, der deshalb der später ausbrechenden Tuberkulose keinen Widerstand entgegensetzen konnte. Nun begann ihr unstetes Wanderleben. In London wohnte sie in möblierten Zimmern, in Hotels oder Pensionen und wechselte in den nächsten acht Jahren fast dreißigmal die Unterkunft. Sie bevorzugte das Herumstreifen, das Abenteuer und fürchtete die Sesshaftigkeit als Begrenzung. Aus dem pummeligen Mädchen war eine schlanke, schöne Frau geworden, die mit ihren großen, dunklen Augen und der originellen Art sich zu kleiden überall die Aufmerksamkeit auf sich zog. Sie war lebenshungrig

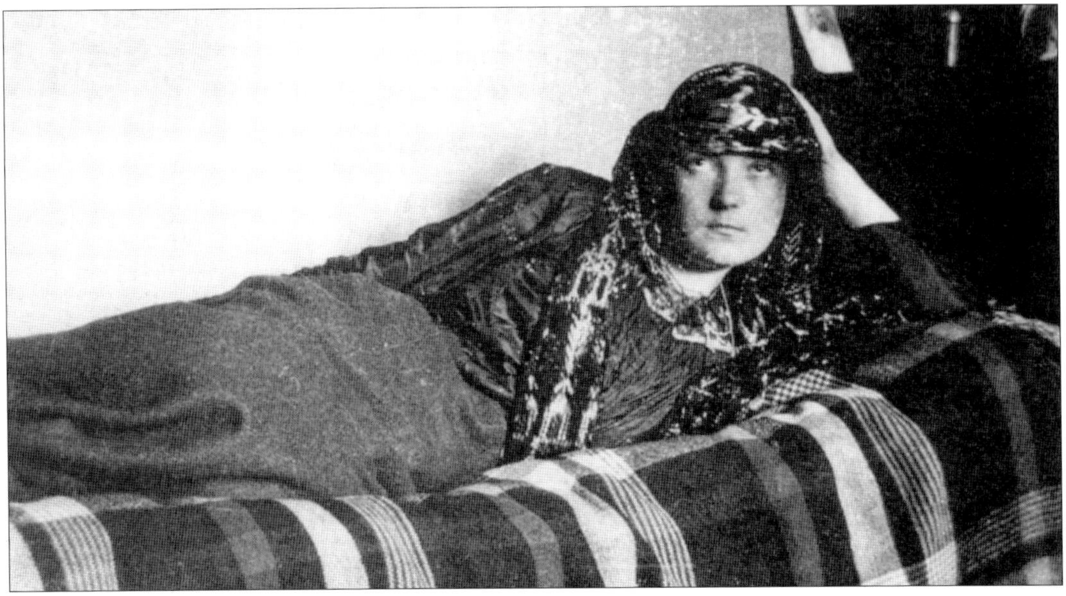

Katherine Mansfield, 1910.

und wollte alles kennenlernen: Lust und Liebe, Leidenschaft und Schmerz. »Der Zustand der Gleichgültigkeit ist meiner Natur wirklich fremd, und darin zu leben, die einzige Art von Hölle, die ich mir vorstellen kann.«[9] Katherines Charakter war faszinierend und widersprüchlich zugleich. Sie konnte charmant und geistreich, aber auch berechnend, zynisch und unnahbar sein. Ihre Stimmungen wechselten schnell. Menschen, die ihr begegneten, lehnten sie entweder ab oder waren hingerissen von ihr. Mit sicherem Instinkt erkannte sie im Gespräch die verborgenen Seiten des anderen. 1911 traf Katherine Mansfield John Middleton Murry, den Herausgeber der ersten Vierteljahresschrift für Literatur und Kunst in England. Er hatte eine ihrer Kurzgeschichten gelesen und wollte die Autorin kennenlernen. Der schüchterne, aber attraktive Murry, der sich selbst als ›teils Snob, teils Feigling, teils sentimental‹ bezeichnete, war ein Jahr jünger als Katherine. Bald bot sie ihm an, bei ihr als Untermieter einzuziehen, und kurz darauf waren sie ein Liebespaar. Sie verkehrten in den Londoner Literatenkreisen, wo sie auch D. H. Lawrence kennenlernten, mit dem sich Katherine über ihre

Arbeit austauschen konnte. Sie wurde Mitherausgeberin von Murrys Zeitschrift und veröffentlichte Kurzgeschichten und Kritiken. Als die Zeitschrift kurze Zeit später einging, wurde das Geld knapp und sie zogen nun zu zweit von einer billigen Unterkunft zur nächsten. Die finanzielle Unterstützung ihres Vaters war knapp bemessen und reichte nie. Als Tochter einer reichen Familie hatte Katherine nicht gelernt, mit Geld umzugehen. Sie lebte großzügig und wollte auf Blumen, Zigaretten und ihre typischen maßgeschneiderten Samtjäckchen nicht verzichten. Auch das Zusammenleben mit Murry war nicht einfach. Mit der traditionellen Rollenverteilung konnte sie sich nicht abfinden. In einem Brief an ihn, den sie Jack nannte, schrieb sie:

Katherine Mansfield, 1913.

»Bin ich wirklich ein solcher Tyrann, lieber Jack ...? ... die Hausarbeit nimmt so viel Zeit in Anspruch, wenn man sie nicht irgendwie systematisch betreibt. Ich meine: Wenn ich zweimal hintereinander aufräumen oder außer der Reihe irgendeinen unnötigen Abwasch machen muß, macht mich das schrecklich ungeduldig, und ich möchte an meiner Schreibarbeit sein. ... Jawohl, ich hasse, hasse, hasse es, diese Dinge tun zu müssen, die Du von mir erwartest, wie alle Männer sie von ihren Frauen erwarten. Ich mache nur sehr widerwillig den Dienstboten. ... Ich hasse mich selber heute. Ich verabscheue diese Frau, die Dir ›den Haushalt führt‹ und die herumhastet, Türen zuschlägt und Wasser verschüttet ... Ich bin entsetzt und abgestoßen von dem Wesen, das Dich anschreit: ›Du könntest wenigstens den Eimer ausleeren und die Teekanne ausspülen!‹«[10]

Murry gab wieder eine neue Zeitschrift heraus, arbeitete als Kunstkritiker und kam oft nur am Wochenende in die gemeinsame Wohnung. Katherine litt unter diesen Trennungen, dem ständigen Geldmangel und den häufigen Wohnungswechseln. Nach drei Jahren kam es zu einer Entfremdung zwischen den beiden und sie beschlossen, getrennt zu wohnen. In ihrem Tagebuch notierte Katherine: »Ach, ich wünschte, ich hätte einen Liebhaber, der mich lieben, festhalten, trösten … würde.«[11] Wenig später hatte sie eine kurze Affäre mit einem französischen Schriftsteller und reiste – unter abenteuerlichen Umständen mitten im Ersten Weltkrieg – nach Frankreich. Die Romanze war schnell vorbei, doch Katherine blieb eine Zeit in Paris und genoss das Alleinsein. Trotzdem war sie enttäuscht, dass Murry so selten schrieb. Diese Ambivalenz zwischen ihrer Sehnsucht nach Murry und dem Wunsch allein zu sein, bestimmte ihre elfjährige, spannungsreiche Beziehung. Katherine litt unter seinem Egoismus, seiner Gleichgültigkeit und Unzuverlässigkeit und wünschte sich mehr Wärme, Spontaneität und Mitgefühl.

Im Oktober 1915 kam Katherines Bruder Leslie an der Front bei der Explosion einer Handgranate ums Leben. Sie war zutiefst erschüttert. Murry war eifersüchtig auf ihre starke Liebe zu ihrem Bruder und konnte sie nicht trösten. Der Tod des geliebten Bruders gab ihrem Schreiben eine neue Richtung. Im Tagebuch notierte Katherine: »Jetzt … möchte ich Erinnerungen an mein eigenes Land schreiben. Ja, ich will über mein Heimatland schreiben, bis mein Vorrat erschöpft ist.«[12] Das half ihr, den schmerzlichen Verlust zu überwinden. Doch in dem Haus in London, in dem ihr Bruder sie kurz vor seinem Tod besucht hatte, wollte Katherine nicht bleiben. Mit Murry fuhr sie nach Südfrankreich, wo sie einige harmonische Monate verbrachten. Er verfasste eine Biographie über Dostojewski. Sie arbeitete an ihrer ersten Neuseeland-Erzählung, *Prélude,* in der sie das Leben ihrer Familie bis zur Geburt des acht Jahre jüngeren Bruders beschreibt. Sie entwickelt einen eigenen Erzählstil und reiht kurze Szenen aneinander, die schlaglichtartig den Charakter der handelnden Personen erhellen. Bemerkenswert ist ihre sensible Darstellung von Stimmungen und scheinbar unbedeutenden Alltagsmomenten. In *Prélude* hat sie auch ihre Eltern porträtiert: den Vater als reichen, aber sparsamen und strengen Familienvorstand, die Mutter als distanzierte, von den häuslichen Pflichten überforderte Frau. Katherine erkannte in ihr dieselben Gefühle des Außenseitertums und den Wunsch nach Unabhängigkeit, die ihr selbst vertraut waren, denen ihre Mutter aber nicht nachgegeben hatte.

Prélude erschien 1918 in der Hogarth Press, dem kleinen Verlag, den Virginia und Leonard Woolf im Jahr zuvor gegründet hatten. Die beiden Autorinnen hatten sich 1916 kennengelernt. Katherine Mansfield schätzte die sechs Jahre ältere Virginia Woolf, die damals noch am Anfang ihrer Karriere stand, und schrieb ihr:

John Middleton Murry, um 1912.

> »Mein Gott, ich stelle mir so gern vor, Virginia, Du seist meine Freundin. Verschreie mich nicht als hitziges Ding und sage auch nicht, den Kopf ein wenig zur Seite gelegt und lächelnd, als wüßtest Du um ein bezauberndes Geheimnis: »Nun, Katherine, wir werden sehen.« Doch bedenke bitte, wie selten es ist, jemanden mit derselben Leidenschaft fürs Schreiben zu finden wie Du sie hast …«[13]

Bei ihrer ersten Begegnung hatte Virginia Woolf einen negativen Eindruck von Katherine. Sie schien ihr gewöhnlich und kalt, doch als der Abend zu Ende war, fand sie sie »so intelligent und tiefgründig, daß die Freundschaft sich lohne«. Katherine hatte Virginias

Katherine Mansfield und John Middleton Murry, 1920.

Roman *Nacht und Tag* in einer Rezension konventionell genannt. Virginia Woolf empfand die Kritik als hart, aber gerechtfertigt. In ihrem nächsten Roman verzichtete sie auf eine chronologische Handlung und reihte ebenfalls impressionistische Szenen aneinander. Sie schätzte den anregenden Austausch mit der Kollegin, den sie als »geistiges Echo« bezeichnete und betonte, dass sie »mit niemand sonst derart schwerelos über das Schreiben sprechen kann«. Gleichzeitig sah Virginia in Katherine auch eine Rivalin und bekannte: »Ich war auf ihr Schreiben eifersüchtig – das einzige Schreiben, auf das ich je eifersüchtig war.«[14] Katherine bewunderte Virginias scharfen Verstand und die Schönheit ihrer Prosa, die ihr jedoch zu reflektierend und distanziert blieb. »Für mich sind Leben und Arbeit untrennbar. Nur wenn ich dem Leben gegenüber wahrhaftig bin, kann ich in der Kunst wahrhaftig sein. Und dem Leben gegenüber wahrhaftig sein, heißt, *gut, aufrichtig, einfach, ehrlich* sein.«[15]

Katherines Gesundheitszustand war seit ihrer Infektion 1910 angegriffen. Ende 1917 befürchtete sie, an Lungentuberkulose erkrankt zu sein und notierte im Tagebuch:

»O ja, natürlich habe ich Angst. ... Ich ... möchte ... nicht feststellen müssen, daß es wirklich Schwindsucht ist, vielleicht geht es ganz schnell – wer weiß? – und dann bleibt mein Werk ungeschrieben. ... Wie unerträglich wäre es, zu sterben – und nur ›Bruchstücke‹, ›Fetzen‹ zu hinterlassen ... nichts wirklich Fertiges.«[16]

Ihre Angst war berechtigt. Die Ärzte rieten ihr, in den Süden zu fahren und sich in einem Sanatorium behandeln zu lassen. Doch sie lehnte das ab, da sie nicht unter Kranken leben wollte. »Ich bitte ja nur um Zeit, das alles schreiben zu können – Zeit, meine Bücher zu schreiben. Dann macht es mir nichts aus, sterben zu müssen. Ich lebe, um zu schreiben.«[17] Sie fuhr nach Südfrankreich, ignorierte die Tuberkulose so lange wie möglich und versäumte die geringen Heilungschancen, die es auch damals schon gab. Murry arbeitete in London und besuchte sie hin und wieder. Unter den langen Zeiten der Trennung von ihm schien sie mehr zu leiden als unter ihrer Krankheit: »... wieder keine Zeile von Dir. Ich *flehe* Dich ganz ernsthaft an zu kabeln, wenn etwas nicht in Ordnung ist. Du weißt, wie diese Anspannung ist. Sie ist ganz schrecklich. Ich kann erst wieder schreiben, wenn ich etwas höre, denn ich bin zu unruhig.«[18] Murry, dessen Antworten bis auf wenige Ausnahmen nicht veröffentlicht wurden, schrieb nicht regelmäßig. Katherines Briefe an ihn zählen zu den bewegendsten Zeugnissen einer Leidenschaft und spiegeln eindrucksvoll das Auf und Ab dieser Liebe, die sie selbst einmal »zutiefst intensiv, aber anstrengend« nannte.

Nach Katherines Rückkehr aus Frankreich wurde endlich die Scheidung von ihrem ersten Mann, die sich immer wieder verzögert hatte, vollzogen. Einen Tag später, am 3. Mai 1918, heiratete sie John Middleton Murry. Doch die lange ersehnte Hochzeit erfüllte Katherines Erwartungen nicht. Enttäuscht schrieb sie an Murry:

»Unsere Heirat – Du kannst Dir nicht vorstellen, was mir das bedeutet hätte. ... Sie hätte erstrahlen sollen –

> abgehoben von allem andern in meinem Leben – Und dann war sie doch nur ein Teil meines Alptraums. Kein einziges Mal hast Du mich im Arm gehalten und mich Deine Frau genannt. Tatsächlich war die ganze Geschichte wie mein alberner Geburtstag. Ständig mußte ich Dich daran erinnern …«[19]

Nachdem bei seiner Frau Tuberkulose diagnostiziert wurde, fühlte sich Murry unter Druck gesetzt und begann, sich von ihr zurückzuziehen. Doch sie wollte nicht zu lange von ihm getrennt sein und verbrachte die Sommermonate meist in England. Allerdings zermürbte sie dann der Alltag und sie litt unter Murrys mangelnder Aufmerksamkeit und Sensibilität. Im Tagebuch notierte sie:

> »All dies schmerzt mich schrecklich, aber ich will es annehmen und von allen Seiten betrachten. Er hätte nicht heiraten sollen. Es gibt keinen Menschen, der von Natur aus weniger geeignet wäre, mit einer *Frau* zusammenzuleben. Und die seltsame Wahrheit ist, daß ich nicht *will,* daß er sich ändert; ich will ihn bei mir haben, mich anpassen und arbeiten. Ein Leben ohne *Arbeit* – ich würde mich umbringen. Deshalb ist die Arbeit wichtiger als das Leben.«[20]

Katherines unerschütterliche Bindung an ihren Mann überrascht. In ihrem Tagebuch versuchte sie, der gegenseitigen Anziehung nachzugehen: »Wir passen auf geheimnisvolle Weise zueinander. … Wir sind … die zwei Seiten der gleichen Medaille, getrennt, verschieden und doch eins. … Das ist die unerklärliche Tatsache, daß ich meinen typisch englischen Mann trotz aller zwischen uns bestehenden Fremdheit liebe. Ich beklage es, gewiß, daß er nicht warm, feurig, lebhaft, sorglos, verschwenderisch mit sich selber, voller Leben, stolz ist. Aber für meine Liebe hat das keine Bedeutung.«[21] Offensichtlich konnten die beiden weder miteinander leben noch sich trennen. Hin- und hergerissen zwischen Einsamkeit und Gemeinsamkeit, träumte Katherine ihr Leben lang von einem Haus mit Garten und Kindern. Sobald ein wenig Geld übrig war, mieteten sie und Murry kleine Cottages auf dem Land, die sie jedoch wegen Ungeziefer, feuchter Wände oder Geldmangel bald wieder verlassen mussten. Schließlich erklärte sie ihm in einem Brief:

> »Mein einziges überwältigendes Gefühl ist, daß wir beide dieses Jahr frei sein müssen, um zu schreiben – und daß selbst unser gemeinsames Leben dafür hintanstehen muß. … Erinnerst Du Dich noch so lebhaft wie ich an *all* die Häuser, *all* die Wohnungen, *all* die Zimmer, die wir gemietet und aus denen wir wieder ausgezogen sind … Fürs erste haben sie mich zerbrochen, und ich muß von einer Woche auf die andere leben und darf mich nicht gebunden fühlen … Die Zeit verrinnt, und wir können es uns nicht leisten, ein weiteres Jahr zu vergeuden …«[22].

In den nächsten Jahren reiste Katherine Mansfield – oft begleitet von ihrer treuen Freundin Ida Baker – durch Europa, immer auf der Suche nach Heilung und preiswerten Unterkünften. Vor allem im Winter mied sie das ungünstige englische Klima und lebte in Italien, Frankreich und der Schweiz. Neben Murry war die Freundin der wichtigste Mensch in ihrem Leben. Manchmal bezeichnete sie Murry als ihren Mann und Ida als ihre Frau, wobei die Beziehung der beiden Freundinnen keine erotische Komponente hatte. Bei Ida fand die lungenkranke Katherine die Fürsorge und Zuverlässigkeit, die sie bei ihrem Mann vermisste. Trotzdem kam es auch zwischen den beiden Frauen zu Spannungen. Katherine erlebte die bei Schwindsüchtigen typischen Stimmungsschwankungen zwischen Euphorie und Verzweiflung besonders intensiv und hatte fast ständig Schmerzen. Zeitweise empfand Katherine für ihre Freundin, die sie umsorgte, aber auch einengte, eine Art Hassliebe. Ida

Baker, die Katherine um mehr als ein halbes Jahrhundert überlebte, schrieb als über Achtzigjährige in ihren Erinnerungen: »Es muß für Katherine nicht immer leicht gewesen sein, mit mir zusammenzuleben. … Ich war … zu unreif, zu gefühlsbetont und viel zu unsicher. … Es gab Zeiten …, in denen ich Katherine mit meiner aufdringlichen Fürsorge auf die Nerven gegangen bin, weil sie frei und ungebunden sein wollte.«[23] Später entspannte sich das Verhältnis der beiden Frauen und Katherine berichtete Murry:

Ida Constance Baker.

»Seit Du das letzte Mal von hier weg bist … haben sich meine Gefühle gegenüber Ida absolut geändert. Nicht nur der Haß ist verschwunden – Etwas Positives ist da, was ganz nach Liebe zu ihr aussieht. Sie hat mich endlich gegen meinen ganzen Widerstand davon überzeugt, daß sie versucht …, dafür zu sorgen, daß ich wieder gesund werde. Jetzt hat sie mich gefüttert, mir geholfen, ist mitten in der Nacht aufgestanden, um eine heiße Milch zu machen und mir die Füße zu reiben, hat mir Blumen gebracht, mich bedient, wie man nicht bedient werden kann, würde man nicht geliebt. Und auch alles still und sanft, und das, nachdem ich sie so angebrüllt und beschimpft hatte. … Mein Haß ist völlig verflogen. … Ich glaube, ich komme ohne sie jetzt nicht mehr aus. … Sie ist der Mensch geworden, der sich um alles sorgt, worum ich mich nicht kümmern kann. … Sie denkt für mich

> und scheint meine Eigenarten zu kennen wie niemand, der nicht jahrelang mit mir zusammen war, es je könnte.«[24]

Katherine Mansfield hatte erkannt, dass ihr Mann weder ihren emotionalen noch physischen Bedürfnissen gewachsen war. Ida Baker berichtete, dass Murry sich oft beklagte, wie schrecklich dieses Leben sei, wie sehr er leide und dass er diesen Zustand nicht länger aushalte. Sie ärgerte sich darüber, wie rücksichtslos er war, wenn es um Katherines Bequemlichkeit und ihr Wohlergehen ging. Die Freundin merkte, dass Murry viel zu sehr damit beschäftigt war, sich selbst zu bedauern, als dass er Katherine eine Stütze hätte sein können. Je weiter Katherines Krankheit voranschritt, desto hilfloser und distanzierter reagierte ihr Mann. Aus Angst vor Ansteckung hielt er sich in ihrer Nähe ein Taschentuch vor den Mund. Katherine fühlte, »... daß ich bei ihm nie gesund werden könnte.«[25]

Seit der Diagnose der Lungentuberkulose hatte sich Katherines Zustand weiter verschlechtert. Ende 1919 resümierte sie im Tagebuch:

> »Während dieser ganzen zwei Jahre war ich von Todesfurcht besessen. Sie wuchs und wuchs und wurde riesengroß, und deshalb, glaube ich, habe ich mich so an ihn geklammert. Vor zehn Tagen hat sie mich verlassen, ich mache mir keine Sorgen mehr. Der Gedanke an den Tod läßt mich vollkommen kalt. ... Jack werde ich immer liebbehalten und seine Frau sein, aber zu jener Qual – Freude –, jenem süßen Wahnsinn der früheren Jahre könnte ich nicht zurück. Eine solche Liebe gibt es für mich nicht mehr. ... Ich möchte meine Bücher schreiben und noch eine Zeitlang mit Jack glücklich sein (obwohl ich nicht so recht daran glaube). ... O, ich möchte noch eine Menge Dinge tun, wirklich. Aber es macht mir nichts aus, wenn ich sie nicht tun kann.«[26]

Katherine Mansfield auf der Terrasse der Villa Isola Bella, 1920.

Im Herbst 1920 fuhr Katherine mit Ida wieder nach Südfrankreich. In Menton fühlte sie sich in der Villa Isola Bella zum erstenmal zu Hause und genoss den Ausblick in den Himmel und den Garten. In dieser Umgebung gelang es ihr, konzentriert zu arbeiten. Sie schrieb eine Reihe von Geschichten, die sofort veröffentlicht wurden. Ihr impressionistischer Erzählstil war damals etwas völlig Neues. Sie verzichtete auf den klassischen Erzähler und reihte Momentaufnahmen aneinander, in denen blitzlichtartig Gedanken und Gefühle der Personen sichtbar wurden. Katherine Mansfield arbeitete mit äußerster Sorgfalt an ihren Texten. Sie ruhte nicht eher, bis sie das Wort gefunden hatte, das genau ihrer Vorstellung entsprach. Wenn sie eine Erzählung beendet hatte, ging sie sofort zur nächsten über. Im Tagebuch notierte sie: »Es gibt kein Gefühl, das sich mit der Freude, eine Erzählung geschrieben und beendet zu haben, vergleichen ließe.«[27] Mit großem Einfühlungsvermögen schildert sie Hoffnungen und Enttäuschungen und zeigt so die Brüchigkeit des menschlichen Lebens. »Um als Schriftstellerin zu leben, kann man sich nur auf das einem wirklich vertraute Leben stützen. … Unser geheimes Leben, das Leben, zu dem wir immer wieder zurückkehren, das ›Erinnerst du dich‹-Leben ist stets die Vergangenheit. Und das Merkwürdige ist, wenn wir beschreiben, was uns so ungeheuer persönlich erscheint, dann finden andere Gefallen daran und verstehen es, als wäre es ihr eigenes.«[28]

Um Geld zu verdienen, verfasste Katherine Mansfield zwei bis drei Rezensionen pro Woche für die Zeitschrift ihres Mannes. Diese Kritiken kosteten sie Zeit und Kraft, die sie für ihre eigenen Geschichten gebraucht hätte. Ende 1920 erklärte sie ihm in der unpersönlichen dritten Person: »Mit dem allergrößten Widerwillen schreibe ich Dir, um Dir zu sagen, daß Katherine Mansfield nicht mehr kann. Sie hätte eigentlich schon vor Monaten aufgeben sollen, doch das Geld war so drängend, daß sie es nicht wagte. … So weiterzumachen ist eine Frage, ihr Leben zu verkürzen. Und das kann sie nicht tun.«[29] Kurz darauf erfuhr sie, dass Murry eine Affäre mit einer anderen Frau hatte und war mehr über die Heimlichkeit der Sache verletzt als über den Seitensprung. Ihre emotionale Abhängigkeit von ihrem Mann hatte nachgelassen:

> »Ich sagte Dir, Du solltest frei sein – weil ich es meinte. Was in Deinem Privatleben geschieht, betrifft mich nicht. Ich habe von Dir, was ich brauche – ein Verhältnis, das einzigartig, aber nicht das ist, was die Welt unter einer Ehe versteht. Das heißt, ich bin in keiner Weise von Dir *abhängig*, auch kannst Du mich nicht erschüttern. Das kann niemand. … Zuallererst bin ich Schriftstellerin. In der Vergangenheit, als ich weniger arbeitete, war mein Schreiben allerdings mit meinem privaten Ich verschmolzen. Ich war mir Deiner bewußt – zuweilen – bis zum Ausschluß von fast allem andern … Aber jetzt nicht. Du bist mir lieber als jeder auf der Welt – aber mehr als alles andere – sogar mehr als reden oder lachen oder glücklich sein – will ich schreiben.«[30]

Und Ida Baker berichtete sie: »Derlei Affären gibt er nie auf, und ich sehe auch keinen Grund dafür. Wenn er nur endlich eine *ernsthaft* anfinge – und mich verließe. Täglich sehne ich mich mehr danach, allein zu sein.«[31] Gerade in dieser Zeit war Ida Baker die zuverlässige Lebensgefährtin und die Einzige, auf die sich Katherine verlassen konnte. »Wenn ich Dir sagen würde, wie ich Dich vermißt habe, … wie sehr ich Dich als einen Teil meines Lebens brauche und mir überhaupt nicht vorstellen kann, ohne Dich zu sein. … Die Wahrheit ist, Freundschaft ist für mich bis ins letzte ebenso heilig und ewig wie die Ehe.«[32] 1921 reisten die beiden Freundinnen in die Schweizer Berge, da die Ärzte Katherine Höhenluft empfohlen hatten. Ida kümmerte sich um die alltäglichen Dinge und Katherine versuchte zu arbeiten. Durch ihre Krankheit reagierte sie noch empfindlicher auf kleinste Störungen und erlebte immer öfter große Stimmungswechsel. Trotzdem waren diese Monate in der Schweiz eine produktive Zeit. Damals entstanden ihre besten Neuseeland-Geschichten: *Das Gartenfest, Das Puppenhaus* und *An der Bucht.* Im Tagebuch notierte Katherine Mansfield: »Es ist seltsam, die Toten zu neuem Leben zu erwecken. Da ist meine Großmutter in ihrem Lehnstuhl, mit ihrer rosa Strickarbeit, da ist mein Onkel … Während ich schreibe, sage ich zu ihnen: ›Ihr seid nicht tot, meine Lieben, ihr lebt in meiner Erinnerung …‹«[33] In der Erzählung *An der Bucht,* eine Fortsetzung von *Prélude,* lässt sie mit großer Detailtreue Menschen und Momente ihrer Kindheit wieder lebendig werden. Beim Schreiben schien Katherine ihre Krankheit vergessen zu können, denn in diesen Geschichten ist von ihren Beschwerden und Ängsten nichts zu spüren. Erst in Mansfields beiden letzten Erzählungen, die wenige Monate vor ihrem Tod entstanden, stehen Vergänglichkeit und Sterben im Mittelpunkt.

Katherine Mansfield in der Villa Isola Bella, 1920.

Seit ihrem 16. Lebensjahr schrieb Katherine Mansfield Tagebuch. Sie vertraute ihm nicht nur Gefühle, Ängste und Zweifel an, sondern notierte darin auch Entwürfe und Szenen für ihre Geschichten. Ihre Krankheit dagegen erwähnt sie auf diesen Seiten relativ selten. Erst als die Tuberkulose weiter fortschritt, tauchten Reflexionen über ihre Krankheit häufiger auf. Im Herbst 1921 notierte sie:

»Warum werde ich jeden Tag meines Lebens von dem Gedanken an die Nähe des Todes und seine Unvermeidlichkeit verfolgt? Das ist wirklich ein krankhafter Punkt bei mir. Und ich kann nicht darüber sprechen. Wenn ich Jack etwas davon sage, macht es ihn unglücklich. Und wenn ich nichts sage, muß ich es allein durchkämpfen. Ich bin des Kampfes müde. Niemand weiß, wie müde.«[34]

Katherines Tagebücher spiegeln die Ambivalenz zwischen der Erkenntnis des nahen Todes und der Hoffnung auf Heilung. Doch es war nicht nur die Tuberkulose, die an ihr zehrte. Über ihre Cousinen hatte sie erfahren, dass ihr Vater verstimmt war. Lange zögerte sie, ihm zu schreiben.

»Liebster Vater, ich muß die Furcht, Dir zu schreiben, überwinden, … Es ist einfach eine Qual, Dir nicht zu schreiben. Mein Herz ist erfüllt von Dir. … Der ganze Grund für mein Schweigen war, daß ich während der ersten Wochen krank war und auf Besserung wartete. … Connie und Jinnie gaben mir zu verstehen, wie sehr viel Du Deiner Ansicht nach für mich tust. Sie machten mir deutlich, daß für Dich die Tatsache, daß Du mir 300 Pfund im Jahr gibst, ein äußerstes Zugeständnis sei und daß doch eigentlich mein Mann derjenige sein sollte, der für mich sorgen müßte. Natürlich weiß ich Deine hohe Großzügigkeit, in dem Du mir so viel Geld zuwendest, zu würdigen. Und ich weiß, das machst Du nur, weil ich so krank bin, wie ich nun bin. Doch ist es sehr unwahrscheinlich, daß ich lange leben werde, und Schwindsucht ist eine schrecklich teure Krankheit. Ich glaubte, es würde Dich nicht stören, Dich in diesem Ausmaß um mich zu kümmern. Und das Gefühl, daß es Dich doch stört – traf mich wie ein Schlag – ich kam nicht darüber hinweg. Mir ist, als gehörte ich eigentlich nicht zu Dir.«[35]

Katherine hatte das Pech, dass sowohl ihr Vater, der zu den reichsten Männern Neuseelands gehörte, als auch ihr Mann, der inzwischen als Herausgeber und Kritiker gut verdiente, sparsam und kleinlich waren. Es erstaunt deshalb nicht, dass Männer in vielen ihrer Geschichten als emotional schwach, unsensibel, grausam und egoistisch geschildert werden. Zu ihrem Vater hatte sie seit der Kindheit ein ambivalentes Verhältnis, da er einerseits zuverlässig, stark und reich, aber auch derb und geizig war. Der Brief, den sie im November 1921, kurz nach ihrem 33. Geburtstag, an ihn schrieb, endete mit dem Bekenntnis: »Es gibt keinen Grund, lieber Vater, daß Du mich weiterhin durch dick und dünn liebst. Das sehe ich ein. Und ich war immer ein außergewöhnlich unbefriedigendes und enttäuschendes Kind. ... Vater wende Dich nicht ab von mir, Lieber. Wenn Du mich nicht mehr in Dein Herz aufnehmen kannst, dann glaube mir, wenn ich Dir sage, ich bin Dein ergebenes tief bekümmertes Kind Kass.«[36] Harold Beauchamp meinte sich rechtfertigen zu müssen und vermerkte ausdrücklich auf dem Kopf dieses Briefes, dass er niemals irgendeinem seiner Kinder die Höhe der finanziellen Zuwendungen ungern gegeben habe. Doch hätte er seiner Tochter leicht die zermürbenden Geldsorgen abnehmen und ihr eine bessere Pflege ermöglichen können, die ihre Krankheit wohl nicht geheilt, aber vielleicht gelindert hätte.

1922 erschien unter dem Titel *Das Gartenfest* Katherine Mansfield dritter Band mit Kurzgeschichten. Das Buch bekam sehr gute Kritiken, erlebte in kurzer Zeit drei Auflagen und brachte der Autorin viel Lob und Anerkennung. Doch ihre schöpferische Kraft ließ nach und sie suchte nach anderen Heilungsmöglichkeiten. So reiste sie nach Paris zu einem russischen Arzt. Er behandelte Tuberkulose mit einer neuen Methode, bei der die Milz Röntgenstrahlen ausgesetzt wurde. Im Tagebuch notierte sie: »Ordnete alle meine Papiere. Zerriß und vernichtete schonungslos vieles. Das ist immer eine große Befriedigung. Jedesmal, wenn ich mich auf eine Reise vorbereite, ist es so, als ob ich mich auf den Tod vorbereiten würde. Wenn ich nie mehr zurückkommen sollte, ist alles in Ordnung. Das hat mich das Leben gelehrt.«[37] Doch die neue Therapie brachte nur vorübergehend Besserung. Im Juni kehrte Katherine mit ihrem Mann, der sie abgeholt hatte, erschöpft in die Schweiz zurück. Sie bat Ida Baker um Hilfe:

> »Es geht nicht. Ich bin in jeder Beziehung genauso krank wie vorher. Ich wünsche mir, daß Du zu mir kommen kannst. Aber wir müssen Jack täuschen. Er hilft mir, soweit er kann, aber er kann mir nicht richtig helfen, und das Resultat ist, daß ich meine ganze Energie darauf verschwende, überhaupt am Leben zu bleiben. Und für meine Arbeit bleibt keine Zeit. Sogar zum Denken bin ich zu müde. ... Die Wahrheit ist, daß ich nicht arbeiten kann, wenn Du nicht bei mir bist. Ich habe einfach keine Kraft mehr.«[38]

Katherine Mansfield 1918, Ölgemälde von Anne Estelle Rice.

Ida kam sofort. Katherine und ihr Mann trennten sich, da das Zusammenleben – wie Murry es ausdrückte – »auf beide eine niederdrückende Wirkung hatte«. Im Tagebuch fragte sich Katherine: »Was bleibt von all den gemeinsam verlebten Jahren? Es ist schwer zu sagen. Wenn sie so wichtig waren, wie kommt es dann, daß nichts davon übrigbleibt?«[39] Die beiden hatten sich auch in ihren Ansichten entfremdet. Katherine beschäftigte sich mit östlicher Weisheit und suchte nach einem inneren Weg, ihre Krankheit zu überwinden. In dieser Situation hörte sie von dem armenischen Heiler Gurdjieff, der den Körper durch die Seele heilen wollte. Sie verließ die Schweiz und reiste im Sommer 1922 nach London. Dort traf sie sich mit ihrem Vater und Freunden und hinterlegte bei einer Bank ihr Testament. Danach fuhr sie wieder nach Frankreich. In der Nähe von Paris – in Fontainebleau – hatte Gurdjieff sein Institut für die harmonische Entwicklung des Menschen eröffnet. Katherine Mansfield war überzeugt, nur dort Hilfe zu bekommen. Durch harte körperliche Arbeit und Meditation wollte Gurdjieff den Geist reinigen und danach die physischen Erkrankungen heilen. Seine Methode war umstritten, viele – auch Murry – hielten ihn für einen Scharlatan, doch Katherine beeindruckte sein Ansatz. Im Oktober 1922 traf sie in Gurdjieffs Sanatorium ein und fühlte sich wohl dort, obwohl sie anstrengende Arbeiten und Abhärtungen mitmachen musste. Auf die Jahre seit dem Ausbruch ihrer Krankheit zurückblickend berichtete sie ihrem Mann:

> »Ich habe Dich nie wissen lassen, wie sehr ich in diesen fünf Jahren gelitten habe. … Ich möchte etwas lernen, das mich kein Buch lehren kann, und ich möchte versuchen, meiner schrecklichen Krankheit zu entrinnen. Auch da kann man kein Verständnis von Dir erwarten. Du meinst, ich sei wie andere – also – normal. Das bin ich nicht. Ich weiß nicht, welches mein krankes Ich oder mein gesundes Ich ist. … Ich glaube, Mr. Gurdjieff ist der einzige Mensch, der mir helfen kann. Es ist ein großes Glück, hier zu sein. Einige hier sind seltsamer denn je, doch den Seltsamen fühle ich mich endlich nahe und sie sind endlich meine Leute. Das fühle ich. Ein so wunderschönes Verständnis und eine solche Anteilnahme habe ich in der Außenwelt nie erfahren.«[40]

In Fontainebleau fand Katherine eine innere Zufriedenheit, die sie seit Jahren nicht mehr erlebt hatte. An Ida Baker schrieb sie: »Du brauchst Dir um mich keine Sorgen zu machen. … Das Schwierigste im Leben ist das Finden der Mitte – das Wahren des Gleichgewichts innerhalb unserer wechselnden Stimmungen.«[41] Nach diesem inneren Gleichgewicht sehnte sie sich. Sie hatte das Gefühl, beim Schreiben »am Ende ihrer Quelle« zu sein und wollte erst dann wieder arbeiten, wenn sie ihre Einstellung verändert hatte. Ihrem Mann erklärte sie: »Eine neue Art des Seins ist nicht leicht zu leben. … So vieles muß ich entbehren; so große Veränderungen muß ich durchmachen. Das einzige, was noch ansteht, ist wohl, das Sterben hinter mich zu bringen – fast, es zu umwerben (fürchterlich hart, das), und dann mit aller Kraft an das Geschäft des Wiedergeborenwerdens.«[42] Katherine beabsichtigte, bis zum Frühjahr allein in Fontainebleau zu bleiben und weder Ida noch ihren Mann zu sehen. Doch Anfang Januar änderte sie ihre Meinung und bat ihn, zu kommen. Murrys Bericht zufolge schien Katherine ihrem angestrebten Ziel der geistigen Erneuerung sehr nah gekommen zu sein. Doch ihren Körper konnte sie nicht heilen. Im Beisein ihres Mannes erlitt sie am Abend des 9. Januar 1923 einen krampfartigen Hustenanfall und einen Blutsturz. Sie starb innerhalb weniger Minuten und wurde vier Tage später auf dem Friedhof in Avon beigesetzt.

Ihr Mann erhielt nun das Testament, das sie wenige Monate zuvor hinterlegt hatte:

> »Alle meine Manuskripte überlasse ich gänzlich Dir, Du kannst damit machen, was Du willst. Sieh sie eines Tages durch, mein Lieber, und vernichte alles, was Du nicht verwendest. Bitte vernichte alle Briefe, die Du nicht behalten möchtest, und alle Papiere. Du weißt, wie sehr ich Sauberkeit liebe. Mach reinen Tisch, … und hinterlasse alles ordentlich – tust Du das? Die Bücher gehören natürlich Dir …, Gelder gehören natürlich alle Dir. Überhaupt, mein Lieber, hinterlasse ich alles Dir – dem geheimen Du, dessen Lippen ich heute morgen geküßt habe. Trotz allem, wie glücklich waren wir!«[43]

John Middleton Murry ignorierte den Wunsch seiner Frau. Nach ihrem Tod veröffentlichte er in rascher Folge ihre unvollendeten

Erzählungen, ihre Tagebücher und Briefe. Durch sinnentstellende Kürzungen schuf er das Image einer einfachen Frau, die geduldig ihr Leid ertrug. Erst die Publikation ihrer ungekürzten autobiographischen Aufzeichnungen und einiger aufschlussreicher Biographien über Katherine Mansfield zeigte, dass sie nicht nur eine sensible und ehrgeizige Künstlerin, sondern auch eine starke, mutige Persönlichkeit war. Sie hinterließ achtundachtzig Erzählungen, die bis heute nichts von ihrer Originalität und Frische eingebüßt haben und ihren Ruhm als Wegbereiterin der modernen Kurzgeschichte begründeten. Zu Beginn des 20. Jahrhunderts, als die meisten ihrer Zeitgenossen sich noch an den Wertvorstellungen des vergangenen Jahrhunderts orientierten, hatte es Katherine Mansfield gewagt, als Frau und als Künstlerin kompromisslos ihren eigenen Weg zu gehen.

Claire Goll, 1921.

Susanne Nadolny

Claire Goll (1890–1977)
Mitspielen auf der Bühne der Welt

»Ich fürchte weder die Jahre noch den nahenden Tod, aber ich erschrecke vor der Möglichkeit der Resignation. Nie möchte ich am Ufer der Weisheit und Beschaulichkeit landen. Ich bin jetzt fünfundachtzig, aber ich schreibe noch immer, und ich könnte noch lieben.«[1], gab Claire Goll ein Jahr vor ihrem Tod zu Protokoll, als in Frankreich ihre Lebenserinnerungen erschienen. »Alles ist Eitelkeit und Haschen nach Wind«, zog sie zum Ende ihres Lebens Bilanz. In den letzten Jahren war es still um sie geworden. Claire Goll lebte allein in ihrer Wohnung im fünften Stock in der Rue Vaneau 47 im 6. Arrondissement von Paris, umgeben von Bildern und Porträts ihrer Künstlerfreunde Jawlensky, Delaunay, Chagall, Picasso und Mirò, von Fotos und Briefen ihres Ehemannes Yvan Goll und zahlreichen Erinnerungsstücken. In der Drei-Zimmer-Wohnung sah es eher wie in einer Bibliothek oder in einem Museum aus. Einen ganz besonderen Ehrenplatz hatte ein kleines bronzenes Tryptichon inne, das Rilke der Geliebten einst zum Geschenk gemacht hatte.

Die deutsch-französische Dichterin starb 1977 im Alter von 86 Jahren in ihrer Wahlheimat Paris. In den Kreisen der Avantgarde einst als »femme de lettres des Expressionismus und des Surrealismus« gefeiert, repräsentierte die jüdische Bohémienne den weiblichen Teil der Generation der verbrannten Dichter. Sie war eine Frau voller Widersprüche, gefeierte Literatin, exzentrische Künstlermuse, engagierte Streiterin und – darauf hätte sie selbst wohl am meisten Wert gelegt – eine »große Liebende«. Ein Jahr nach ihrem Tod ist sie in Deutschland noch einmal in aller Munde, als ihre Memoiren unter dem Titel »Ich verzeihe keinem. Eine literarische *chronique scandaleuse* unserer Zeit« veröffentlicht werden. Das

Buch wurde – obwohl kontrovers diskutiert – ihr größter Erfolg. Ihre scharfzüngigen Porträts prominenter Zeitgenossen, ihre Hasstiraden auf Frauen und Frau-Sein, nicht zuletzt die freizügigen Beschreibungen ihrer amourösen Abenteuer verstörten und begeisterten Kritik und Leser gleichermaßen. Claire Goll, die ihrem Lebensweg nach der Prototyp einer modernen Frau zu sein schien, provozierte in ihrem letzten Buch mit misogynen Äußerungen, die bis heute nicht nur Feministinnen aufschreien lassen. »Die Frau ist eine Null«, schrieb sie, »nichts als eine Anhäufung von Eierstöcken, und ich nehme mich nicht aus. Trotz meiner Erfolge bin ich nichts, fühle ich mich als nichts.« Eine inszenierte Provokation? Gut vorstellbar.

Wer den Mut hat, sich während des Ersten Weltkriegs in Deutschland zum Pazifismus zu bekennen, muss mit Verleumdungen, Todesdrohungen und Mordanschlägen rechnen. Den »Landesverrätern«, die angeblich dem Feind in die Hände arbeiten, droht Verhaftung und Ausbürgerung. Viele ziehen freiwillig die Emigration vor. Auch Claire Goll geborene Aischmann geschiedene Studer beschließt, dem »Sammelbecken kriegerischen Schwachsinns, das aus Deutschland geworden war«, den Rücken zu kehren. Mit 26 Jahren kann sie erstmalig selbst bestimmen, wo und wie sie zukünftig leben möchte. Zu Beginn des Jahres 1917 übersiedelt sie in die Schweiz, wo ihre fünfjährige Tochter, die bei der Scheidung dem Vater zugesprochen worden war, beim Großvater aufwächst.

Sie möchte in ihrer Nähe sein, doch die Familie verwehrt ihr den Kontakt. Mit Hilfe des Kindermädchens gelingt es ihr zuweilen, das Mädchen heimlich in einem Café zu treffen. »Entsetzlich«, wie sie findet.

In der Schweiz hatte sich zu dieser Zeit ein Kreis gleichgesinnter Schriftsteller – Franzosen wie Deutsche – zusammengefunden, der sich gegen Militarismus, Nationalismus und Krieg engagierte und für internationale Kultur und Völkerverständigung eintrat. Claire, die Friedenssehnsucht und Menschheitsglauben mit den Kriegsgegnern teilt, sucht nach einer Möglichkeit, es ihnen gleichzutun.

In der Zeitschrift *Demain* wird sie eines Tages auf den Beitrag eines gewissen Dr. Goll aufmerksam, den sich die Leserin als einen älteren Herrn mit Vollbart vorstellt. Claire, die eine Seelenverwandtschaft zu spüren glaubt, schreibt ihm einen begeisterten Brief und erhält schon bald darauf die Antwort, er käme sie bei Gelegenheit gern einmal besuchen. An den »alten Goll« habe sie gar nicht mehr gedacht – so beschreibt sie Jahre später diese Zeit, als plötzlich ein junger Mann in ihr Zimmer stürzt, dessen Augen sie an einen Mönch auf einem Bild von Giorgione erinnern. Noch in der ersten Stunde ihrer Begegnung fällt er vor ihr auf die Knie. »Sie sind mein Schicksal!«, ruft er. Spöttisch erwidert sie: »Aber Sie nicht das meine!«

Sie habe sich gründlich getäuscht, gibt sie später zu. Lautstark hatte sie erst kurz zuvor verkündet: »Ich heirate nie wieder – niemals!« Allzu frisch waren die bösen Erinnerungen an ihre erste Ehe, die sie als Sprungbrett genutzt hatte, um dem Martyrium ihrer unglücklichen Kindheit zu entkommen,

Als Clara Aischmann wird sie am 29. Oktober 1890 in Nürnberg geboren. Sie selbst nahm es später mit ihrem Geburtsdatum allerdings nicht so genau. Ihre Angaben variieren: 1890, 1891, 1901. Selten gab sie ihr wahres Alter preis. Fünf Jahre vor Claras Geburt hatte ihr Vater, der wohlhabende Kaufmann und spätere Konsul von Argentinien Josef Aischmann, die zwanzigjährige Tochter eines reichen jüdischen Bankiers, Malwine Fürther, geheiratet. Er hatte es durch den Handel mit Hopfen und Verschlusskapseln zu einem beträchtlichen Vermögen gebracht. Vieles spricht dafür, dass Malwine Fürther, die zwölf Jahre jünger war als ihr Mann, sich ihren Partner nicht selbst hatte aussuchen dürfen, sondern die Entscheidung, wie in den meisten jüdischen Familien damals üblich, von den Eltern getroffen worden war. Eine Liebesheirat, so Claire Goll später, sei es ganz sicher nicht gewesen. Und einmal habe sich ihre Mutter während eines Wutanfalls sogar zu dem Geständnis hinreißen lassen, mit ihrem Mann niemals intim gewesen zu sein, was die Autorin spekulieren ließ, eigentlich einer außerehelichen Liaison ihrer Mutter mit einem preußischen Adligen zu entstammen.

Claire mit ihrem Bruder Justus.

Ein Jahr nach der Hochzeit kam Claras Bruder Justus zur Welt, zu dem sie eine besonders enge Beziehung entwickeln sollte. Sowohl in ihren »autobiographischen Romanen« als auch in ihren Memoiren lässt Claire ihren Bruder im Alter von 16 Jahren durch Selbstmord sterben. Die Legende hält sich hartnäckig. Tatsächlich wurde ihr Bruder siebenunddreißig Jahre alt. Die genaue Todesursache ist nicht bekannt. 1895 zieht Familie Aischmann mit den Kindern nach München, wo sie in den Kreisen wohlhabender Juden verkehrt, die sich der bürgerlichen Oberschicht zugehörig fühlen. Die Mutter führt als die allseits gefürchtete Herrin des Hauses ein strenges Regiment. »Unser Haus glich einem Irrenhaus – auf deutsche Art. Alles war geregelt, logisch, tadellos«[2] . Kinder wie Dienstboten werden von der Mutter mit der Stoppuhr in der Hand kontrolliert, die Zeiten für die Hausarbeit bzw. für den Heimweg von der Schule sind minutiös vorgegeben. Mit geradezu pathologischer Besessenheit strebt sie sowohl bei der Haushaltsführung als auch bei der Erziehung nach Perfektion. Bereits geringfügige Vergehen werden mit Essensentzug und harten körperlichen Züchtigungen bestraft. Die Folge der schwierigen Mutterbeziehung sind lebenslange Angstzustände. »Durch sie bin ich überempfindlich geworden. Seitdem habe ich jedesmal, wenn ich glücklich bin, Angst, dafür bestraft zu werden. Sogar in meinen Träumen lauert hinter jeder Freude die

Furcht vor Züchtigung.«[3] Das selbstmordgefährdete Mädchen flüchtet sich in die Musik – sie spielt hervorragend Klavier – und in die Poesie. Ihre Lehrerin Julie Kerschensteiner, die die besondere Begabung und die außergewöhnliche Persönlichkeit des jungen Mädchens erkennt, fördert sie nach Kräften. Claire Goll dankt es ihr mit einem literarischen Denkmal in ihrem Buch *Traumtänzerin,* wenn sie schreibt: »Diese Frau, die Noblesse und Menschlichkeit, Geist und Anmut, Autorität und Milde zu vereinen schien, war für mich eine Offenbarung.«[4] Sie solle ihren Einfluss nur nicht überbewerten, schrieb ihr die Pädagogin später einmal. »Sie waren stets eine künstlerisch begabte und besondere Persönlichkeit und hätten so oder so den Weg ins Dichterische gefunden«.[5]

Als das heranwachsende Mädchen beginnt, selbst die Blicke der jungen Männer auf sich zu ziehen, verschärft sich ihre Situation. Hatte sie der Mutter bisher als schmückendes Beiwerk auf der Suche nach potentiellen Liebhabern gute Dienste geleistet, so muss diese nunmehr mit ansehen, wie die zarte Schönheit der Tochter immer mehr Bewunderer anlockt. Claire findet eine Lösung: Sie »apportiert« der attraktiven Mutter die Verehrer, ängstlich bemüht, dem von Eifersucht und Rivalität zusätzlich angefachten Sadismus zu entgehen. Der drohenden Verheiratung mit einem ungeliebten Mann entgeht sie gerade noch rechtzeitig durch die Begegnung mit dem Schweizer Jura-Studenten und späteren Verleger Heinrich Studer, in dem sie eine verwandte Seele zu entdecken glaubt. Ihre gemeinsame Liebe zu Literatur und Musik bringt sie einander näher, so nah, dass sie ihm sogar erlaubt, sich nachts in ihr Zimmer zu schleichen. Zum ersten Mal in ihrem Leben lernt sie so etwas wie Zärtlichkeit kennen, und so dauert es nicht lang, bis die sexuell Ahnungslose ein Kind erwartet. Heinrich ist begeistert und will sie auf der Stelle heiraten, doch seine Familie ist in Anbetracht seiner nicht abgeschlossenen Ausbildung dagegen. Die Angelegenheit lässt sich regeln. Für 125.000 Goldmark gibt Studer senior schließlich doch seine Zustimmung. Claires Familie, ängstlich bemüht, die Angelegenheit nicht ruchbar werden zu lassen, erklärt sich zähneknirschend bereit, das Geld zu zahlen. Die Aussicht auf ein baldiges Leben mit Heinrich Studer, der beteuert, an dem »Kuhhandel«, der der Hochzeit vorausging, nicht beteiligt gewesen zu sein, hilft Claire, die letzten Bösartigkeiten der Mutter zu ertragen, die ihre schwangere Tochter als Hure und letzten Dreck beschimpft und sie trotz ihres Zustands weiterhin prügelt. Mit Ungeduld sieht sie dem vermeintlichen Tag ihrer Befreiung entgegen. Die Hochzeit wird auf den 21. Dezember 1911 festgesetzt.

Das junge Ehepaar lässt sich in Leipzig nieder, wo Heinrich Studer sein Jura-Studium fortsetzt und seine Ehefrau ein Studium der Philosophie beginnt, wovon sie während ihrer Schulzeit nur zu träumen gewagt hatte. Doch statt trauter Zweisamkeit bevorzugt der junge Ehemann schon bald ausschweifende Parties mit seinen Studienfreunden, derweil sich seine Ehefrau diskret zurückzuziehen hat. Es könnte schließlich jemand herausfinden, dass der mittlerweile unübersehbar gewordene Bauch seiner Gattin mitnichten nach der Hochzeit entstanden sein konnte. Claire ist entsetzt: der vermeintliche Schöngeist entpuppt sich als »spießbürgerlicher Prinzipienreiter«. Entgegen ihren Hoffnungen ändert Studer auch nach der Geburt der Tochter Dorothea-Elisabeth, die am 6. Mai 1912 zur Welt kommt, wenig an seinem Verhalten. Die junge Mutter ist hingerissen von ihrer kleinen Doralies, wie sie sie zärtlich nennt, und beginnt, Schlaflieder und Gedichte zu schreiben, die später in ihren ersten Gedichtband eingehen. Der junge Vater treibt sich derweil in zwielichtigen Etablissements herum, kommt immer häufiger betrunken nach Hause und schlägt seine Frau.

Gern gesehene Gäste im Hause Studer sind der junge Leipziger Verleger Kurt Wolff und seine Frau. Auf gemeinsamen Ausflügen der Eheleute Studer und Wolff findet die unverstandene Ehefrau in dem gut aussehenden, sich weltmännisch gebenden Jungverleger mit dem Faible für moderne Literatur einen idealen Gesprächspartner. Bei abendlicher Hausmusik kommt man sich näher. Über Kurt Wolff gelangt Claire in Kontakt mit den Berliner und Leipziger Expressionisten, u. a. Herwarth Walden, Alfred Wol-

fenstein und Henriette Hardenberg, mit der sie sich enger anfreundet. Auch lernt sie den gleichaltrigen Dichter Franz Werfel kennen, den der Verleger 1912 als Lektor nach Leipzig geholt hatte, nachdem er mit seinem ersten Gedichtband auf einen Schlag zu Berühmtheit gelangt war. Claire lässt sich von Kurt Wolff gern hofieren und von Franz Werfel allabendlich nach Hause begleiten. »Laut schreiend« soll er dabei seine ekstatischen Verse deklamiert haben. Gedichte waren von jeher ihre Leidenschaft, aber solche hatte sie noch nicht gehört. Bei aller Begeisterung: Werfels stürmische Liebeserklärung weist sie entschieden zurück. Als Dichter vermochte der dickliche junge Mann mit dem Kindergesicht großen Eindruck auf sie zu machen, als Mann weniger. Franz Werfel aber sei es gewesen, so sagt sie später, der ihr den entscheidenden Anstoß gegeben habe, es selbst mit dem Schreiben zu versuchen. Sie beginnt mit Gedichten, die sie irgendwann auch ihrem Geliebten Kurt Wolff zu zeigen wagt. Er gibt sich begeistert, verlegen will er sie nicht.

Claire Golls Tochter Doralies Studer.

Der Umgang mit außergewöhnlichen Menschen, Künstlern und Literaten, die ihren Hass auf alles Bürgerlich-Verlogene offen auszusprechen wagen und statt dessen auf Liebe und Brüderlichkeit setzen, hilft Claire eine Zeit lang über die Enttäuschung ihrer Ehe hinweg. Doch sie ist immer weniger bereit, die Brutalität des ungetreuen Ehemannes hinzunehmen. Als er eines Morgens um fünf Uhr betrunken nach Hause kommt und dazu eine seiner halbseidenen Freundinnen mitbringt, verlässt sie Hals über Kopf das Haus. Beim Scheidungsprozess wird die vierjährige Tochter dem

Vater zugesprochen. Der Verlust ist ein endgültiger. Doralies wird ihr mit den Jahren fremd und trotz wiederholter Versuche gelingt es der Mutter Zeit ihres Lebens nicht, ein enges Verhältnis zur Tochter aufzubauen. Noch dreißig Jahre später fühlt sie sich »schuldig, ein Wesen (ohne Glücksgarantie) in die Welt gesetzt zu haben«,[6] und gesteht sich resigniert ein: »Aber mein Instinkt hat mich doch nicht betrogen und es ist nach wie vor weder eine innere noch eine echte Blutbindung zwischen uns. Nur eine Qualverwandtschaft.«[7]

Von der Schicksalhaftigkeit ihrer Begegnung offenbar überzeugt, versucht Yvan Goll nur zwei Tage nach dem ersten stürmischen Zusammentreffen, Claire zu überreden, schleunigst in seine Nähe zu ziehen. »Man muß impulsiv sein!«, schreibt er ihr. »Jeder behält seine persönliche Freiheit, bis er sich selbst seine Ketten geschmiedet hat: o Rosenketten!«[8], worüber sie sich noch Jahre später lustig machen wird.

Unter dem Namen Isaac Lang wurde Yvan Goll 1891 in Lothringen geboren. Die Eltern waren jüdischen Glaubens, standen einer strengen Orthodoxie jedoch fern. Nach dem frühen Tod des Vaters zog die Mutter zurück in ihre Geburtsstadt Metz. In der 1871 vom Deutschen Reich annektierten Stadt sprach die Bevölkerung nach wie vor Französisch, in der Schule war die Unterrichtssprache Deutsch. Als ihm nach Kriegsausbruch die Einberufung in das Deutsche Reichsheer drohte und damit der Kampf gegen die Franzosen, die er nach wie vor als seine Landsleute ansah, übersiedelte er in die Schweiz. Noch während seines Jura-Studiums hatte Yvan Goll zu dichten begonnen.

Claire ist nicht gerade begeistert von dem allzu leidenschaftlichen Verehrer, der ihr verrückte Verse schreibt, in denen immerfort von seiner Liebe die Rede ist. Wenn sie es nicht mehr erträgt und ihm den Zutritt zu ihrer Wohnung verweigert, belagert er die Türschwelle und schiebt ihr verliebte Botschaften unter der Tür hindurch. »Ich lebe nicht, ich liebe«, fasst er seinen Gemütszustand zusammen. Claire zeigt sich nicht sonderlich beeindruckt.

Yvan Goll, 1940.

Noch weit davon entfernt, ihm ebenso liebestrunkene Verse zurückzuschreiben, verlobt sie sich kurzerhand mit seinem besten Freund.

Ein halbes Jahr soll es gedauert haben, bis sie schließlich bereit gewesen sei, Yvan Goll zu erhören. Claire Golls erste schriftliche Liebeserklärung datiert vom 17. September 1917: »O Du, wie ich Dich liebe!« ,schreibt sie, um sich gleich darauf zu korrigieren: »Nein, wie ich Dich lieben will!« Am 19. Oktober 1917 legen Claire und Yvan in einer symbolischen Hochzeitszeremonie ein Treuegelübde ab, das sie gemeinsam in Claires Tagebuch eintragen. Der romantische Liebesbund wird mit dem Tausch goldener Ringe besiegelt.

Immer häufiger erscheinen in der Folge in Schweizer Zeitungen streitbare Artikel der engagierten Journalistin Claire Studer wie *Die Stunde der Frauen* oder *Die Mission der deutschen Frau,* in denen sie radikal für die Gleichberechtigung der Frauen und für Pazifismus eintritt. »Der schmachvolle Zusammenbruch der von Männern geführten Völker müßte uns endlich lehren, die Welt unter einem andern Gesichtswinkel als dem männlichen zu sehen. … Wo bleibt *unsere* Revolution?«,[9] appelliert sie an ihre Geschlechtsgenossinnen. »Wir Talentlosen, wir kleinen Statistinnen, die wir nie mitspielen durften auf der Bühne der Welt! Wann werden wir endlich nicht mehr Chor sein, der klagt, sondern einzeln auftreten im Leben?«[10] Im Jahr 1918 veröffentlicht Claire Studer ihre ersten beiden Bücher, die Novellensammlung *Die Frauen erwachen,* die sie »allen Schwestern« widmet, und ein schmales Buch mit Gedichten. Es trägt den Titel: *Mitwelt.* Sowohl die Gedichte als auch die Novellen, die in ihrer pathetisch anmutenden Diktion den expressionistischen Einfluss verraten, lassen sich als fiktionale Verarbeitung der Themen ihrer journalistischen Arbeiten lesen.

Kurz nach Erscheinen des Gedichtbandes *Mitwelt* hatte die stolze Autorin ein Exemplar ihres Werkes an einen bekannten Dichter geschickt, dessen Verse sie schon als Schulmädchen begeistert zu rezitieren pflegte. Als sie im November 1918 nach München reist, wo der Dichter lebt, nimmt sie erneut Kontakt mit ihm auf. Unversehens erreicht sie in ihrem Hotel ein Rosenbouquet mit einem kurzen Brief, der sie noch für den gleichen Tag in die Ainmillerstr. 34 nach Schwabing einlädt. Klopfenden Herzens begibt sie sich in den 4. Stock. Hier, in einem großen Atelier, wohnt der Dichter Rainer Maria Rilke.

Sicherlich wird Claire der Ruf des fünfzehn Jahre älteren Dichters, der als leidenschaftlicher Frauenverehrer galt, nicht unbekannt gewesen sein. Aber ebenso sicher wird sie sein Urteil über ihre Gedichte brennend interessiert haben. Rilke ist von der jungen Frau, die er von nun an »Liliane« nennen wird, mehr als angetan. Claire, die den in Zürich geleisteten Treueschwur offenbar vollkommen vergessen oder zumindest verdrängt hat, stürzt sich kopfüber in das Abenteuer. Nach der ersten Liebesnacht schenkt Rilke ihr sein Gedicht *Die Geschwister* mit der handschriftlichen Widmung »Der glücklichen Liliane/aus den Papieren des gestrigen Abends.« Die »glückliche Liliane« genießt die kurze Zeit an der Seite des Ästheten und Feinschmeckers, der sie in Luxusrestaurants ausführt, aber auch selbst für sie kocht und zuvor Stunden damit verbringt, gestickte Tischtücher und erlesenes Porzellan aufeinander abzustimmen, der ihr ganze Nachmittage lang aus seinem Werk vorliest und sich von der begabten Tänzerin den »Tanz der sieben Schleier« vorführen lässt. Aber schon bald weicht die anfängliche Verzückung der klaren Erkenntnis, dass sie nicht in der Lage sein würde, ein tieferes Gefühl in ihm zu entfachen.

Rainer Maria Rilke.

Zweifelsohne ist es die Begeisterung für den Dichter, die Claire Goll zu Rilke führt und die sich – allen enttäuschenden Erfahrungen mit dem »Mann« Rilke zum Trotz – mit jeder neuen Dichtung, die sie von ihm erhält, neu belebt. Erst in ihren Memoiren wirft sie einen mehr als kühlen Blick auf den ehemaligen Geliebten. In ihren kritischen Äußerungen thematisiert sie seine Schaffenskrisen, seinen Narzissmus, sein körperliches Unbehagen, seine politische Naivität und seine Eitelkeit. »Zu Goll durfte ich jederzeit sagen: »Erlaubst du, daß ich das zerreiße? Du kannst es besser.« Rilke hätte so etwas nicht ertragen. Es war seine Achillesferse. Er hatte deren mehrere.«[11]

1919 kehrt sie zu Yvan Goll zurück. Im Oktober desselben Jahres beschließen Claire und Yvan, ihr Glück in Paris zu versuchen.

Die erste Zeit des Neubeginns in der französischen Hauptstadt verbringen sie unter recht ärmlichen Bedingungen in einem Hotel am Montmartre. Erst im Jahr ihrer Hochzeit – 1921 – können sie sich eine größere Wohnung in dem vornehmen Pariser Vorort Auteuil leisten. Land und Sprache ihrer neuen Heimat hatten Claire Goll von jeher begeistern können. Schon von klein auf mit der französischen Sprache vertraut – in ihrem Elternhaus pflegte man in Anwesenheit der Dienstboten Französisch zu sprechen – fällt ihr der Wechsel in die neue Sprache nicht allzu schwer. Obwohl beide Ehepartner in diesen Jahren regelmäßig veröffentlichen, sind sie weit davon entfernt, von dem Verkauf ihrer Dichtungen leben zu können. Der Broterwerb muss durch sog. Nebentätigkeiten gesichert werden. Beide arbeiten als Übersetzer und Journalisten und geben Anthologien deutscher, französischer und amerikanischer Lyrik heraus.

Claire Goll war Zeit ihres Lebens eine modebewusste Frau. Stets im Eilschritt unterwegs, liebte sie es, durch Kaufhäuser und Geschäfte zu streifen, besonders zu Ausverkaufszeiten, denn oft war das Geld knapp. Schuhe von Perugia, zarte Dessous, »articles de Paris« . Was lag näher, als über das zu schreiben, was sie selbst interessierte? Ihre Beiträge in verschiedenen deutschen und fran-

Claire Goll, 1921.

Von links: Elsa Triolet, Robert Delaunay, Claire und Yvan Goll, Valentine Khodassevitch, Wladimir Majakowski, Foire de Clichy, 1922.

zösischen Zeitungen verraten eine humorvolle und bisweilen sehr poetische Modejournalistin. Unterhaltsam und kenntnisreich weiß sie ebenfalls über Theater, Kino, Malerei und vieles andere mehr zu schreiben. Für ihre Sozialreportagen schlüpft sie auch schon mal in die Rolle einer Bettlerin oder Straßenmusikantin. Die journalistische Tätigkeit wird – obwohl ungeliebt – zu einem wichtigen finanziellen Standbein.

Viele Künstler und Literaten, deren Namen man heute ehrfurchtsvoll ausspricht, waren zu dieser Zeit mittellose Bohémiens, die – häufig aus dem Ausland nach Paris gekommen – sich mehr schlecht als recht durchschlugen. Surrealisten, Kubisten, Futuristen – die Golls kennen sie alle. In ihrer Wohnung in Auteuil gibt sich die künstlerische Moderne ein Stelldichein. Befreundete Künstler wie Foujita, Jawlensky, Gleizes und Delaunay erklären sich bereit, ihre Bücher zu illustrieren, und fertigen verschiedene Porträts des Künstlerpaares an. Die Golls sind gefragte Modelle, besonders die melancholisch wirkende Claire mit ihren feuerroten Haaren, den großen Augen und dem selten lächelnden Mund.

1925 erscheint der erste gemeinsame Gedichtband von Claire und Yvan Goll *Poèmes d'amour* mit Zeichnungen von Marc Chagall. Im Jahresrhythmus folgen die Gedichtbände *Poèmes de jalousie* mit Zeichnungen von Tsuguharu Foujita und *Poèmes de la vie et de la mort,* ohne Illustrationen, dafür mit zwei Röntgenaufnahmen der Schädel der beiden Autoren versehen. In diesem in der modernen Lyrik ziemlich einzigartigen »Wechselgesang der Liebe« variieren die Golls das gemeinsame Grundthema ihres Schaffens, die Liebe, in der dialogischen Auseinandersetzung und lassen Lust und Leid der oft als »ideales Paar« apostrophierten Lebensgemeinschaft wieder aufleben. Klaus Mann, einer der ersten, der über die *Poèmes d'amour* schrieb, gefiel die »etwas manierierte Mischung von trockenster Sachlichkeit und lyrischstem Enthusiasmus«. Anerkennend schreibt er: »Sie werden an der intellektuellen Börse notiert; das ist es, worauf es in Paris allein ankommt und was ziemlich schwer zu erreichen scheint«[12].

Anthologien, Gedichte, Romane, Übersetzungen folgen Schlag auf Schlag. *Lyrische Films* nennt Claire Goll ihr Buch, das sie 1922 veröffentlicht. Der Band enthält lyrische Streifzüge durch die Großstädte Paris und Berlin, surrealistische Bildfolgen, die u. a. die Faszination des lyrischen Ichs für das neue Medium Film verraten, *Sentimentalitäten* überschriebene Gedichte sowie das Prosagedicht *Tagebuch eines Pferdes,* das später in verschiedene Sprachen übersetzt und von Marc Chagall illustriert wird. Claire Golls Gedichte dürften mit zu den ersten Versuchen surrealistischen Schreibens – nicht nur in deutscher Sprache – gehören und damit die außergewöhnliche Fähigkeit der Autorin belegen, der es einmal mehr gelingt, eine sich extrem männlich gebende Bewegung um eine weibliche Stimme (und Sehweise) zu bereichern.

Gleich Claire Golls erster Roman *Eine Deutsche in Paris,* der 1924 erscheint, wird für den Prix Femina in die engere Wahl gezogen. Auch ihr Buch *Der Neger Jupiter raubt Europa* (1928) findet in der Presse große Beachtung und wird in mehrere Sprachen übersetzt. 1929 folgt ein weiterer gesellschafts- und sozialkritischer Roman, *Ein Mensch ertrinkt.* Die Kritik urteilt: »Das wichtigste und stärkste Buch, das in der letzten Zeit von einer Frau geschrieben wurde.«[13] Auf Empfehlung Thomas Manns erscheint die englische Fassung noch im gleichen Jahr in einem New Yorker Verlag.

Über die Literatur hatten Claire und Yvan Goll zueinander gefunden, Literatur sollte in ihrer Beziehung von fundamentaler Bedeutung bleiben. Beide hatten in ihrer Kindheit unter der gefühllosen Atmosphäre ihrer Familien gelitten und sich mit Hilfe von Literatur, Kunst und Musik eine Gegenwelt aufgebaut. Begierig nahmen sie alles in sich auf, was ihnen half, ihre Einsamkeit und ihr ungestilltes Liebesbedürfnis zu kompensieren. Die innere Zerrissenheit, die sie in Zeiten des Zusammenbruchs der alten Weltordnung nach neuen Identitäten suchen ließ, war sicherlich mit ein Grund dafür, dass sie zusammenfanden. »Amour de tête« oder »amour fou«? Was sie fest aneinander band, war jedenfalls ungewöhnlich und ließ das exzentrische Bohème-Paar schon zu Lebzeiten zur Legende werden.

Die Sexualität scheint dagegen in ihrer – wie Claire Goll es nannte – »komplizenhaften« Beziehung eine untergeordnete Rolle gespielt zu haben. Die Zärtlichkeit, die sie ihrem Mann geben könne, sei nur eine »unsinnliche«, schreibt sie ihm einmal. Und sowohl in ihrem Tagebuch als auch in ihren Memoiren attestiert sie dem Geliebten in der körperlichen Liebe wenig Geschick.

Schon bei ihrer Hochzeit müsste sich Claire Goll darüber im Klaren gewesen sein, dass eine Ehe mit Yvan Goll nur eine »offene Ehe« sein konnte, ohne dass sie diesen Begriff je benutzt hätte. Die Eheleute gestehen sich andere Partner zu, die Grenzen sind jedoch festgelegt. Es ist eine unkonventionelle, bürgerlichen Moralvorstellungen bewusst entgegengesetzte »moderne Ehe«, auf die Claire und Yvan Goll sich verständigt haben und die – trotz aller Dramatik – sämtliche Krisen, Trennungen und Versöhnungen übersteht. Auch wenn es vorübergehend mal wieder nicht danach aussieht.

Im Januar 1931 fährt Yvan Goll nach Berlin, um sich dort nach Aufführungsmöglichkeiten für seine Bühnenstücke umzusehen. Immer auf der Suche nach Kontakten, die ihm und seiner Arbeit nützlich sein könnten, nimmt er in Berlin regen Anteil am kulturellen und gesellschaftlichen Leben. Einmal findet ihm zu Ehren eine kleine Abendgesellschaft statt. Fast beiläufig berichtet er Claire in seinem nächsten Brief, er habe bei dieser Gelegenheit ein »seltsames Bauernmädel« namens Paula Ludwig kennengelernt, die im Übrigen auch Dichterin sei. Claire versteht seine Andeutungen richtig. Was sie jedoch zunächst für eine vorübergehende Affäre hält, entwickelt sich schon bald zu einer ernsthaften Bedrohung ihrer Ehe.

Claire Goll, 1929.

Die neue Frau im Leben ihres Mannes ist, wie Claire Goll feststellen muss, ausgerechnet eine Dichterin, dabei nicht unbegabt, wird sie doch gelegentlich als die »jüngere Schwester Else Lasker-Schülers« bezeichnet. Seine außereheliche Liaison ist bald allgemein bekannt. Claire gibt sich alle Mühe, die Situation, so wie sie ist, zu akzeptieren, tröstet sich mit anderen Verehrern, ist dennoch verzweifelt. »Wer kann Dich mir erklären?«, fragt sie ihren Mann einmal in einem Brief. Die Antwort kommt postwendend in Form eines Buches, ein Band mit Gedichten, geschrieben und gesammelt von seiner Freundin Paula Ludwig während des ersten Jahres ihrer Liaison, ein Gedichtbuch der sehr persönlichen Art und eine kaum verhüllte Liebeserklärung an Yvan Goll. Claire vermeidet es, ein direktes Urteil über das Buch abzugeben. Statt dessen gibt sie die Meinung ihres Freundes Kurt Wolff wieder: »Mögen doch 2 miteinander schlafen und aneinander leiden, aber sie sollen es um Gottes Willen nicht der ganzen Welt mitteilen.«[14]

Acht Jahre wird diese Dreiecksbeziehung schließlich dauern, acht Jahre, in denen Claire ihrerseits mit wechselnden männlichen Partnern liiert sein wird. Trotz wiederholter Ankündigungen und Erklärungen ist Yvan Goll nicht bereit, eine endgültige Entscheidung zu treffen. Er hält beide Frauen mit Versprechen hin. Immer wieder lebt er für längere Zeit bei Paula Ludwig. Aber auch ihr gegenüber ist er nicht ehrlich. Wiederholt bittet er um Verständnis für sein schweres Schicksal an der Seite einer armen, kranken Frau, für die er sich verantwortlich fühlt, auch wenn zu ihr »das Fluidum abgedreht« sei. Gemeinsame Reisen mit seiner Frau verschweigt er der Geliebten. Vermutlich auch die kleinen Affären zwischendurch. Manchmal kommt es zu geradezu absurden Situationen. So darf die Ehefrau den Verehrerinnen ihres Mannes am Telefon schonend beibringen, dass ihr Mann bei seiner Dauergeliebten weilt. Sie hält ihn brieflich auf dem laufenden: »Soeben rief Frl. Stil schmachtend nach Dir an. Ich tröstete sie so gut ich konnte, sagte ihr, daß noch andere Damen hier anriefen u. daß du bei Paula Ludwig wärst. »Ja, das wisse sie, aber wie lange noch?« Ich sagte, das wüßten nur die Liebesgötter.«[15] Geduldig erträgt sie diese Anrufe ebenso wie die Bitte ihres Mannes, seinen Eltern gegenüber Stillschweigen zu bewahren.

In dieser Zeit verstummt der lyrische Liebesdialog. *Poèmes d'amour* schreibt Yvan nun in deutscher Sprache für Paula Ludwig und nennt sie *Malaiische Lieder.* Es sind die Gedichte, die ihrem Verfasser zu Lebzeiten den größten Erfolg bescheren werden. Mehrfach besucht Paula Yvan Goll in Paris, wo sie im Gästezimmer der Golls wohnt, natürlich nur, wenn Claire gerade auf Reisen ist. Man spricht sich ab, Claire gibt sich großzügig. Auch sie hat inzwischen wieder einen dichtenden Verehrer gefunden: Jacques Audiberti, dessen Begabung sie als eine der ersten erkennt. Claire versäumt es nicht, Yvan von der Leidenschaft ihres neuen Freundes, der im Übrigen neun Jahre jünger ist als sie, zu berichten. Claire will, wenn sie ihn schon nicht als Mann eifersüchtig machen kann, zumindest den Dichter wissen lassen, dass auch sie in der Lage ist, »literari-

Paula Ludwig, 1935.

sche Kinder« anderer Väter zu befruchten. Was sie nicht ahnt: Paula Ludwig und Yvan Goll denken nach dem literarischen nun auch an ein leibliches Kind, das sich Yvan sehnlichst wünscht. Paula Ludwig unterzieht sich zu diesem Zweck eigens einer Operation, die jedoch nicht den gewünschten Erfolg bringt.

Im April 1938 zieht Paula Ludwig ganz nach Paris. Sie nimmt sich ein Zimmer im 6. Arrondissement. Claire und Yvan Goll waren erst Ende März von der Ile St. Louis ebenfalls ins 6. Arrondissement gezogen. Die Sieben-Zimmer-Wohnung ist als ein erneuter Versuch des Zusammenlebens zu sehen, nachdem sie es eine Zeit lang mit getrennten Wohnungen versucht hatten. Während Yvan Goll auf Reisen ist, treffen Paula Ludwig und Claire Goll, die nichts von der Anwesenheit der Rivalin in Paris weiß, zufällig auf der Straße zusammen. Es kommt zu einer vermutlich heftigen Aussprache. Am Abend des 23. Juli 1938 versucht Claire Goll, sich mit Veronal das Leben zu leben. In ihrem Abschiedsbrief bittet sie ihren Mann nur um eines: »lebe nicht mit Paula L«. Yvan, von der Concierge durch Zufall alarmiert, findet Claire gerade noch rechtzeitig. Später erfährt sie, dass er gar nicht zu Paula Ludwig, sondern zu einer anderen jungen Dame ziehen wollte, für die er schon Wochen zuvor eine kleine Wohnung gemietet hatte.

Im Frühjahr 1939 informieren sich Claire und Yvan Goll über die Möglichkeiten, das Land zu verlassen. Vorausschauend gehen sie davon aus, dass über kurz oder lang auch Frankreich Hitlers Wahn zum Opfer fallen wird. Recht überstürzt verlassen sie am 26. August 1939 Paris und schiffen sich Richtung Amerika ein. Vier

Claire und Yvan Goll in Peterborough, USA, 1946.

Tage später marschiert die Deutsche Wehrmacht in Polen ein. Der Zweite Weltkrieg hat begonnen. Paula Ludwig und Yvan Goll sahen sich nie mehr wieder.

Dank der Hilfe von Freunden aus aller Welt leben sich Claire und Yvan Goll schnell in New York ein. Beiden gelingt es, die englische Sprache in kürzester Zeit so zu erlernen, dass sie Übersetzungen und eigene Texte publizieren können. Claire schreibt Feuilletonbeiträge über Mode, Theater und Film, u. a. für das gaullistische Journal *La Voix de France*, und gibt zusätzlich Sprachunterricht. Bereits 1933 war Claire ebenso wie Yvan Goll die deutsche Staatsbürgerschaft entzogen worden, ihre Bücher wurden verbrannt. Die amerikanische Staatsbürgerschaft wird ihnen kurz vor Ende des Krieges zuerkannt.

Über die Verbrechen der Nazis sind die Golls spätestens seit Ende der dreißiger Jahre informiert. »Wir wußten seit 1938, welches Schicksal die Verschleppten erwartete. Geplünderte Geschäfte und Speicher, niedergebrannte Synagogen, die Art, wie die Deutschen öffentlich mit den Juden umgingen – alles das ließ ihr düsteres Los in der Verschwiegenheit der Lager vorausahnen. Die ironisch-beschwichtigenden Erklärungen Goebbels änderten nichts daran. Die Nazis gedachten weder zaghaft noch großmütig vorzugehen, seit sie freie Hand hatten.«[16] 1944 schreibt Claire Goll unter dem Eindruck der erschütternden Presseberichte über das Geschehen in Auschwitz und in den anderen Konzentrations- und Vernichtungslagern ihr lyrisches Klagelied *Die Polnische Passion*. Ob sie zu diesem Zeitpunkt bereits über das Schicksal ihrer Mutter informiert ist, die 1942 von den Nazis umgebracht wurde, lässt sich schwer sagen. Weitere Veröffentlichungen folgen: Romane, Tiergeschichten, Novellen, eine englische Ausgabe ihrer Liebesgedichte.

1945 diagnostizieren die Ärzte bei Yvan Goll Leukämie. Im Februar 1947 feiern sie in Amerika noch den 30. Jahrestag ihrer ersten Begegnung. Im Juni sind sie wieder in Paris. Nach acht Jahren Exil fangen die Golls wie beinahe dreißig Jahre zuvor wieder ganz unten an. Der Anfang ist hart, sie haben wenig Geld, zudem ist Yvan todkrank. Ihre Wohnung war von den Nazis völlig ausgeplündert worden. Sämtliche Möbel, Kunstgegenstände, Silber, Wäsche, die aus 5000 Bänden bestehende Bibliothek, Manuskripte, Briefe (u. a. von Joyce, Malraux, Rilke, Werfel, Rolland, Th. Mann) waren nach Aussage des Hausbesitzers auf zwei Lastwagen weggeschafft worden. Im Hôtel d'Orsay finden sie schließlich ein Zimmer, in dem sie sich auf längere Zeit einrichten.

An der literarischen Börse von Paris werden nach dem Krieg neue Namen notiert. Sartre und Camus haben Hochkonjunktur, die Existenzialisten sind in aller Munde, die verbrannten Dichter vergessen. Claire und Yvan Goll sind so arm, dass sie sich Restaurantbesuche nur noch auf Einladung leisten können, was selten genug geschieht. Yvan Goll findet nicht mehr die Kraft, den Kampf mit dem Alltag aufzunehmen. Erstmals ist es an Claire, die alltäglichen Unannehmlichkeiten zu übernehmen, sich um die praktischen Dinge des Lebens zu kümmern, die Yvan bisher von ihr fernzuhalten wusste. Nicht einmal mit Haushalt und Kochen, so erzählt sie später stolz, habe sie je etwas zu tun gehabt.

Im Dezember 1949 wird Yvan Goll in das Amerikanische Krankenhaus in Neuilly bei Paris eingeliefert, wo er am 27. Februar 1950 stirbt.

Der Tod ihres Mannes stürzt Claire Goll in eine tiefe Krise. Hinzu kommt ihre angespannte finanzielle Situation. Auf familiären Rückhalt kann sie nicht hoffen. Ihre Tochter ist ihr fremder denn je, die Familie in Deutschland tot, ihre Schwiegermutter schwer krank. Sie selbst ist gesundheitlich stark angeschlagen. Was ihr bleibt, ist ein mit Reminiszenzen jeglicher Art überfülltes Hotelzimmer sowie etliche, seit der Rückkehr aus Amerika immer noch unausgepackte Kisten mit weiteren Erinnerungsstücken, Büchern und Manuskripten, darunter wertvolle Kunstgegenstände, Geschenke, die sie im Laufe ihres Lebens von vielen berühmten Künstlerfreunden erhalten hat und deren Verkauf mit Sicherheit gutes Geld einbringen würde, doch sich zu trennen fällt ihr schwer.

Ihre Anträge auf Wiedergutmachung sind erst nach jahrelanger Korrespondenz mit den Behörden erfolgreich. Als ihr schließlich das Grundstück ihrer Großeltern in der Münchner Leopoldstraße zugesprochen wird, auf dem einst ein mehrstöckiges Mietshaus stand, das die Großmutter zu einem Spottpreis verkaufen musste, lässt sie sich von einem geschickten Anwalt mit einem Bruchteil des tatsächlichen Wertes abspeisen. Dennoch kann sie sich 1960, mit siebzig Jahren, endlich eine eigene Wohnung kaufen. Das erste Mal lebt sie ohne die ständige Angst vor Hausbesitzern oder Hoteliers, die auf Zahlung rückständiger Mieten drängen.

Claire Goll kann an ihre Vorkriegserfolge als Schriftstellerin und Lyrikerin nicht mehr anknüpfen. Die »Sekretärin eines Toten«, wie sie sich selber nennt, setzt sich nunmehr in erster Linie für den

Claire Golls Zimmer im Hôtel d'Orsay, Paris.

literarischen Ruhm ihres Mannes ein. Als – bei Philologen höchst umstrittene – Übersetzerin und Herausgeberin seiner Werke versucht sie bis zuletzt, die Erinnerung an den Dichter Yvan Goll wach zu halten, eine neue Generation von Lesern für ihn zu begeistern. Dabei schießt sie irgendwann über ihr Ziel hinaus, wird böse, ausfallend und schließlich verbittert. Den Höhepunkt ihres verzweifelten Bestrebens bildet der Plagiatsvorwurf gegenüber Paul Celan, zunächst Dichterfreund und Beinahe-Adoptivsohn, den sie nach dem Tod ihres Mannes anklagt, Bilder und Metaphern von diesem übernommen und als seine eigenen ausgegeben zu haben. Unhaltbar und grotesk erscheint der Vorwurf des Plagiats aus heutiger Sicht. Die literarische Öffentlichkeit reagierte damals gespalten.

Mitte der siebziger Jahre erkrankt Claire Goll an Krebs. Die Krankheit hält sie nicht davon ab, Tag für Tag die 98 Stufen von ihrer Wohnung bis zur Straße hinabzusteigen. Noch immer ist sie voller Pläne und Vorhaben. Claire Goll stirbt am 30. Mai 1977, trotz ihrer Krankheit plötzlich und unerwartet. Jürgen Serke, der für den *Stern* eine Serie über die »verbrannten Dichter« schrieb, hatte die von Krankheit gezeichnete Schriftstellerin ein Jahr vor ihrem Tod besucht. Ihm sagt sie zuletzt: »Ich glaube, ich habe genug gelebt.«

Wenige Tage später wird sie neben ihrem Mann Yvan Goll auf dem Friedhof Père Lachaise beigesetzt, wo die Stadt Paris ihr fünf Jahre nach Yvans Tod die Grabstelle gegenüber der marmornen Gruft Frédéric Chopins überlassen hatte. Das berühmte Doppelporträt, das Marc Chagall von Claire und Yvan anfertigte, findet sich auf dem Grabstein wieder. Freunde in Deutschland erfahren erst Wochen später aus der Zeitung von ihrem Tod.

»J'attends notre mort, Comme un enfant ses vacances«, hatte sie einst gedichtet. »Ich erwarte unseren Tod, wie seine Ferien ein Kind«.
Claire Goll wusste die nach dem Ersten Weltkrieg veränderte politische und kulturelle Situation für einen emanzipatorischen Aufbruch zu nutzen. Die revolutionären Veränderungen bedingten gerade auch für Frauen eine neugewonnene Freiheit, deren Grenzen es auszuloten galt. Claire Goll gehörte zur »Vorhut« der Künstlerinnen, die das literarische und kulturelle Leben der Zwischenkriegsjahre in einer zuvor nicht gekannten Weise bereicherten. In radikaler Ablehnung gesellschaftlicher, moralischer und ästhetischer Konventionen machte sie sich wie viele ihrer Geschlechtsgenossinnen auf die Suche nach neuen Lebens- und Ausdrucksformen.

Inzwischen ist ein Teil ihres umfangreichen, genreübergreifenden Werks in aktuellen Ausgaben wieder zugänglich, darunter einige ihrer Romane aus den zwanziger und dreißiger Jahren, journalistische Arbeiten und die Korrespondenz der eifrigen Briefeschreiberin mit ihrem Dichterfreund Rainer Maria Rilke. Claire

Claire Goll in ihrer Pariser Wohnung, 1960.

Golls Gedichte, denen Karl Krolow »erotische Zeitlosigkeit« attestierte, die ihr von Seiten der zeitgenössischen Kritik, von Dichtern wie Rilke, Stefan Zweig oder auch Klaus Mann höchstes Lob einbrachten, finden interessierte Leser heute nur noch in Bibliotheken und Antiquariaten, z.T. in der Gesamtausgabe der Lyrik ihres Ehemannes Yvan Goll. Sie selbst ist nicht ganz unschuldig daran, dass sie in erster Linie als seine Muse gesehen wurde, bestenfalls als »Kopoetin«, die – wie die zeitgenössische Kritik schrieb – ihrem Mann »auf eine äußerst aparte Art assistiert«. Stets betonte sie, nur die Schülerin zu sein, die männlichen Dichterpartner – Goll ebenso wie Rilke – nannte sie ihre Meister. Trotz ihres ausgesprochen modernen Lebensentwurfs, der materielle Unabhängigkeit und sexuelle Freiheit mit einbezog, stellte sie sich ganz bewusst hinten an. »Ich bin nie auf die Idee gekommen, mit Goll zu konkurrieren. Ich habe mich immer eine Etage tiefer gefühlt.«[17]

Nancy Cunard.

Unda Hörner

Nancy Cunard (1896–1965)

Enfant terrible der feinen Gesellschaft

Nancy Cunard ist eine der schillerndsten Gestalten im Paris der Zwanzigerjahre. Ihre Herkunft aus reichem Hause bürgt sowohl für ihr glamouröses Leben als auch für die Tragik, die einen Schatten auf dieses Leben wirft: Nancys wildes, aufgebrachtes Dasein ist ein lebenslanger Kampf gegen die übermächtige Mutter – so angepasst an die High Society wie diese war, so rebellisch verhielt sich die Tochter dagegen: Ihr Einsatz für avantgardistische Künstler, ihr Engagement für schwarze Kultur, politisches Aufbegehren – immer verbunden mit aufregenden Liebschaften – sind ein beredtes Zeugnis.

Wer war diese Mutter? Maud Alice Burke, die Mutter von Nancy Cunard, wurde 1872 in San Francisco geboren. Halb Amerikanerin, halb Französin, stammte sie zwar aus einer wohlhabenden, jedoch nicht hochwohlgeborenen Familie. Zu den Bällen der Aristokratie wurde sie nicht geladen, was die Heranwachsende wurmte und ihren gesellschaftlichen Aufstiegswillen um so mehr anstachelte. Von ihren brennenden Sehnsüchten verführt, griff sie der erträumten Wirklichkeit vor und verbreitete das Gerücht ihrer Verlobung mit einem polnischen Adligen. Der überrumpelte Traumprinz zwang sie zum öffentlichen Dementi – eine Blamage, der die selbsternannte Braut durch Flucht nach Europa entging. Die Gelegenheit dazu trat in Gestalt von Sir Bache Cunard in ihr Leben, dem Enkel des Gründers der Cunard-Line, einem Schifffahrtsimperium, seinerzeit eines der finanzstärksten Unternehmen der Welt. Im April 1895 heiratete Maud Alice den viel älteren Mann in New York, und wenige Tage nach der Zeremonie setzte das Paar nach Großbritannien über, wo sich die Jungvermählte fortan nicht nur mit Sterling Silber, sondern auch mit dem Titel einer Lady schmücken durfte. Und weil ihr ihre Vornamen wohl zu bürgerlich und mittelmäßig klangen, legte sie diese ab und nannte sich fortan Lady Emerald – ihrer Vorliebe für Smaragdgrün wegen. Das einzige Kind der Cunards, Nancy Clara, kam ein knappes Jahr nach der Eheschließung, am 10. März 1896, in Nevill Holt im englischen Leicestershire zur Welt.

Sir Bache Cunards Anwesen in Nevill Holt verwandelte sich unter der Regie von Lady Emerald in ein Haus der offenen Tür für Künstler und Honoratioren der High Society. Die Dame des Hauses genoss es, hier gesellschaftlicher Mittelpunkt zu sein, ihr Gatte befand sich häufig auf Geschäftsreise, kam er zurück, fand er seine Frau im Salon vor, umgeben von einer Schar parlierender und musizierender Gäste. Für den eher introvertierten Gentleman war dieser Trubel eine Qual – nur eine Frage der Zeit, bis die standesgemäße Mesalliance zweier so ungleicher Temperamente ein Ende fand. Eine Scheidung kam nicht in Frage – Sir Bache Cunard lehnte es ab, als geschiedener Mann zu gelten und zog die Rolle des Strohwitwers vor. So ging die Lady nach London und ließ ihren Mann allein zurück.

Zu diesem Zeitpunkt war Nancy Cunard vierzehn. Den Vater ersetzte ihr der irische Dichter George Moore; er setzte Maßstäbe für Nancys Erwartungen an Männer: Sie konnten ihr gar nicht musisch und intellektuell genug sein. Durch seine pointierte Redeweise stach er von den übrigen Salongästen ab, bald galten Dichter und Kind als heimliche Komplizen. Er spielte seiner jungen Freundin Bücher in die Hände, kaum dass sie lesen konnte, und entführte sie in ein Reich, das jenseits der gesellschaftlichen Schaubühne lag: das Reich der Literatur. Was sich zwischen den Figuren auf den Seiten der Bücher ereignete, war fesselnder als der Smalltalk im Salon der Mutter.

Mit siebzehn wurde Nancy zu Literatur- und Musikstudien nach München und dann nach Paris geschickt. Paris! Der Teenager witterte Freiheit und Abenteuer. Was hatte ihr George Moore nicht alles von der Lichterstadt erzählt! Doch in einem vornehmen Mädchenpensionat kam das böse Erwachen: Die Schülerinnen wurden von der streng protestantischen Schulleiterin gegängelt, Sinn und Zweck des dem Schöngeistigen gewidmeten Abstechers sollte doch einzig und allein sein, aus den jungen Mädchen der upper class gute Ehefrauen zu machen und ihnen einen letzten Schliff an Bildung zu geben. So oft Nancy dem Pensionat entfliehen konnte, besuchte sie die Opéra oder die Comédie Française – von dem, was 1913 von Paris aus die Künste revolutionierte, vom Kubismus Pablo Picassos oder George Braques, von Marcel Duchamps Readymades, von Guillaume Apollinaires *Alcools* oder von Alain-Fourniers *Grand Meaulnes* bekam Nancy damals noch nichts mit, aber der Schauplatz Paris blieb ein Versprechen für die Zukunft. In Gedanken beschäftigte Nancy sich auch nach ihrer Abreise mit der Stadt jenseits des Ärmelkanals, deren Mysterium, wie sie einmal schrieb, in den Straßen des Quartier Latin liege.

Lady Maud »Emerald« Cunard.

Am liebsten wäre es Lady Cunard gewesen, ihre herangewachsene Tochter mit dem Thronfolger, dem Prince of Wales, zu verkuppeln – doch Nancy fand den Prinzen langweilig. Wenn sie an jenen Abenden etwas lernte, so nicht die Regeln der feinen, englischen Gesellschaft, sondern Trinkfestigkeit. Und die Männer, die ihr Interesse weckten, waren schräge Vögel und entpuppten sich am Ende als homosexuell, so wie Osbert Sitwell oder Cecil Beaton.

Sie rauchte, trieb sich in Künstlerlokalen herum und schminkte sich das Gesicht weiß, so dass sie aussah wie eine Figur aus der Commedia dell'Arte. Für Nancy, die sehr früh Dünkel und Unaufrichtigkeit der Beziehungen in den Salons durchschaute, blieb die eigene Mutter eine Figur aus einem Gesellschaftsstück, unpersönlich bleibt sie in ihren Erinnerungen »the hostess«, die Gastgeberin. Solange sich Nancy im Hause ihrer Mutter befand, stand sie in deren Schatten, und es schmerzte sie, in Gesellschaftskolumnen immer wieder mit der Mutter verglichen zu werden.

1914 brach der Erste Weltkrieg aus, das Leben veränderte sein Gesicht. Auf den Bällen der Stadt waren die Männer rar; unter den wenigen beurlaubten Offizieren befand sich eines Abends ein gewisser Sydney Fairbairn, ein drahtiger Australier von dreiundzwanzig Jahren. Nancy und er tanzten miteinander, freundeten sich an – und heirateten im November 1916. Nancy Cunard bezeichnete dies später als einen Ausrutscher. Aber ihre Wahl entsprang auch dem Trotz: Sie war nicht auf einen Politiker oder gar auf einen Adligen gefallen, sondern auf einen australischen Offizier, längst nicht die gute Partie, die Lady Cunard sich als Schwiegersohn versprochen hatte. Die Ehe währte keine zwei Jahre, Nancy wollte lesen und selber dichten, Fairbairn frönte dem Sport, belächelte Nancys romantisches Hobby. Die Ehe blieb für Nancy eine »Zäsur zwischen vielen guten vergangenen Dingen und weiteren guten Dingen, die noch kommen sollten.«[1]

Nancy hatte eine Vernunftehe geschlossen, die sie rasch wieder zu beenden trachtete, doch Fairbairn willigte nicht in die Scheidung ein, weil er seine militärische Karriere und seinen unbescholtenen Ruf dadurch bedroht sah. Man einigte sich, wie einst Nancys Eltern, auf räumliche Trennung. Sie hasste es, wieder in ihren alten Räumen am Grosvenor Square im Hause der Mutter zu sein, und ihr Asyl wurde »The Eiffel Tower«, der Londoner Künstler- und Intellektuellentreff. Die wiedergewonnene Freiheit verhalf ihr zu zwei Affären: mit Michael Arlen, der 1922 seine ersten Novellen veröffentlichte, und mit Aldous Huxley, der für die junge Britin schwärmte. Er setzte ihretwegen seine Ehe aufs Spiel, und seine Frau Maria stellte ihm ein Ultimatum. Beide Männer verewigten die Geliebte in ihren Texten. Huxley in seiner Novelle *Antic Hay, in der* sie das Vorbild für die Figur Myra Viveash ist, und Michael Arlen in seinem Roman *The Green Hat (Der grüne Hut), der ihn* zum Erfolgsautor machte. In die Affäre mit ihm fiel ein einschneidendes Erlebnis, das Nancy fast das Leben gekostet hätte. 1921, in ihrem Tagbuch, notierte sie lapidar: »Dez.–Jan.–Feb. in Paris im Krankenhaus. Erster Eingriff: Curetage. Zweiter Eingriff: Entfernung der Gebärmutter. Dritter Eingriff: Blinddarmentzündung, Bauchfellentzündung, Wundbrand mit einer Überlebenschance von zwei Prozent.«[2] Für die Gestaltung der Protagonistin von *The Green Hat,* hatte sich Arlen der Krankengeschichte seiner Geliebten bedient. So verkam ihr persönliches Drama umgehend zum Klatsch in Londoner Gesellschaftskreisen, eine Publicity, die ihr widerwärtig war: »Habe eine entsetzliche Party besucht, wo ein ausgemachtes Schwein … herauszufinden versuchte, ob ich der Grüne Hut sei!«[3].

Im »Eiffel Tower« suchte sie Unterhaltung und vielleicht auch nach einem, der ihr sagte, was sie mit ihrem Leben tun sollte. Sie erinnerte sich später: »Zu den Vergnügungen meiner frühen Kindheit gehörte, mit den Hausmädchen durch die Schlafzimmer zu gehen, um nachzusehen, ob für die ankommenden Gäste alles hergerichtet sei. Dabei mußte ich mich um Tinte, Stifte, Schreibpapier, kurzum um die Schreibtische kümmern.«[4] Nicht lange, und Nancy nahm die Schreibutensilien, um die sie sich als Mädchen in den Gästezimmern von Nevill Holt gekümmert hatte, selbst zur Hand: Sie hatte sich schon in den Briefen an George Moore im Verseschreiben geübt, 1916 nahm Edith Sitwell sieben von Nancys Gedichten in eine Anthologie auf, *Wheels (Räder)*. 1921 erschien *Outlaws (Geächtete)*, 1923 *Sublunary (Unter dem Mond)*. In der Literaturbeilage der *Times* wurden die Gedichte als »durchaus akzeptabel« apostrophiert und der *Manchester Guardian* schrieb, sie seien »eher vielversprechend als vollendet.«[5]

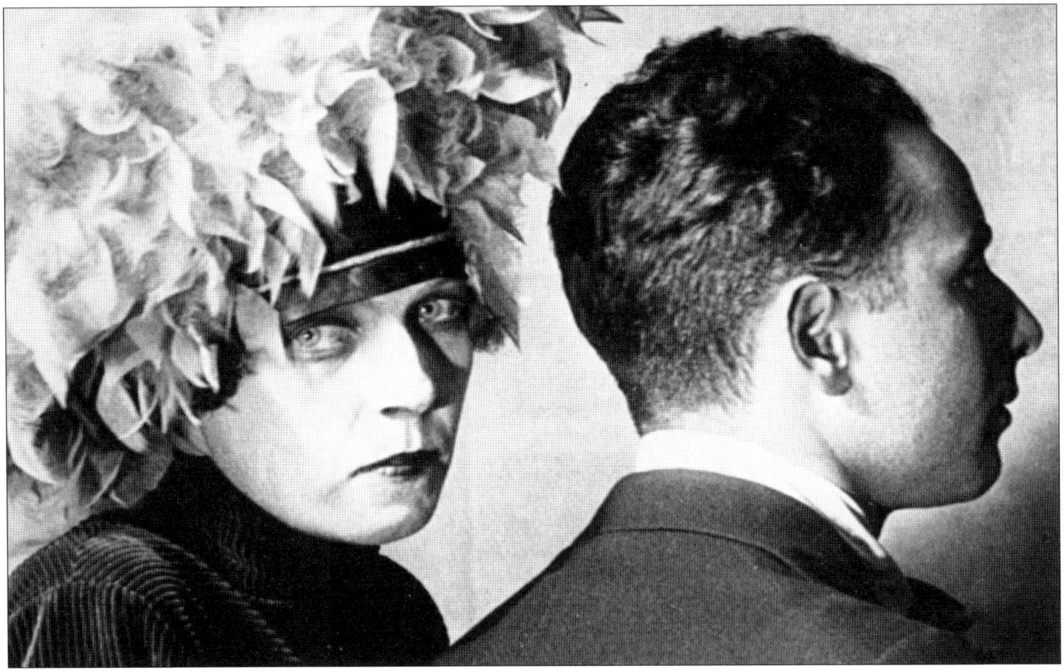

Nancy Cunard mit Louis Aragon, Ende der 1920er Jahre.

Im Herbst 1923 kam Nancy Cunard in ihrer Wahlheimat an, auf der von der Seine umflossenen Ile St.-Louis, im Herzen von Paris, in einer Wohnung in der Rue Regrattier. Paris war in jenen Jahren Zentrum künstlerischer Erneuerung. Max Ernst stellte hier erstmals aus; Aufsehen erregte im Jahre 1924 eine Schrift, die als *Erstes Manifest des Surrealismus* die Runde machte. Unterzeichnet war es von einer Reihe zorniger, junger Männer, angeführt von André Breton, die mit Furor zu einer neuen Erklärung der Menschenrechte aufriefen. In der Rue de Grenelle hatten sie ein »Bureau Central des Recherches Surréalistes« eröffnet, tout Paris war eingeladen, sich die dort ausgestellten surrealistischen Objekte und Gemälde anzusehen, Diskussionsbeiträge waren erwünscht, Damenbesuche noch viel mehr. Nancy Cunard gehörte zu den ersten Schaulustigen, die dort aufkreuzten und Interesse zeigten. So kam es zu einer ersten Begegnung zwischen Nancy Cunard und Louis Aragon. Zwischen 1926 und 1928 gaben die beiden ein, wie Claire Goll schrieb,

»drolliges und vergnügtes Paar«[6] ab. Von seinen Freunden einstimmig als recht gefallsüchtig charakterisiert, war auch Aragon ein Egozentriker; und wie Nancy hatte auch Aragon ein verwickeltes Verhältnis zu seiner Mutter. »Épater le bourgeois«, Bürgerschreck sein, so waren die jungen Männer angetreten – und der Bruch mit den Altvorderen stand auch auf Nancys Fahnen. Sie entführte den Liebhaber in ferne Länder. Doch im lebenslangen Clinch mit der Welt der High Society, blieb sie ebenso in der Welt der Bohème eine Außenseiterin – als Luxusgeschöpf. So fehlte es im Miteinander der beiden Libertins Nancy und Louis nicht an Turbulenzen; immer wieder kam es zu heftigen Streitereien. Nicht nur ihre Affären trieben Aragon vor Eifersucht fast in den Wahn. Immer heftiger litt er unter einem Minderwertigkeitskomplex, der zunächst durch das materielle Gefälle zwischen ihm und der Millionenerbin entstand, die ihn aushielt, was nicht nur an Aragons männlicher Ehre nagte, sondern ihn auch bei seinen Surrealistenfreunden in den Verdacht geraten ließ, bourgeoise Sitten zu pflegen und das Ansehen der revolutionären Gruppe zu ruinieren. Die durch so viele Widrigkeiten torpedierte Liebe zerbrach im Sommer 1928, bei einem gemeinsamen Aufenthalt in Venedig. Nancy nahm den Freund, der mit Selbstmord drohte, nicht ernst, sie schrie ihm ein »Tu's doch!« entgegen; Aragon machte seine Drohung wahr und schluckte eine Überdosis Schlaftabletten, wurde aber rechtzeitig vom Hotelpersonal gefunden.

Am 3. November 1925 starb Sir Bache Cunard. Nancy war die Haupterbin, verfügte über ein eigenes Vermögen und erwarb in der Normandie, dem Dorf La Chapelle-Réanville, ein altes Bauernhaus. Dort wollte sie ein Projekt in Angriff nehmen: die Herstellung von Büchern, die Gründung eines eigenen Verlages. Sie erwarb eine ausrangierte Handpresse aus den Beständen eines aufgelösten Pariser Verlagshauses und engagierte den Setzer gleich mit dazu, um von ihm das Druckhandwerk zu erlernen. Experimentierfreudig ging sie an die Gestaltung der Bücher, heute absolute Raritäten.

Nancy Cunard an ihrer Druckerpresse.

George Moore überließ ihr die Geschichte *Peronnik the Fool (Peronnik, der Dummkopf)*, einen unveröffentlichten Teil seiner Novelle *Héloise and Abélard*. Die Auflage zweihundert hellblauer, goldgeprägter Exemplare war sofort vergriffen. Zusammen mit Aragon übersetzte sie ein langes Gedicht von Lewis Carroll, *The Hunting of the Snark (Die Jagd nach dem Snark)*, ins Französische.

Anfang 1930, als es Nancy Cunard in dem spartanischen Landhäuschen zu ungemütlich wurde, ging sie wieder zurück nach Paris. Sie fand ein Ladenlokal am linken Seineufer, in nächster Nähe der prominenten Buchhandlungen *La Maison des Amis des Livres* und *Shakespeare and Company*, die den Freundinnen Adrienne Monnier und Sylvia Beach gehörten. Diese Orte waren innerhalb kürzester Zeit zu gutbesuchten Kulturforen geworden, bei Sylvia Beach gingen Honoratioren des Pariser Literaturbetriebs ein und aus. Ihre besondere Entdeckung war James Joyce, der mit dem von ihr verlegten *Ulysses* 1922 sein Debüt erlebte. Auch Nancys Verlagslokal avancierte rasch zu einer öffentlichen Anlaufstelle für Franzosen und die vielen Amerikaner, die sich in Paris aufhielten; und entdeckt hatte sie bereits ein eminentes Werk der Moderne: 1925 erschien in der *Hours Press A Draft of XXX Cantos (Ein Entwurf für XXX Cantos)* von Ezra Pound, den sie noch aus dem Salon ihrer Mutter kannte. Und sie darf mit Fug und Recht die Entdeckerin Samuel Becketts genannt werden. Die *Hours Press* bekam immer mehr zu tun. Einige Bücher wurden ein Erfolg. Nach gut zwei Jahren hatte sie einen Namen am Rive Gauche. Heute mehr oder weniger bekannte Schriftsteller und Poeten haben sich in der *Hours Press* verewigt: Neben so großen wie Beckett und Pound waren es u. a. Harold Acton, Havelock Ellis oder Nancy Cunards Freund Norman Douglas. Insgesamt vierundzwanzig Titel umfasst das Verlagsverzeichnis der *Hours Press*.

Als der Laden in Schwung kam, sah es nach weiterer Expansion aus. Doch der Verlagsname schien Programm zu sein: Nicht von Jahren, Monaten oder wenigstens Wochen war die Rede – nur von Stunden, und die hatten für die *Hours Press* geschlagen. So wie

Nancy Cunards Karriere als Dichterin an ihrer Ungeduld gescheitert war, schwand ihr Interesse an den Verlagsgeschäften in dem Maße, in dem die Professionalität ihres Geschäfts wuchs und sie zur respektierten Leiterin einer angestammten Einrichtung zu werden drohte.

Venedig, wo sich das letzte Drama zwischen Nancy Cunard und Louis Aragon abgespielt hatte, sollte für Nancy nicht lange der Ort einer melodramatischen Trennung bleiben, sondern Schauplatz ihrer nächsten weichenstellenden Begegnung werden. In den avancierten Piano-Bars und Music Halls von Europa war Jazz zu hören, Paris feierte Josephine Baker, in allen Städten gastierten Bands, die sich aus schwarzen Musikern zusammensetzten. Henry Crowder war Pianist einer Combo, die in einer Hotelbar in Venedig auftrat, wo Nancy einen Abend verbrachte. Henry Crowder, in Nancys Alter, entstammte einer Arbeiterfamilie in Georgia und hatte sich mit allen möglichen Jobs durchgeschlagen, bevor er als musikalisches Talent auf der Welle des Jazz-Booms schwamm, die ihn fort von Heimat und Ehefrau nach Europa trug. Die Vorgeschichten der weißen Wohlhabenden und des schwarzen Klavierspielers konnten ungleicher nicht sein, aber Nancy verliebte sich zielsicher in Männer, die am Rande der Gesellschaft standen: Hatte Nancy schon Aufsehen erregt, als sie mit Aragon im Doppelzimmer abstieg, ohne mit ihm verheiratet zu sein, so führte ihre Verbindung mit Crowder endgültig zum Eklat. Eine Liaison mit einem »Neger« war das Schlimmste, was Nancy ihrer Mutter antun konnte. Lady Cunard drohte denn auch gleich damit, die Tochter und den schwarzen Freund verfolgen zu lassen und dafür zu sorgen, dass Crowder des Landes verwiesen werde, wenn das Paar sich in London blicken ließe. Nancy ließ sich durch nichts schrecken, doch tatsächlich erschien die Polizei in jenem Hotel, in dem Nancy und Henry in London abstiegen. Die Spannungen zwischen Mutter und Tochter waren längst in blanken Hass umgeschlagen. Zunächst veröffentlichte Nancy einen Artikel in der Zeitschrift *Crisis,* der einen einstigen Ausspruch ihrer Mutter zum Titel hatte: »Does anyone *know* any negroes?« (*Kennt* denn jemand einen Neger?).[7] Dann wurde ihr Engagement gegen rassistische Ressentiments zu einer noch direkteren, einer persönlichen und öffentlichen Abrechnung mit der Mutter: Nancy brachte ein Pamphlet mit dem Titel *Black Man and White Ladyship. An Anniversary* (*Schwarzer Mann und weiße Ladyschaft. Ein Jahrestag*) in Umlauf. »Ich habe einen schwarzen Freund, einen sehr engen Freund (und viele andere schwarze Freunde in Frankreich, England und Amerika). Das ist nichts Besonderes. Ich habe auch eine Mutter – Ihre Ladyschaft, so wollen wir sie ab jetzt nennen. Wir sind extrem unterschiedlich, aber ich hatte jahrelang ein ziemlich gutes (ziemlich distanziertes) Verhältnis zu ihr. Der Ärmelkanal und eine ganze Portion Entschlossenheit meinerseits haben das ermöglicht. Ich vermeide tunlichst ihre Kreise, sowohl in Frankreich, als auch in England …«[8]

Nancy Cunards Verlag *The Hours Press* in der Rue Guénégaud, Paris, 1939.

Lady Cunard war eine beliebte Person in Londoner Kreisen; sie besaß Einfluss, den niemand verspielen wollte. Selbst Nancys Freundinnen fanden nun, dass sie mit ihren Boshaftigkeiten zu weit gegangen sei. Und Crowder, der sich mit diesem Pamphlet ganz persönlich als der schwarze Mann angesprochen fühlen konnte, zu dessen Anwältin sie sich machte, war auf diesem Wege zu zweifelhaften Ehren gekommen. »Ich bin mit Nancys Haltung ihrer Mutter gegenüber niemals einverstanden gewesen«, schrieb er rückblickend.[9] Gerüchte kursierten, die beiden verfeindeten Frauen erfuhren stets nur durch gemeinsame Freunde voneinander; keine der beiden ging auf die andere zu.

Jetzt reizte Nancy das Projekt mit dem Titel *Negro* erst recht. Nach dem Verkauf der *Hours Press* plante sie, eine Anthologie mit Texten von Schwarzen und über alle schwarzen Kulturen auf der Erde herauszugeben. 1931 trat das Paar eine Erkundungsreise nach New York an. Die Entschlossene schien die Gefahr zu verharmlosen, die darin bestand, als gemischtes Paar durch eine Stadt zu wandern, in der eine militante Grenze zwischen Schwarz und Weiß gezogen wurde. Crowder, der realistischer war, sah, dass er mit seinen Befürchtungen nicht übertrieben hatte: Brutale Drohungen des Klu Klux Klan blieben nicht aus, und der nervös gewordene Hotelbesitzer wies dem Paar die Tür. »Nancy Cunard hat moralische und intellektuelle Courage«, schrieb der schwarze Autor Eric Walrond in der *Paris Tribune*. Das Unternehmen *Negro* sollte rund drei Jahre in Anspruch nehmen. Nancy Cunard begann damit, Beiträge zeitgenössischer Autoren sowie historische Texte zu sammeln. 1934, nach drei Jahren Recherche, konnte die *Negro Anthology* erscheinen, in eindrucksvollem Quartformat und an die tausend Seiten stark. Photographien zeigen nicht nur Stars wie Louis Armstrong und Duke Ellington, sondern die Gesichter von Schwarzen verschiedener geographischer Herkunft, Crowder verfasste einen Beitrag über seine Eindrücke in verschiedenen Ländern.

Henry Crowder.

Doch der Zeitpunkt für einen derart mutigen Vorstoß schien noch nicht reif gewesen zu sein: Der Erfolg des in einem Londoner Verlag erschienenen, beeindruckenden Buches war nur mäßig, wenngleich Nancy Cunards Engagement für die Aufhebung von Rassenunterschieden einem Plädoyer für das Zerbrechen von Klassenschranken gleichkam. Und gerade als Nancys Einsatz für die Schwarzen seinen Höhepunkt erreicht hatte, kam es in der Beziehung zu ihrem schwarzen Freund zum Bruch. Er war die Erniedrigungen leid, die er als Nancys Geliebter und Gefährte mit ertragen musste, und litt unter Nancys ständig wechselnden Launen. Crowder wollte zurück nach Amerika, seine Frau wiedersehen. Nancy gab schließlich nach.

Bequem machte die Millionenerbin es sich nie: Stets will es scheinen, als sei das Leben für Nancy Cunard gleichbedeutend mit Kampf ums Überleben. Der Spanische Bürgerkrieg, der 1936 ausbrach, war für etliche engagierte Intellektuelle ein Magnet; fast gehörte es zum guten Ton, wie Ernest Hemingway oder George Orwell an den Kriegsschauplatz zu reisen und die Stimme im Namen der Republikaner zu erheben. So auch Nancy Cunard. Unter abenteuerlichen Umständen reiste sie illegal nach Spanien ein, ließ sich auf einem Lastwagen mitnehmen, zum Preis von Lebensmittelkonserven, die hungernde Menschen ihr aus den Händen rissen. Aus Barcelona schrieb sie Reportagen, zuerst nur für die *Associated Negro Press,* später auch für die *New Times* und den *Manchester Guardian.* Dann reiste sie weiter nach Madrid und schloss Bekanntschaft mit Pablo Neruda, der dort chilenischer Konsul war. Er meinte, sie solle lieber beim Büchermachen bleiben, und brachte sie auf die Idee, Zeitzeugen und Künstler zusammenzutrommeln, um sich im Namen der Freiheit zu äußern. Sie hörte auf den Dichter. Dank ihrer guten Verbindungen zu verschiedenen Künstlern, den Freundschaften aus den ersten Jahren in Paris, gewann Nancy eine Menge Stimmen, die bedeutendsten unter ihnen: Louis Aragon, Tristan Tzara, Pablo Neruda, Rafael Alberti, Vicente Aleixandre, Whystan Hugh Auden, Stephen Spender, Heinrich Mann und Federico Garcia Lorca. Sie alle stifteten Gedichte, die schnell unter die Leute gebracht wurden. Der Erlös aus dem Verkauf des Gedichtbandes und der Anthologie von Statements öffentlicher

Persönlichkeiten kam Notleidenden Spaniern zugute; Nancy investierte ihr Vermögen auf eine Weise, die ihr vielleicht als einzig sinnvolle erschien. Und als sich mit dem Fortschreiten des Bürgerkriegs und der Kapitulation des bis zuletzt Widerstand leistenden katalanischen Barcelona im Januar 1939 ein Sieg Francos abzeichnete, die Flüchtlingsströme in Richtung französische Grenze sich verdichteten, überließ Nancy ihr Haus in Frankreich obdachlosen Spaniern.

Das Jahr 1939 war für alle ein Schock, die an den Kommunismus als antifaschistisches Bollwerk geglaubt hatten. Nancy schiffte sich ein, zunächst nach Santiago de Chile, wo ihr nach dem Scheitern der antifaschistischen Liga aus Spanien nach Südamerika zurückgekehrter Freund Pablo Neruda sie in seinem Haus erwartete. Wo immer sie sich in den folgenden Monaten aufhielt, die Feder legte sie nie aus der Hand. Sie schrieb für die *Associated Negro Press,* fertigte Übersetzungen an. In Trinidad wurde ihr ein warmer Empfang bereitet: Es hatte sich herumgesprochen, wer die Herausgeberin von *Negro* war. Nancy zu Ehren wurden Calypsos angestimmt, wenn sie während ihres Aufenthaltes die Bars von Tobago betrat.

Im August 1941 war sie wieder in London, es wurde in den Jahren des Krieges zu Nancys Exil, und sie setzte fort, was sie im Spanischen Bürgerkrieg begonnen hatte: Sie organisierte ihre eigene Résistance, sammelte abermals Gedichte gegen den Krieg, und ein von ihr selbst verfasstes, *Wer Hass sagt, sagt auch Résistance* widmete sie Louis Aragon. Der einstige Geliebte war gemeinsam mit seiner Lebensgefährtin Elsa Triolet in die Südzone Frankreichs gegangen. Nancy arbeitete an der Anthologie und immer öfter heulten die Sirenen. Angst vor den Bombenangriffen ertränkte Nancy gemeinsam mit ihrem Freund Norman Douglas in Whisky und Wein, in ihrem Stamm-Pub an der Battersea Bridge. Sie schrieb für liberale und linke Zeitungen, doch die durch den Krieg stark eingeschränkte Bewegungsfreiheit setzte Weltbürgertum und freiheitliche Ideale kurzerhand außer Kraft, und mit jedem Tag des

Pablo Neruda, Nancy Cunard, Delia del Carril und Luis Enrique Délano in Madrid, 1936.

Krieges wurde spürbarer, wie wenig die Intellektuellen ausrichten konnten. Als die *Poems for France (Verse für Frankreich)* 1944 erschienen, waren sie bereits zu historischen Zeugnissen geworden – die Ereignisse hatten die brisanten Texte überrollt.

Die Rückkehr Nancy Cunards nach Frankreich wirkt wie der Anfang eines langen Endes. Der Anblick, der sich ihr bei der Heimkehr nach La Chapelle-Réanville bot, traf sie wie ein Schlag ins Gesicht: Das Landhaus war vollkommen verwüstet; sämtliche Kunstschätze hatten deutsche Truppen blindlings zerstört. Das Pogrom in ihren eigenen vier Wänden hatte das Herzstück eines Lebenswerks vernichtet. »Das Wenige, was, zumeist verwüstet, in der Normandie übriggeblieben war, schien zu sagen: ›Nichts von alledem hat jemals Dir gehört.‹«[10]

La Mothe-Fénélon, wo Nancy Cunard ihr neues Haus fand, lag in ländlicher Abgeschiedenheit. Die Wahl ihrer neuen Bleibe entsprach einer selbstauferlegten Klausur: Die vierziger und die fünfziger Jahre standen im Zeichen der Rückbesinnung. Sie begann, Biographien zu schreiben, liebevolle Huldigungen, *Grand Man. Memories of Norman Douglas (Ein Großer Mann. Erinnerungen an Norman Douglas)* und *GM. Memories of George Moore (GM. Erinnerungen an George Moore),* der 1933 gestorben war. Die Rückblicke wurden bald von weiteren Abschieden eingeholt: 1952 starb Norman Douglas; und als Nancy 1954 noch einmal mit Henry Crowder Kontakt aufnahm, erfuhr sie, dass er jetzt in den USA als Angestellter arbeitete und wieder mit seiner früheren Frau zusammenlebte. In seinen wenigen, an Nancy gerichteten Briefen, die so resigniert klingen wie der Titel seiner Erinnerungen an die gemeinsamen Jahre, *As wonderful as all that? (War es wirklich so großartig?),* schwieg er sich über sein Privatleben jedoch aus. Ein Jahr nach dieser letzten Annäherung erfuhr Nancy Cunard von Henry Crowders Tod. Wiedergesehen hatten sie sich nicht.

Im Juli 1948 war auch Lady Emerald gestorben. Nancy wusste sehr wohl, dass ihre Mutter an Kehlkopfkrebs litt und nicht mehr lange zu leben hatte, aber auch hier gab es kein Wiedersehen. Die Lady hinterließ der Tochter ein Drittel ihres Erbes – und als sie starb, war Nancy mal wieder unterwegs, diesmal auf einer Wanderung durch die Pyrenäen, und als sie die Nachricht von ihrem Tod vorfand, war die Asche Ihrer Ladyschaft schon auf dem Grosvenor Square verstreut.

Als *GM. Memories of George Moore,* im September 1956 erschien, urteilte die Presse, dies sei Nancys gelungenstes Buch – und Nancy plante eine Autobiographie – es blieb bei der Planung. Erhalten sind Notizbücher mit Skizzen. Die Verleger verlangten eine glamouröse Geschichte der »roaring twenties«, geschrieben von einer Frau, die »ein verlorenes goldenes Zeitalter von Frohsinn und Freizügigkeit« repräsentieren sollte.[11] Nancy aber hatte sich in den Kopf gesetzt, den Spanischen Bürgerkrieg in den Vordergrund zu stellen, ein Thema, über das in den Fünfzigern keiner mehr lesen wollte. Doch Nancy lehnte Kompromisse ab, und aus der Autobiographie wurde nichts. Auch um die Gesundheit stand es nicht gut. Sie rauchte und trank, aß nichts. Die alten Freunde sorgten sich. Obschon Nancy Beistand hatte, gab es doch kein direktes, beschützendes Gegenüber. Nancy randalierte in Hotelzimmern, und ihr Cousin Victor, der sie mehrmals von Polizeistationen abholen musste, hielt es für ratsam, sie 1960 ins Londoner Holloway Sanatorium einzuweisen, nachdem sie mitten in der Stadt wieder wegen eines ordnungswidrigen Verhaltens festgenommen worden war.

Noch einmal kehrte Nancy Cunard nach Frankreich zurück. Das Leben in der Dordogne war allein und ohne Hilfe jedoch undenkbar geworden; wenn sie niemanden zu Besuch hatte, der für sie den Haushalt erledigte, hielt sie sich bei Freunden auf. Weihnachten 1963 trat ein, was jeder längst befürchtet hatte: Nancy, die sich bei dem Maler Jean Guérin in Antibes an der Côte d'Azur aufhielt, schlug im Schlafzimmer hin und brach sich dabei den Oberschenkel. Erst in den Morgenstunden wurde sie bewusstlos auf dem Teppich aufgefunden, in eine Klinik nach Nizza eingeliefert und rasch operiert. Eine Mixtur aus Schmerzmitteln und dem unvermeidlichen Alkohol trug nicht eben zu Nancys Genesung bei. Die Rekonvaleszenz im Hause Guérins, der Nancy zwar weiterhin aufnahm, weil er sich einsam fühlte, jedoch bald das Alleinsein ihrer Launenhaftigkeit vorzog, nahm ein jähes Ende. Ohne konkreten Grund, in angespannter Stimmung, überwarfen sich die beiden, der Gastgeber warf sie kurzerhand hinaus, und am nächsten Tag trat sie den Heimweg an. Am Morgen bestieg sie den Zug Richtung Paris am Bahnhof von Nizza; Mitreisende wussten später zu berichten, dass sie während der Fahrt Unmengen trank und den Schaffner beschimpfte, weil er eine Uniform trug. Schließlich traf sie, mitten in der Nacht, in Orgeval in der Nähe von Paris ein, im Haus von Solita Solano, der Freundin aus alten Tagen, und deren Lebensgefährtin Elizabeth Clark, die Nancy fragten, wie sie den Weg zu ihnen hatte finden können, ohne Schaden zu nehmen. Die beiden

Nancy Cunard in Lamothe-Fénelon, Frankreich, 1963.

Frauen wagten es nicht, Nancy im Salon alleine zu lassen, da sie einen brennenden Zigarettenstummel nach dem anderen einfach auf den Teppich schleuderte. Sie alarmierten die resolute Janet Flanner und brachten Nancy in ein Hotel im Quartier Latin. Was sich dort abspielte, kann man nur mutmaßen. Elsa Triolet hat es sich in einem ihrer Romane so vorgestellt:

> »Sie ist ganz allein im Krankenhaus gestorben, es ist gerade ein Jahr her, im März 1965. Sie, die soviele Freunde hatte, die alles an ihr ertrugen, sie liebten, so wie sie war, ist alleine im Krankenhaus gestorben! Diese Szene im Hotel, die Freunde sahen sie an und standen hilflos um sie herum als sie die Treppe mit ihrem gebrochenen Oberschenkel hinaufkam … Jede Hilfe lehnte sie ab.«[12]

Sich treu bis zum Schluss, hatte Nancy den Krankenschwestern erzählt, sie schriebe an einem langen Gedicht gegen alle Kriege dieser Welt.

Nancy Cunard starb am 16. März 1965 im Pariser Hôpital Cochin. Der kleinen Trauerfeier in der Kirche der Britischen Botschaft in Paris wohnte nur eine Handvoll Menschen bei. Nancy blieb eine Unbekannte auf dem Prominentenfriedhof Père Lachaise; der Lageplan, auf dem die Grabstätten namhafter Toter verzeichnet sind, kennt bis heute keine Nancy Cunard. Solita Solano veranlasste einige Jahre nach dem Tod der Freundin, dass wenigstens ihr Name auf der unpersönlichen Plakette eingraviert wurde.

Die Verstorbene hatte einmal den Wunsch geäußert, ihre Armreifen und die übrigen erhaltenen Schätze sollten in einer Sammlung zusammenbleiben und ausgestellt werden. Doch sie zerstreuten sich in alle Winde, genau so, wie sich die Freunde über die Jahre von ihr entfernt hatten. Einer Bekannten hatte Nancy einmal geschrieben: »Es war schon ganz lustig … mein Leben. Aber wieviel davon ALLEIN.«[13]

Elsa Triolet.

Susanne Nadolny

Elsa Triolet (1896–1970)

Glückssuche an der Schreibmaschine

Der Erfolg kommt, als Elsa Triolet am wenigsten damit rechnet. Als Jüdin vor die Entscheidung gestellt, das unter deutscher Besatzung stehende Frankreich zu verlassen oder in den Untergrund zu gehen, entscheidet sie sich für Letzteres. Allzu oft hatte die gebürtige Russin schon Land und Sprache gewechselt. Fremde Länder faszinierten sie von Kindheit an. Aufgewachsen in den Kreisen der Moskauer Intelligenzija, war Elsa Triolet in den Zwanzigerjahren nach Paris gekommen, nachdem sie mit ihrem ersten Mann ein Jahr auf der Südseeinsel Tahiti verbracht hatte. Eine Zeit lang hatte sie in London gelebt, später in Berlin. Für einen Neuanfang, womöglich auf einem anderen Kontinent, fehlte ihr diesmal schlichtweg die Energie. Elsa Triolet ist Mitte vierzig, kinderlos, zum zweiten Mal verheiratet. Erste schriftstellerische Versuche – mit mäßigem Erfolg – liegen bereits hinter ihr. Noch vor Ausbruch des Krieges hatte sie endlich ihr erstes Buch in französischer Sprache fertig stellen können, nachdem sie sich mit dem Wechsel der Sprache jahrelang gequält hatte. Wütend und verzweifelt saß sie in dieser Zeit so manches Mal vor einem leeren Blatt Papier. »Lächerlich, dass ich das Glück meines Lebens auf einer Schreibmaschine aufbauen will«, schimpfte sie dann vor sich hin. Das private Glück hatte sie zu dieser Zeit längst gefunden. Seit mehr als zehn Jahren lebte sie mit dem französischen Lyriker und Romancier Louis Aragon zusammen, den sie Ende der Zwanzigerjahre in der Bar »La Coupole« in Paris kennen gelernt hatte. Nun aber sind die »années folles« vorbei, die Zeiten umso verrückter. Das inzwischen verheiratete Paar lebt zusammen in der Provence im Süden Frankreichs, wo sie aus Angst vor Entdeckung ständig den Unterschlupf wechseln. Ihre

Arbeit in der Résistance ist alles andere als ungefährlich. Niemand weiß, wem wirklich zu trauen ist, der Tod ist allgegenwärtig. Elsa ist froh, dass sie sich wie immer mit einem Stapel Schulhefte eingedeckt hat. So kann sie die endlose Zeit des Wartens auf bessere Zeiten nutzen. Mit ihrer schönen, regelmäßigen Schrift füllt sie ein um das andere Schreibheft mit ihren Gedanken und Erinnerungen, ihren Ängsten und ihren Erfindungen. Das Schreiben hilft ihr in dieser Zeit über viele Entbehrungen hinweg. »Schreiben war meine Freiheit, meine Herausforderung, mein Luxus. Niemand konnte mich hindern, eine Wirklichkeit zu erfinden«,[1] schreibt sie im Rückblick auf diese Zeit. Mit ihrer Novellensammlung *Mille Regrets,* die 1942 erscheint, gelingt Elsa Triolet der lang ersehnte Durchbruch bei der Kritik wie beim Publikum. Im Jahr darauf erscheint ihr Roman *Le cheval blanc.* Drei Jahre später erhält sie für ihre Novellensammlung *Le premier accroc coûte deux cents francs (Das Ende hat seinen Preis)* rückwirkend für das Jahr 1944 als erste Frau den Prix Goncourt, die höchste literarische Auszeichnung Frankreichs. Nach dem Krieg wird sie als Vertreterin der »Literatur des Widerstands« gefeiert und steht fortan bis an ihr Lebensende im Blickpunkt der französischen Öffentlichkeit.

Elsa Triolet, immer perfekt gekleidet mit Hut und Schleier.

Elsa Triolet schrieb Romane, Novellen, Biographien und Essays und war nebenbei als Journalistin und Übersetzerin tätig. Als umschwärmte Muse ist sie Legende, als Stalinistin, die den »surrealistischen Revolutionär« Aragon seinen Kreisen entfremdet und auf Parteilinie gebracht haben soll, kennt man sie bis heute. Geblieben ist auch die Erinnerung an ihre extravagante Erscheinung. Ihr Interesse an Haute Couture, an Pelzen und

Schmuck, das ihren sozialistischen Grundsätzen scheinbar entgegen stand, löste durchaus Befremden aus. Ambivalenz gehörte nun mal zu Elsa Triolets Leben. Sie füllte viele Rollen aus, war die elegante Pariserin, die die entstehende Modebranche als Schmuck-Designerin zu ihren Zwecken zu nutzen wusste, wie auch die russische Exilantin, deren Verbundenheit mit der Heimat und der dort noch lebenden Familie nicht zuletzt in ihren politischen Überzeugungen Niederschlag fand. Ihr Festhalten an den kommunistischen Idealen während des sogenannten Kalten Kriegs quittierten Gegner des Dichterpaares mit Verleumdungen und übler Nachrede, die bald ebenso zu ihrem Alltag gehörten wie die Huldigungen ihrer Anhänger. Verbittert notierte Elsa Triolet ein Jahr vor ihrem Tod:

> »Dem Geschriebenen geht die eigene Legende und die Legende des Autors voraus. Ich habe Augen, die die Augen Elsas sind. Ich habe einen Ehemann, der Kommunist ist. Durch meine Schuld Kommunist. Ich bin ein Werkzeug der Sowjets. Ich bin eine Frau, die Schmuck liebt. Ich bin eine feine Dame und eine Schlampe. Ich unterliege dem sozialistischen Realismus. Ich bin eine Moralistin und eine frivole Person, die strickt und Geschichten erfindet. Ich bin Scheherazade, die große Erzählerin. Ich bin die Muse und der Fluch des Dichters. Ich bin schön, und ich bin abstoßend. Man stopft mich voll mit Gedanken und Gefühlen wie eine sprechende Puppe, ohne dass ich etwas dazu beitrage.«[2]

Aragon setzte seiner Frau in seinen Romanen und insbesondere in seinen Gedichten ein literarisches Denkmal, das den Namen Elsa untrennbar mit seinem Werk verbindet. Im Untergrund beginnt er mit der Veröffentlichung seiner Elsa gewidmeten Gedichte, die während der Besatzungszeit wieder und wieder rezitiert werden und den Namen Elsa zu einem Sinnbild der Résistance machen.

Als Schriftstellerin wird sie gefeiert, als Muse bewundert – und fühlt sich dennoch weiterhin als Fremde, als Außenseiterin, nirgends zugehörig. In der melancholischen Grundstimmung einer Vielzahl ihrer Geschichten wird die Zerrissenheit der Grenzgängerin mehr als deutlich. Die Einsamkeit als Folge der als schmerzhaft empfundenen Marginalität, so sagte sie selbst einmal, sei das eigentliche Thema ihrer Bücher wie auch das Thema ihres Lebens.

Am 12. September 1896 kommt in Moskau die zweite Tochter der jüdischen Familie Kagan zur Welt. Die Eltern nennen sie Ella, aber schon bald erhält sie den Kosenamen Zemlianitschka, zu Deutsch Walderdbeere – vermutlich wegen ihres rundlich-rosigen Gesichts. Den Vornamen Elsa, unter dem sie später bekannt wird, gibt sie sich irgendwann selbst. Die Eltern machen aus ihrer kritischen Haltung gegenüber dem zaristischen Regime keinen Hehl. Dennoch wird das Familienleben im Hause Kagan weniger von politischen Diskussionen als von den musischen Interessen der Eltern geprägt. Die Mutter Helena Jurjewna Kagan ist eine ausgezeichnete Pianistin, die auch selbst komponiert und dichtet. Elsas Verhältnis zu ihrer Mutter ist ambivalent. In den fünf Jahren, die zwischen Elsa und ihrer älteren Schwester Lilja liegen, hatte die Mutter eine Fehlgeburt erlitten und danach all ihre Liebe auf die ältere Tochter fixiert und sie maßlos verwöhnt. Elsa fühlt sich zurückgesetzt und reagiert in typisch kindlicher Manier immer wieder mit der Drohung wegzulaufen. *Keiner liebt mich* ist auch das vorherrschende Thema ihres Tagebuches und wird später Titel einer ihrer Romane sein.

Durch die im Baltikum geborene Mutter, die Deutsch ebenso fließend spricht wie Russisch, und das französische Kindermädchen ist es den Kindern schon recht früh möglich, Literatur auch in anderen europäischen Sprachen zu lesen. Der Vater Jurij Alexandrowitsch Kagan, als Jude im Ghetto aufgewachsen, hatte es geschafft, sich als juristischer Beistand von Musikern und Schauspielern einen Namen zu machen. Seine Liebe zu Literatur und

Philosophie gibt er an seine Töchter weiter, die sich schon recht früh in der hauseigenen Bibliothek bedienen, auch wenn sie nicht immer die Bände wählen, die ihren Eltern als ihrem Alter angemessen erscheinen. Trotz der antisemitischen Grundstimmung im zaristischen Russland wachsen die Kinder der jüdischen Intelligenzija sorglos und behütet auf. In Moskau ist es Juden möglich, relativ unbehelligt zu leben. Die Eltern sind Atheisten, die die christlichen Feste ebenso feiern wie die russische Bourgeoisie, in deren Kreisen sie verkehren. Elsa ist eine gute Schülerin, die ungemein ehrgeizig ist und in jedem Fach die Erste sein will. Neben der Schule nimmt sie zusätzlich Unterricht in Musik und Malerei. Schon sehr früh entwickelt sie ein besonderes Interesse für französische Sprache und Literatur.

Die Familie Kagan im Jahr 1905.

Elsa (rechts) und ihre 5 Jahre ältere Schwester Lilja.

Neben der rothaarigen Schwester mit den haselnussbraunen Augen, dem sinnlichen Mund und der grazilen Figur kommt sich die rundliche Elsa mit den blau-grau-grünen Augen und den blonden Zöpfen hässlich und minderwertig vor. Die beiden Schwestern hängen sehr aneinander, auch wenn die Ältere bisweilen ihre Überlegenheit ausnutzt und ganz selbstverständlich den Ton angibt. Liljas Ausstrahlung kann sich kaum jemand entziehen. Sie ist erst zwölf Jahre alt, als sich die ersten männlichen Verehrer einstellen, und vierzehn, als sie sich in den Mann verliebt, den sie mit zwanzig heiraten wird. Ossip Brik ist nicht nur Lilja ein interessanter Gesprächspartner, dessen scharfsichtiges Urteil über Literatur und Dichtung geschätzt wird.

Auch Elsa hat bereits als junges Mädchen viele männliche Bewunderer, doch ebenso stark wie das Gefühl, nicht geliebt zu werden, ist ihre Überzeugung, selbst gar nicht zu solch einem Gefühl fähig zu sein. Sie ist misstrauisch und vermutet immer wieder, die jungen Männer sähen in ihr nur die – unvollkommene – Miniaturausgabe ihrer älteren Schwester. Zwar ist sie grundsätzlich der Meinung, zur Liebe geboren zu sein, allerdings leidet sie darunter, dass ihr die Natur nicht den entsprechenden Körper mitgegeben habe. »Ich hätte als große Schönheit auf die Welt kommen sollen«, notiert sie in ihrem Tagebuch, »Ich habe nichts mit den Leuten zu schaffen, aber ich interessiere mich entsetzlich für die Meinung, die sie sich über mich bilden, auch für die Meinung der Frauen.«[3]

Elsa Triolet ist noch ein Schulmädchen, als sie eines Tages bei Freunden Wladimir Majakowskij begegnet, der sie allein aufgrund seiner äußeren Erscheinung beeindruckt. Elsa hat sogar etwas Angst vor diesem fast zwei Meter großen, ziemlich unverschämt auftretenden jungen Mann, der so ganz anders ist als die, die sie bisher kennen gelernt hatte. Noch minderjährig hatte er im Gefängnis gesessen. Nach der Entlassung studiert er Malerei und beginnt zu dichten. Zusammen mit seinen Freunden gibt er die Lyrik-Anthologie *Eine Ohrfeige dem öffentlichen Geschmack* heraus, eine Art Publikumsbeschimpfung, die mit den konservativen Literaturströmungen bricht. Das gemeinsam verfasste Vorwort gilt als Manifest der sich nunmehr »Futuristen« nennenden Gruppe. Dichterlesungen der »Futuristen« enden nicht selten mit einer Prügelei. Als Elsa Majakowskij kennen lernt, hat er gerade sein erstes Gedicht verkauft. Seinen Lebensunterhalt verdient er sich jedoch mit Zeichnen, wozu er sich fast täglich im Haus der Kagans einfindet. In Elsa Triolets Geschichte *Cahiers enterrés sous un pêcher* erinnert sich die in Russland aufgewachsene französische Journalistin Louise Delfort an den Mann, in den sie sich mit dreizehn verliebt hat und der ihrer älteren Schwester Odette den Vorzug gibt. Parallelen drängen sich auf. »Für die Dauer von zwei Jahren betraf jeder meiner Gedanken Wladimir«, heißt es dort. Und weiter: »Tatsächlich hat er mir alles über die Liebe beigebracht. Sogar über die körperliche Liebe.« Es gibt Gerüchte, die besagen,

Elsa habe in dieser Zeit die traumatische Erfahrung einer Abtreibung gemacht, die auch zu ihrer Kinderlosigkeit geführt habe. Sie selbst hat sich nie dazu geäußert. Wie auch immer, Elsa und Majakowskij verbringen jedenfalls viel Zeit miteinander. Fasziniert von seinem »Genie« beginnt sie, seine Gedichte zu rezitieren und gegen Kritiker zu verteidigen, die ihm seinen offensichtlichen Atheismus und Zynismus vorwerfen. In der Zeit der gemeinsamen Spaziergänge mit Elsa entsteht sein berühmtes Gedicht »Wolke in Hosen«, das im Jahr darauf zunächst im Wohnzimmer der Briks und anschließend im ganzen Land Furore machen wird.

Wladimir Majakowskij, 1910.

Elsa Triolet wird später immer wieder auf ihre Rolle als Entdeckerin seines Talents zurückkommen, und tatsächlich hat er es eigentlich ihr zu verdanken, dass sein Gedicht »Wolke in Hosen« einen Verleger, ihren Schwager Ossip Brik, findet. Zunächst gilt es nämlich, Überzeugungsarbeit zu leisten. Der intellektuelle Zirkel um die Eheleute Brik, der sich vor allem theoretisch mit Sprache und Literatur befasst, beurteilt die zeitgenössische Dichtung mit einem gewissen Snobismus. Und dann sollte ausgerechnet Majakowskij, der Skandalheld und Bürgerschreck, derjenige sein, der »das Richtige« schrieb? Diesem merkwürdigen »Futuristen«, gerade mal zweiundzwanzig Jahre alt, traute man keine Verskunst zu. Elsa lässt sich nicht beirren. Sie will um jeden Preis die Anerkennung ihrer Entdeckung durch den Kreis, in dem sie selbst bisher so wenig ernst genommen wird, und schafft es auch tatsächlich, eine Lesung Majakowskijs bei den Briks zu organisieren – nicht ahnend, dass sie Majakowskij auf diese Weise zwar entscheidend weiterhilft, ihn aber gleichzeitig an ihre Schwester Lilja verliert.

Majakowskij lässt keinen Zweifel daran, dass er in Lilja die Frau seines Lebens gefunden zu haben glaubt. Ossip Brik toleriert die neue Beziehung seiner Frau, bittet sie jedoch, sich nie von ihm zu trennen. Schon bald bilden die drei eine »Familie«, die für die nächsten fünfzehn Jahre als Zentrum der literarischen Avantgarde Russlands gelten kann.

Nach Abschluss der Schulausbildung schreibt sich Elsa an der Moskauer Hochschule für Architektur ein. Nach dem Tod des Vaters lebt sie nun allein mit ihrer Mutter. Bisweilen geht es ihnen finanziell so schlecht, dass Elsa nebenbei in einer Fabrik Geld verdienen muss. Besuche bei ihrer Schwester vermeidet sie nach Möglichkeit, angeblich, weil sie das Alleinsein dem Trubel im Hause der Briks vorzieht. Bei einem ihrer seltenen Besuche lernt sie dort den Schriftsteller und Literaturtheoretiker Viktor Šklovskij kennen, der sich in sie verliebt. Jahre später wird sie ihn in Berlin wiedertreffen, wo er der Schriftstellerin Elsa Triolet als »Geburtshelfer« zur Seite stehen wird.

Während ihrer Studienzeit geht Elsa viel aus, sie tanzt leidenschaftlich gern und will sich vor allem amüsieren. In Moskau trifft sie in den Kreisen der französischen Mission eines Tages den Offizier André-Pierre Triolet, der durch seinen eleganten Kleidungsstil, seine weltgewandte Art und seine Liebenswürdigkeit gegenüber Frauen auffällt. Er stammt aus einer reichen französischen Familie, ist ein Pferdenarr und ein *homme à femmes*. Die Welt der Kunst und Literatur – Elsas Welt – liegt ihm fern. Die beiden scheinen so gar nicht zusammen zu passen, doch sie mögen sich, sind vielleicht sogar verliebt. Elsas Familie und ihre Freunde sind jedenfalls erstaunt, als sie auch noch seinetwegen ihr Heimatland verlässt. »In der Nowaja Basmanaja gab man mir einen Auslandspass. Der Genosse reichte ihn mir mit den Worten: ›Gibt es hier nicht genug Männer für Sie? Müssen Sie einen Ausländer nehmen?‹ Das war

Elsa Triolet, 1925.

auch die Meinung meiner Bekannten. Ich hörte auf nichts und niemanden«,[4] erinnert sie sich später.

Elsa und André heiraten 1919 in Paris und machen sich alsbald auf die Reise – über New York und San Francisco – nach Tahiti. Auf dieser Insel in der Südsee, Inbegriff für Exotik und paradiesische Weltabgeschiedenheit, verbringen die jungen Eheleute ein Jahr. Trotz des Lebens »im Stil von Kolonialherren« beginnt Elsa schon bald, sich nach der Heimat zu sehnen, nach dem russischen Winter, der Sprache, den Freunden. André ist nach wie vor liebenswürdig, lässt aber wohl keinen Zweifel daran, dass ihm auch die einheimischen Frauen ausgesprochen reizvoll erscheinen. Er bleibt immer häufiger über Nacht fort. Elsa erkennt, dass es ihr nicht möglich ist, ihr gesamtes bisheriges Leben umzukrempeln. Sie vermisst den Austausch in ihrer Muttersprache – ihre Versuche, André Russisch beizubringen, sind kläglich gescheitert –, und sie vermisst kulturelle Anreize, die Poesie. 1920 kehrt sie nach Europa zurück.

Elsa fährt zunächst zu ihrer Mutter, die inzwischen in London lebt. Sie findet dort vorübergehend Arbeit bei einem Architekten, die jedoch schlecht bezahlt wird und kaum ihr Auskommen sichert. Erst als Lilja zu Besuch kommt, kann sie es sich mit deren Unterstützung leisten, zum Tanzen auszugehen oder Ausstellungen und Museen zu besuchen. Im September 1922 fährt sie mit Lilja nach Berlin und trifft dort mit alten Freunden zusammen. Sie wohnen gemeinsam im Kurfürstenhotel. Majakowskij kann es sich inzwischen leisten, seine Angebetete mit riesigen Blumensträußen zu beglücken, die er ihr tagtäglich auf ihr Zimmer bringen lässt. Elsa zieht es vor, sich privat zwei Zimmer zu mieten, wo sie vor allem ihre russischen Freunde gelegentlich besuchen. Sie kann sich über einen Mangel an Verehrern nicht beklagen. Aber weder Freunde noch die wechselnden Liebesbeziehungen noch die grenzenlose Verehrung, die ihr Viktor Šklovskij entgegenbringt, können verhindern, dass sie immer wieder in depressive Stimmungen verfällt. Der kleine, glatzköpfige Viktor Šklovskij, nur drei Jahre älter als sie, lässt Elsa über seine leidenschaftlichen Gefühle nicht im Zweifel, aber Elsa sieht in ihm nur einen guten Freund. Šklovskij, zutiefst überzeugt, dass Elsa schriftstellerisches Talent besitzt, ermuntert sie zum Schreiben, aber sie nimmt ihn nicht ernst. Erst durch einen Trick gelingt es ihm schließlich, der Schriftstellerin Elsa Triolet den entscheidenden Impuls zu geben.

1923 erscheint Šklovskijs Briefroman *Zoo oder Briefe nicht über die Liebe,* den er Elsa Triolet widmet. Er beschreibt dort tagebuchartig sein Leben im Berliner Exil und seine unglückliche Liebe zu einer Frau namens Alia. Die besten Briefe des Buches seien die der Frau, befindet Maxim Gorki, der zu dieser Zeit in der Nähe von Berlin lebt, und lädt die Verfasserin ein, einige Tage bei ihm zu verbringen, um mit ihr gemeinsam über eine zukünftige schriftstellerische Tätigkeit nachzudenken. Elsa zögert, aber sie beginnt schließlich doch, ihre Erinnerungen an die Zeit auf der Südseeinsel Tahiti aufzuschreiben. Das fertige Manuskript geht Gorki mit ihr zusammen noch einmal durch. *A Tahiti,* ihr erstes Buch in russischer Sprache, erscheint 1925.

Die letzten Seiten des Buches verfasst sie schon in Paris. In den folgenden Jahren wird das ein oder andere Zimmer in der ersten Etage des Hotels Istria in der Rue Campagne Première, einer Seitenstraße des Boulevard Montparnasse, ihr neues Zuhause. Bohémiens aus Künstler- und Literatenkreisen sind ihre Nachbarn: der Fotograf Man Ray, der Maler Francis Picabia und dessen Frau, Marcel Duchamp sowie Kiki, Modell und Sängerin, die Elsa Triolet mehrfach in ihren Geschichten beschreibt und die ihr durch ihre überschäumende Lebensfreude imponiert haben dürfte. Elsa lebt von den Unterhaltszahlungen ihres Mannes, der ebenfalls zeitweilig im Istria wohnt. Ein wenig Geld bringen auch Artikel ein, die sie mit Majakowskijs Hilfe bei einer Moskauer Zeitung unterbringen kann, und auch ihre Schwester lässt ihr immer wieder etwas Geld zukommen. Aber ihr Leben in Paris ist teuer. Das Hotelzimmer bietet tagsüber kaum Aufenthaltsmöglichkeiten, so dass sie bereits zum Frühstück das in der Nähe liegende Café *La Closerie des Lilas* aufsucht, wo sie auch an ihren Büchern arbeitet. Ihrer Tanzleidenschaft frönt sie in dem benachbarten *Bal Bullier,* wo sie der allabendlichen Tristesse des Hotelzimmers entgehen kann. Mehrere Affären verlaufen enttäuschend.

Elsa denkt an eine Rückkehr nach Russland und steht vor der Entscheidung: Wählt sie die Vertrautheit der Heimat, so bedeutet das gleichzeitig, auf die angenehmen Seiten des Lebens in der Fremde zu verzichten. Von Luxus kann sie zwar auch in Paris nur träumen, aber die Unannehmlichkeiten, die der Bevölkerung ihrer Heimatstadt zu schaffen machen, liegen dort in weiter Ferne. Elsa ist nicht gerade glücklich in Paris, doch von ihren gelegentlichen Reisen nach Moskau kehrt sie immer wieder nach Paris zurück.

Das Verhältnis zu ihrem Mann, den sie liebevoll Petrowitsch nennt, ist inzwischen von zärtlicher Zuneigung und aufrichtiger Freundschaft geprägt. Auch Triolet ermuntert Elsa zur Schriftstellerei. Und mit Erfolg. Ihre Bücher *A Tahiti, Fraise-des-Bois* und *Camouflage* erscheinen im Abstand von nur drei Jahren in russischen Verlagen. Die Bücher starten mit einer relativ hohen Auflage und mit den ersten beiden erzielt sie in ihrer Heimat zumindest einen Achtungserfolg. Ihr drittes Buch, *Camouflage* (1928), fällt durch. Waren stilistische Schwächen der Grund oder die morbide Schwermut des Buches? Tatsächlich interessiert sich die Leserschaft in ihrem Heimatland nicht sonderlich für die Schwierigkeiten, denen sich die Romanfigur in der Fremde ausgesetzt sieht. Der Misserfolg treibt Elsa damals an den Rand des Selbstmords. Heute kann das Buch als eine Art Schlüsselroman gelesen werden.

Am 5. November 1928 vertraut Elsa Triolet ihren Lebensüberdruss dem Tagebuch an. Aragon – der Name des französischen Schriftstellers, dessen Bücher sie kennt und den sie bisher nur einmal von weitem gesehen hat, taucht an gleicher Stelle zum ersten Mal in ihrem Tagebuch auf. Für den folgenden Tag ist sie mit ihm in der Bar La Coupole verabredet.

Das Coupole, 1927 mit einer rauschenden Party eröffnet, bietet auf 1600 Quadratmetern ein Café, eine Brasserie, ein Restaurant und eine Bar. Hier ist es größer, strahlender und prächtiger als bei der Konkurrenz. Alle erscheinen sie irgendwann im Laufe des Tages in dem Luxustempel: Maler und Modelle, Poeten und Musen, Literaten, Kritiker, Verleger, Menschen, die die Kultur des Jahrhunderts mitgeprägt haben, wie Salvador Dalí, Pablo Picasso, Max Jacob, Man Ray, Kiki, Sergej Prokofieff, George Gershwin, Ernest Hemingway, Henry Miller, Anaïs Nin. Auch Louis Aragon schaut häufiger mal im Coupole vorbei, hauptsächlich seinen amerikanischen Freunden zuliebe, die hier verkehren. Als Schriftsteller hat er mit seinen 31 Jahren schon von sich reden gemacht. Sein 1926 erschienenes Buch *Der Pariser Bauer* zählt heute zu den Hauptwerken des Surrealismus. Nachdem Elsa Triolet das Buch gelesen hat, will sie Aragon unbedingt kennen lernen. Ist es die hymnische Verehrung der Liebe, die spürbare Suche nach dem Absoluten? Oder ist es die hohe Sprachkunst und die Leidenschaftlichkeit, die in jedem Wort des Autors erkennbar sind? Von seinen Worten bereits verführt, bittet sie einen gemeinsamen Freund, in ihrem Namen eine Verabredung mit dem Dichter zu arrangieren. Elsa sichert sich ab, sie geht nicht allein zu dem Treffen. Ein guter Freund, Wladimir Pozner, soll sie begleiten, nachdem er zuvor die Anweisung erhalten hat, sich, wenn alles gut läuft, schleunigst aus dem Staub zu machen oder sie gegebenenfalls zum Aufbruch zu drängen.

Am 6. November 1928, um fünf Uhr nachmittags, findet das Treffen im Coupole statt. Pozner zieht sich schon bald mit einer Entschuldigung zurück, alles läuft gut: Aragon begleitet Elsa an diesem Abend in ihr Hotelzimmer und verbringt dort mit ihr die erste gemeinsame Nacht. Die Geburtsstunde eines Mythos, wird es später heißen.

Louis Aragon wurde am 3. Oktober 1897 in Paris geboren, Vater und Mutter unbekannt, so hieß es. In Wirklichkeit entstammt das Kind einer außerehelichen Liaison. Getauft wird es auf den Namen Aragon, den sich irgendjemand ausgedacht hat. Seine Kindheit ist geprägt von ständigen Geldnöten, die durch geistige Anregung und liebevolles Verwöhnen wettgemacht werden. Er erfährt erst im Alter von zwanzig Jahren, kurz bevor er in den Krieg ziehen muss, dass die Frau, die er bis dahin für seine Schwester hielt, in Wirklichkeit seine Mutter ist. Bereits mit sechs Jahren schreibt der junge Louis seinen ersten Roman. Der Erste Weltkrieg hatte Aragon wie auch seine Freunde André Breton und Philippe Soupault dermaßen traumatisiert, dass sie sämtliche Konventionen in Frage zu stellen begannen, eine Geisteshaltung, die sich in ihrer konstituierenden Mitgliedschaft in Bewegungen wie Dada und Surrealismus niederschlug. 1927 traten sie gemeinsam der Kommunistischen Partei Frankreichs bei.

Elsa scheint sich von Anfang an ziemlich sicher zu sein, endlich den Mann ihrer Träume gefunden zu haben: er ist Franzose, Dandy und – Dichter, charmant, elegant und unglaublich eloquent. Aragon hatte gerade erst die aufreibende Beziehung zur englischen Millionenerbin Nancy Cunard beendet, aber noch nicht überwunden, und sich zwischenzeitlich mit einer überstürzt eingegangenen Beziehung getröstet. Die österreichische Schauspielerin Lena Amsel, eine sportliche junge Frau, gefällt ihm durch ihre Lebenslust und ihr unkompliziertes Auftreten. Als er Elsa kennen lernt, kommt es schon bald zu einer Begegnung zwischen den beiden Rivalinnen, aus der Elsa als »Siegerin« hervorgeht. Aragon hatte eigentlich gar nicht vor, sich zwischen den beiden Frauen zu entscheiden, will den Dingen lieber seinen Lauf lassen. Und so entscheidet Elsa. Sie kann die Jüngere davon überzeugen, dass ihre Absichten in Bezug auf Aragon ernsthafter sind, dass sie eine gemeinsame Zukunft mit ihm plant und nicht nur auf eine Affäre mit ihm aus ist.

Louis Aragon, 1923.

Gemeinsam treten die beiden Frauen vor Aragon, und Elsa setzt ihn über die Vereinbarung in Kenntnis. Aragon lauscht schweigend.

Schon vor längerer Zeit hatte Aragon ein winziges Atelier in der Rue Campagne Première Nr. 5 angemietet, bisher jedoch nur als Abstellraum benutzt. Dieses wird nun zu ihrer ersten gemeinsamen Wohnung. Trotz der beengten Verhältnisse weiß Elsa eine angenehme Atmosphäre zu schaffen. An den Wänden hängen Werke befreundeter Künstler wie Duchamp, Tanguy, Picabia und Dalí. Überall stehen Skulpturen aus Aragons umfangreicher Sammlung afrikanischer Kunst. Alles andere als luxuriös ausgestattet, gibt es doch immerhin ein Waschbecken und eine kleine Kochnische, so dass Elsa selbst kochen und sogar Gäste bewirten kann. Elsa könnte endlich glücklich sein – wären da nicht die alten Beziehungen, die Aragon nicht aufzugeben bereit ist. Allen voran Nancy Cunard, die er – mehr oder weniger offen – regelmäßig trifft. Elsa leidet, ist – zu Recht oder Unrecht – eifersüchtig. Aragon gibt vor, mit ihr zu arbeiten, Nancy Cunard ist schließlich auch Verlegerin, und was lässt sich dagegen schon sagen? In ihrer Geschichte *Die Frau mit dem Diamanten* beschreibt Elsa Triolet auf eindrucksvolle Art und Weise die Begegnung der Heldin mit ihrer Vorgängerin in einem Nachtclub am Montmartre, die Eifersucht und Enttäuschung über den Mann, der sich entschließt, den Rest des Abends mit eben dieser Vorgängerin zu verbringen. Die Geschichte hat sich Aragon zufolge tatsächlich so zugetragen. Die »Frau mit den Zähnen einer Kannibalin« soll Nancy Cunard gewesen sein.

Es dauert einige Zeit, bis Aragon Elsa endlich seine Liebe gesteht. »Für immer …«, sagt er. Ihre Reaktion: »Ach was, wenn es nur ein Jahr dauert, wär das schon ganz schön«, auch wenn sie vermutlich anderes gedacht haben mag. Nach wie vor trifft Aragon auch seine surrealistischen Freunde. Dabei begleitet ihn Elsa nur ungern. Breton findet sie despotisch und langweilig, wichtigtuerisch und selbstherrlich. Die Abneigung beruht auf Gegenseitigkeit: Breton hält sie für eine russische Spionin, darauf angesetzt,

Aragon seinen Kreisen zu entfremden. Aber es war noch etwas anderes, das Elsa nicht hinzunehmen bereit war. Obwohl die Surrealisten die Liebe in den Mittelpunkt ihres Lebens und Schreibens stellen, gestehen sie Frauen bei ihren Zusammenkünften zumeist nur die Rolle einer Zuschauerin zu. Elsa, die es gewohnt ist, sich in jede Diskussion mit der ihr eigenen Klarsicht und mitunter Bissigkeit einzumischen, ist entsetzt. So führen die Gesinnungsgenossen beispielsweise endlose Gespräche über Sexualität, die genauestens protokolliert werden, aber ohne sich auch nur im entferntesten für die Meinung der Frauen zu interessieren.

Zunächst haben Elsa und Aragon aber ganz andere Sorgen. Das Geld reicht hinten und vorne nicht. Auf der Suche nach einer Einnahmequelle kommt Elsa auf die rettende Idee, Modeschmuck anzufertigen. Modische Accessoires faszinieren sie, und auf ihren Spaziergängen durch das Sentier-Viertel kommt sie häufig an Geschäften mit allerlei buntem Zubehör vorbei. Als ausgebildete Architektin weiß sie mit Materialien umzugehen. Mit geradezu verbissener Zähigkeit und ungeheurem Fleiß gelingt es ihr innerhalb kürzester Zeit, die von eigener Hand gefertigten Colliers aus Muscheln und Perlmutt oder auch Eisenringen und Rosshaar der Haute Couture als letzten Schrei zu verkaufen. Der Zufall kommt ihr dabei in Gestalt eines amerikanischen Redakteurs von *Vogue* zu Hilfe, der sie einigen namhaften Häusern – Schiaparelli, Poiret, Lanvin oder Chanel empfiehlt. Und auch Aragon macht sich nützlich: er zieht bereits frühmorgens mit seinem Musterköfferchen los, um die ausländischen Handelsvertreter aufzusuchen und Elsas Ware anzupreisen, sicherlich eine neue und ausgesprochen ungewohnte Erfahrung. Es amüsiert ihn, wenn die Vertreter ihn »le Triolet« nennen. Schon bald gelingt es Elsa, in einem Metier sensationelle Erfolge zu feiern, von dem sie – zu Beginn ihrer Tätigkeit – keine Ahnung hatte. Doch nach drei Jahren erfolgreicher Selbständigkeit hat Elsa genug. Das Paar kann zwar inzwischen gut von dieser Arbeit leben, aber Elsa muss oft nächtelang durcharbeiten, um die Aufträge fristgemäß abliefern zu können –, und die Arroganz

Eine von Elsa Triolet
entworfene und angefertigte Halskette.

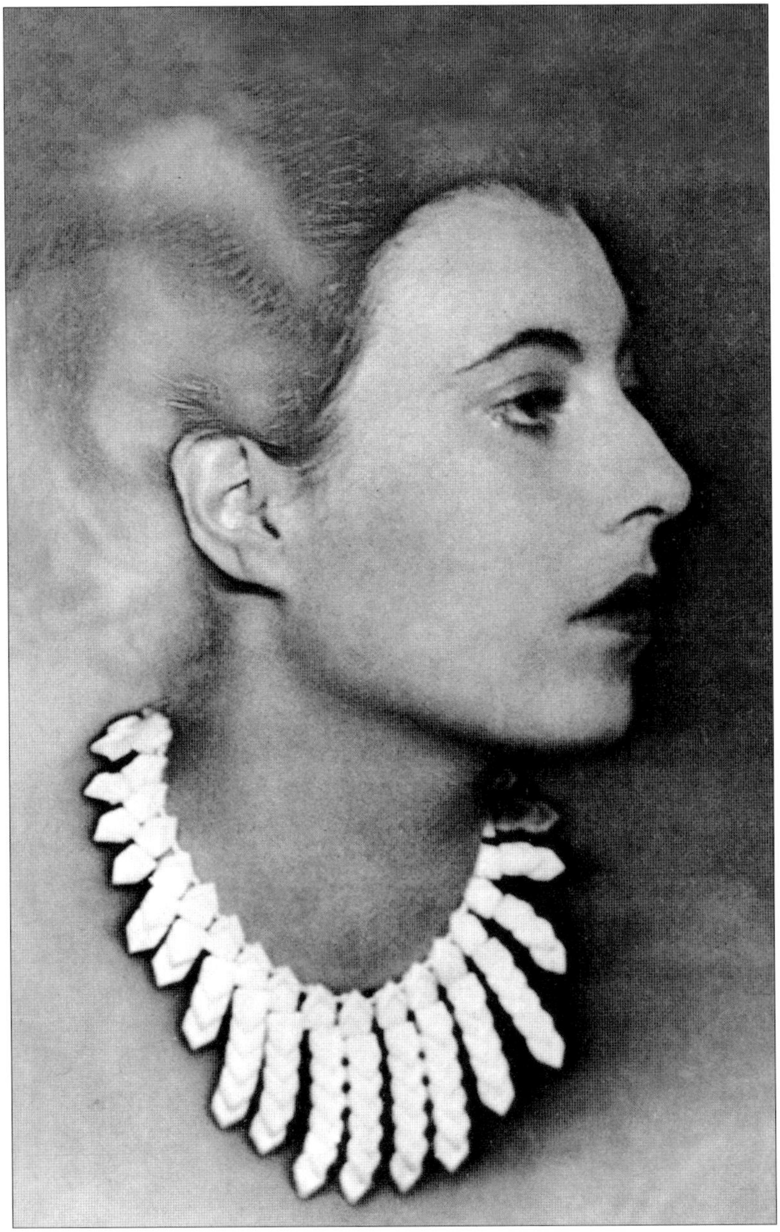

der Kundinnen der »Handwerkerin« gegenüber wird ihr bisweilen unerträglich. In ihrem vierten, ebenfalls ursprünglich in russischer Sprache geschriebenen Buch *Colliers* (1933) beschreibt Elsa Triolet reportageartig ihre Erlebnisse aus der Welt der Mode, ihre Beobachtungen aus der Anfangszeit der Haute Couture, als Mannequins noch schlecht bezahlte, aber nicht weniger gutaussehende junge Mädchen waren. Das Buch – »schnippisch, kritisch, amüsant, Sozialreportage und Satire«[5] – ist stark autobiographisch, Die Veröffentlichung in einem Moskauer Verlag scheitert, lediglich Auszüge erscheinen in einer russischen Zeitung.

Am frühen Morgen des 15. April 1930 wird Elsa durch ein Klopfen an der Tür ihrer Pariser Wohnung geweckt. Aragon, der zunächst im Bett geblieben ist, springt entsetzt auf, als er Elsa schreien hört. Sie hat soeben von Majakowskijs Selbstmord erfahren. Unermüdlich wird sich Elsa Triolet fortan als Wegbereiterin seiner Dichtkunst in Frankreich betätigen. Sie übersetzt seine Gedichte, organisiert Ausstellungen, hält Vorträge über sein Werk. Majakowskijs Schicksal lässt sie nicht los. »Er fehlt überall, wo es zu lieben, sich zu ereifern, zu verteidigen oder anzugreifen gilt. Er fehlt überall, wo man das Genie braucht. Majakowskij fehlt, unvergeßlich wie ein amputierter Arm. Man gewöhnt sich daran, ihn nicht mehr zu haben, aber man vergißt ihn nicht«[6] , schreibt sie in ihrem Buch über Majakowskij, das 1957 auch auf Deutsch erscheint.

Zwei Monate nach Majakowskijs Tod reist Elsa zusammen mit Aragon in ihr Heimatland. Politik scheint in ihrem Leben bis zu diesem Zeitpunkt eher eine untergeordnete Rolle gespielt zu haben, Aragon zufolge las sie damals noch nicht einmal Zeitungen und war viel zu sehr mit ihren persönlichen Problemen beschäftigt, um sich politisch zu engagieren. Aragon aber war bereits Kommunist – und nach wie vor Surrealist, ungeachtet der gelegentlichen Vorwürfe wegen fehlender »Linientreue«. Auf ihrer ersten gemeinsamen Reise in die Sowjetunion verliebt sich Aragon in ein Land, in eine Sprache, in eine Kultur – und in eine Utopie. Elsa wird es nicht ungern gesehen haben, dass sich Aragon für dieselben Ideale begeistern konnte wie ihre Familie und Freunde. Im Verlauf dieser Reise kommt es zu einem Ereignis, das eine erste Missstimmung in Aragons Verhältnis zu den Surrealisten bringt und in der Folge zum Bruch mit den einstigen Weggefährten führt. Elsa kommt die Rolle des Sündenbocks zu. Hatte nicht schließlich mit der Freundschaft zu ihr Aragons Rückzug aus den surrealistischen Kreisen begonnen?

Die Ablehnung ihres letzten Buches in der Heimat hat Elsa vor Augen geführt, dass sie sich nicht länger einer Entscheidung entziehen darf: Sie kann nicht in dem einen Land leben und für das andere schreiben. Inhalt und Sprache passen nicht mehr zueinander. Als Schriftstellerin wird man ihr nur mehr Gehör schenken, wenn sie auch für die Menschen des Landes schreibt, in dem sie lebt. Aber sie wird sich den Wechsel von der einen Sprache zur anderen erst Jahre später zutrauen. Vorerst gibt sie die Schriftstellerei auf. Das schmerzt umso mehr, als sie tagtäglich mit ansehen muss, dass Aragon mit Leichtigkeit sprachliche Kunstwerke wie am Fließband produziert.

Elsa Triolet und Louis Aragon in Südfrankreich.

In den dreißiger Jahren beobachtet Elsa an Aragons Seite mit Schrecken den zunehmenden Rechtsradikalismus. Sie ist tief betroffen von der Eskalation der Gewalt während der antifaschistischen Demonstration im Februar 1934 in Paris, als sich Elsa und Aragon gerade noch vor den Schlagstöcken der Polizisten, die gewaltsam gegen demonstrierende Kommunisten und Sozialisten vorgehen, in Sicherheit bringen können. Sie notiert ihre Eindrücke wie so oft in ihren »Schulheften«, die ihr das Tagebuch ersetzen, und verarbeitet sie später in ihrem Erzählband *Bonsoir Thérèse,* der 1938 erscheinen wird. Aber noch ist es nicht so weit.

Elsa Triolet begleitet ihren Mann Louis Aragon häufig auf Reisen.

1935 findet erst einmal der Umzug in eine größere Wohnung statt, immer noch eine recht bescheidene Bleibe, die aber immerhin aus zwei Zimmern und endlich auch einem eigenen Badezimmer besteht. 1937 wird Aragon zum Chefredakteur der neu gegründeten Abendzeitung *Ce Soir* ernannt. Die beiden sind inzwischen unzertrennlich geworden. Elsa aber ist weit davon entfernt, sich am Ziel ihrer Träume zu wähnen. Sie unternimmt einen erneuten Anlauf als Schriftstellerin, aber sie geht heimlich ans Werk. Erst wenn Aragon die Wohnung verlassen hat, setzt sie sich an die Schreibmaschine und beginnt zunächst, ihre russischen Sätze ins Französische zu übersetzen, eine mühselige, wenig geeignete Technik, die sie bald aufgibt. »... als ich wieder anfing zu schreiben, geschah dies gegen dich, mit Wut und Verzweiflung, weil du kein Vertrauen zu mir hattest«[7], wirft sie ihrem Mann später vor. Sie leidet an der Sprache, quält sich mit jedem Wort. 1938 vollendet sie schließlich *Bonsoir Thérèse,* ihr erstes Buch in französischer Sprache. Rund ein Dutzend weiterer Romane wird noch folgen.

Aragon wird nicht mehr aufhören, Elsa zum Schreiben zu ermuntern und genießt es, sich nunmehr mit ihr über die jeweiligen Projekte auszutauschen. Wieder und wieder betont er ihren Einfluss auf sein Schreiben. Je lauter die Vorwürfe gegen ihn als Protektor seiner Frau sind, umso häufiger meldet er sich zu Wort. Er, der es wie kaum ein anderer versteht, kunstvoll verschachtelte Sätze zu fabrizieren, steht ihrer Fähigkeit, die Dinge auf den Punkt zu bringen, »ihrer Meisterschaft im Kurzsagen« staunend gegenüber.

Das Buch wird allgemein wohlwollend aufgenommen, eine der ersten Rezensionen stammt von dem aufstrebenden Literaten Jean-Paul Sartre, der sich lobend in der Zeitschrift *Europe* äußert. Die Veröffentlichung macht sie zur französischen Schriftstellerin, eröffnet ihr endlich eine Welt, von der sie sich bislang ausgeschlossen fühlte, und verhilft ihr so zu einem neuen Selbstbewusstsein, das auch ihre Beziehung zu Aragon beeinflusst. Endlich fühlt sie sich als gleichwertige Partnerin anerkannt.

Angesichts des drohenden Krieges beschließen Elsa und Aragon, »Ordnung« in ihre familiären Angelegenheit zu bringen: sie lässt sich von André Triolet scheiden und heiratet am 28. Februar 1939 Louis Aragon, mit dem sie mittlerweile über zehn Jahre zusammenlebt. Nach Ausbruch des Zweiten Weltkriegs wird Aragon am 2. September 1939 als Hilfsarzt eingezogen. Elsa hält es in Paris, wo sie ganz auf sich allein gestellt ist, wo sie als Frau eines Kommunisten Hausdurchsuchungen über sich ergehen lassen muss, kaum noch aus. Nach Aragons Demobilisierung gehen sie zusammen in die freie Zone im Süden Frankreichs. 1941 werden sie vorübergehend in Tours inhaftiert, aber nach zehn Tagen wieder freigelassen. 1942, als die italienischen Truppen Nizza besetzen, gehen Elsa Triolet und Aragon in den Untergrund.

Aragon leitet in der Südzone die Widerstandsgruppe der Schriftsteller. Elsa übernimmt – nicht ungefährliche – Kurierdienste, für die sie zu Fuß weite Strecken zurücklegen muss. Unter dem Pseudonym Laurent Daniel erscheint 1943 Elsa Triolets Kurzroman *Die Liebenden von Avignon,* der einen Eindruck von dem beschwerlichen Leben im Untergrund vermittelt.

Zeichnung von Elsa Triolet, entstanden 1941 in Nizza.

Nach dem Ende der Besatzungszeit beginnt der Triumphzug des Schriftstellerpaares. Mit der Verleihung des Prix Goncourt an Elsa Triolet im Jahre 1945 (rückwirkend für das Jahr 1944, in dem kein Preis verliehen wurde) ist sie an einem Höhepunkt ihres literarischen Schaffens angelangt. Hatten sich ihre vorhergehenden Bücher bereits ganz gut verkauft, so brachte ihr die Verleihung des Prix Goncourt genügend Geld ein, um sich ein Haus auf dem Land kaufen zu können. Journalisten laufen ihr nach, sie steht von jetzt an im Licht der Öffentlichkeit. Das macht sie allerdings auch zur Zielscheibe polemischer Kritiken. Hatte sie nicht den Preis weniger ihren literarischen Qualitäten als vielmehr ihrer politischen Gesinnung zu verdanken? War nicht eigentlich eine Art Quotenregelung Grundlage der Entscheidung gewesen, mit der man gleichzeitig eine Frau, eine Jüdin und eine Résistance-Kämpferin auszeichnete?

Ebenso wie Aragon wird Elsa in den folgenden Jahren nicht nur mit ihren Romanen an die Öffentlichkeit treten, sondern sich für eine Vielzahl von Projekten einsetzen. Elsa und Aragon treten zumeist gemeinsam auf, und wer darin ein Schattendasein Elsas vermutet, verkennt, dass sie gleichwohl oft die einzige Frau ist, die bei den verschiedenen kulturellen Veranstaltungen in vorderster Linie mit dabei ist. Als engagierte, die Gleichberechtigung der Frau fordernde und vorlebende Schriftstellerin gewinnt sie zunehmend an Anerkennung. Umso stärker fällt der Vorwurf der Blauäugigkeit in Bezug auf ihre politischen Ideale ins Gewicht, hätte sie doch mit

Das Schriftstellerpaar Elsa Triolet und Louis Aragon.

ihrem scharfen Verstand als eine der ersten und spätestens auf ihren Reisen in die Sowjetunion erkennen müssen, wie grausam und erbarmungslos das sowjetische Regime gegen seine Gegner und Kritiker vorging. Elsa und Aragon sind nicht die einzigen westlichen Intellektuellen, die sich weigern zu glauben, was doch schon offensichtlich ist. Auch nach Bekanntwerden der stalinistischen Verbrechen melden sie sich nicht öffentlich zu Wort, verdrängen den Schock. Erst 1968 können sie nicht mehr die Augen verschließen. Aufs Schärfste verurteilen sie den Einmarsch der sowjetischen

Truppen in Prag, woraufhin die Partei unverzüglich die finanzielle Unterstützung der Zeitschrift *Lettres Françaises* streicht.

Elsa und Aragon leben abwechselnd in Paris und in ihrer umgebauten Mühle in den Wäldern von Rambouillet, in die sie immer häufiger vor der Hektik der Großstadt flüchten. Hier geben sie sich ganz leger, Aragon trägt statt des eleganten Anzugs derbe Cordhosen und Elsa statt Hut und Pumps Kopftuch und Gummistiefel. Beide investieren sehr viel Zeit und Kraft in die Instandsetzung des Hauses und des großzügigen Gartens, in dem sie gemeinsam begraben werden wollen.

Obwohl Elsa zunehmend gesundheitliche Probleme hat, schreibt sie bis zuletzt unermüdlich weiter. Nicht alle mögen, was sie jetzt schreibt: »Ihre Romane aus den Sechzigern wirken wie Lackmuspapier, auf dem sich die Enttäuschung der Intellektuellen gegenüber dem Kommunismus ablesen lässt.«[8] Noch ein letztes Mal brechen sie zu einer Reise nach Moskau auf. In Russland muss Elsa mit eigenen Augen erleben, mit welcher Sorgfalt es den antisemitischen Kräften gelungen war, ihre Schwester aus dem Leben des nunmehr berühmten Dichters Majakowskij einfach zu streichen. So schreckte man nicht davor zurück, Fotos zu retuschieren, um die jüdische Geliebte totschweigen zu können. Wie ist es möglich, historische Wahrheit so zu verfälschen, dass der Nachwelt ein gänzlich anderes Bild vermittelt wird? Aus der Beschäftigung mit dieser Frage entsteht ihr Buch *Das große Nimmermehr,* die Geschichte des Historikers Régis Lalande, der postum zu Ruhm gelangt und so gefeiert wird, dass seine eigene Frau ihn in dem Bild, das von ihm entsteht, nicht mehr wiedererkennt.

Elsa Triolet stirbt am 16. Juni 1970. Ihr letztes Buch, *Le rossignol se taît à l'aube* erschien erst im Januar desselben Jahres, als sie eine schwere Herzattacke erlitt. In dem Buch, das sie in dem Bewusstsein schrieb, dass es ihr letztes sein würde, nimmt sie den eigenen Tod vorweg. Zahlreiche Persönlichkeiten aus Kultur und Politik nehmen an der Trauerfeier für Elsa Triolet teil, die von der KPF ausgerichtet wird, obwohl Elsa nie Mitglied der Partei war.

Elsa Triolet, 1966.

Aus Moskau kommen ihre Schwester und deren dritter Mann. Pablo Neruda und Jean-Louis Barrault finden ergreifende Worte. Elsa Triolet wird an einem ihrer Lieblingsplätze beigesetzt, auf einem kleinen Hügel in Sichtweite ihrer Mühle.

Aragons Wunsch entsprechend ging die in den Wäldern von Rambouillet gelegene Moulin de Villeneuve nach seinem Tod in staatlichen Besitz über. Nach dem Umbau steht seit 1994 das Forschungszentrum nebst einer umfangreichen Bibliothek Wissenschaftlern und Schriftstellern aus aller Welt zur Verfügung. Die Wohnung von Elsa Triolet und Louis Aragon wurde zu einem Museum umgebaut, das auch der interessierten Öffentlichkeit zugänglich ist.

»Mit einem Mann muss einen mehr verbinden als die Liebe«, hatte sie noch vor ihrer Begegnung mit Aragon entschieden. Dieses auch der Nachwelt zu dokumentieren war ihr ein Anliegen. 42 Bände einer gemeinsamen Gesamtausgabe werden am Ende Zeugnis ablegen von einer 42 Jahre andauernden Lebens- und Arbeitsgemeinschaft.

»Wäre das Schreiben nicht gewesen«, schrieb sie einmal an ihre Schwester, »hätte ich womöglich Hand an mich gelegt, so schwer und furchtbar ist es zuweilen gewesen. Dieses Tun hab ich außerordentlich lieb gewonnen, es ersetzt mir die Freunde, die Jugend und vieles andere, was einem im Leben fehlt.«[9]

Annemarie Schwarzenbach, 1932.

Alexandra Lavizzari

Annemarie Schwarzenbach (1908–1942)

Das unerträgliche blinde Herumtappen in der Welt

Der französische Nobelpreisträger Roger Martin du Gard hat Annemarie Schwarzenbach in einer Buchwidmung einmal dafür gedankt, dass sie ihr schönes Gesicht eines untröstlichen Engels auf der Erde spazieren führe.[1] Seine würdigenden Worte schlugen ein. Noch heute, gute siebzig Jahre später, haften sie der früh verstorbenen Reisejournalistin und Schriftstellerin als das treffendste, wenn auch traurigste Kompliment an, zu dem sie die vielen Bewunderer mit ihrer außergewöhnlichen Erscheinung angeregt hat. Untröstlich ist sie in der Tat gewesen, Annemarie Schwarzenbach; keine noch so abenteuerliche Reise hat ihren Weltschmerz lindern, kein noch so bezaubernder Ort sie lang genug halten können, um ihr die innere Ruhe zu schenken, nach der sie sich während ihres kurzen Lebens gesehnt hat.

Mit dem Engel hat der französische Schriftsteller auch ein passendes Bild für ihre rätselhafte Persönlichkeit geprägt. In Zeitzeugnissen ist nachzulesen, dass sie Freunde und Freundinnen gleichermaßen mit der verstörenden geschlechtlichen Unbestimmbarkeit eines Engels fasziniert hat. So spricht die Genfer Ethnologin Ella Maillart, mit der Annemarie Schwarzenbach 1939 nach Afghanistan aufbrach, in ihrem Zusammenhang gar von der »tragischen Größe der Androgynie«[2]. Diese Tragik hat Annemarie Schwarzenbach bis in die entlegensten Ecken der Welt begleitet und ihr Dasein überschattet, und dies obwohl sie von Haus aus die idealen Voraussetzungen gehabt hätte, um ein sorgloses und bürgerlich gesichertes Leben zu führen.

Annemarie Schwarzenbach kam am 23. Mai 1908 in Zürich zur Welt als Tochter des Industriellen Alfred Emil Schwarzenbach, dessen Seidenwebereien im nahen Thalwil und im Ausland ihm zu großem Reichtum verholfen hatten. Das Mädchen wuchs mit den vier Geschwistern in einem schlossähnlichen Landgut bei Horgen am Zürichsee auf und genoss wegen ihrer fragilen Gesundheit jahrelang Privatunterricht zu Hause, bevor sie in Zürich eine Privatschule besuchte und anschließend in der Töchterschule von Fetan in den Bündner Bergen ihre Schulausbildung beendete. Familienfotos aus ihrer Jugend verraten bereits im Ansatz jene gefährliche Androgynie, die sie später immer wieder in schwierige, ja auswegslose Beziehungen trieb. Die Mutter scheint diese bewusst gefördert zu haben, indem sie ihre Lieblingstochter gern als Matrose, Rosenkavalier oder Page verkleidete und in Posen bubenhafter Lässigkeit verewigte. Mit ihrem grazilen Körper und dem schmalen, bleichen, von kurzem Haar umrahmten Gesicht, das kaum je lächelte, gelang Annemarie die spielerische Täuschung denn auch mühelos, und so nahm sie allmählich die Gewohnheit an, sich in der Öffentlichkeit als Junge zu präsentieren. Sie trug vorzugsweise Hosen und entwickelte, kaum der Pubertät entwachsen, typische Männerallüren wie das Rauchen und das Trinken starker alkoholischer Getränke. Klaus Mann erinnert sich zum Beispiel an die Verwunderung des Vaters, als er Annemarie kennen lernte: »Als sie zum erstenmal in München bei uns zu Mittag speiste, sah der Zauberer sie mit einer Mischung aus Besorgnis und Wohlgefallen von der Seite an, um schließlich festzustellen: ›Merkwürdig, wenn Sie ein *Junge* wären, dann müssten Sie doch als *ungewöhnlich* hübsch gelten.‹«[3]

Annemarie als Rosenkavalier.

Annemarie war auch als Mädchen hübsch, schön sogar, räumt Klaus Mann den Vorbehalt des Vaters im nächsten Satz sogleich aus dem Weg, nachdem er sie zuvor beschrieben hat als »…ehrgeizig und zart und ernst, mit einer reinen Jünglingsstirn unter dem weichen, aschblonden Haar.«[4]

Mit der Ambivalenz, die Annemarie auf diese Weise pflegte, fiel sie überall auf, befremdete und stiftete emotionale Verwirrungen, gegen die sie selbst nicht immer gefeit war. Erste gleichgeschlechtliche Liebschaften scheinen eine logische Folge dieser an-

Annemarie als Musikantin.

erzogenen Haltung gewesen zu sein, doch nun zeigte sich die Mutter mit einem Mal bestürzt und verständnislos. Renée Marie Schwarzenbach, die Tochter eines Schweizer Generals, die selbst in ganz unweiblicher Manier an Pferderennen teilnahm und Siegespokale nach Hause brachte und jahrelang eine im Familienkreis still geduldete Beziehung zu einer Frau unterhielt, wollte von einer lesbisch veranlagten Tochter nichts wissen; sie fürchtete Skandale und die soziale Ächtung. Zwischen dieser starken, resolut auf die Wahrung der Etikette pochenden Mutter und der ausscherenden Tochter begannen sich nun die ersten Anzeichen jener Entfremdung abzuzeichnen, die, unaufhaltsam bis zur offenen Feindschaft entwickelt, Annemaries inneres Gleichgewicht und Selbstwertgefühl immer mehr untergruben.

Intellektuell brillierte die junge Frau jedoch. Nach dem Studium der Geschichte in Zürich und Paris erlangte sie 1931 mit dreiundzwanzig Jahren den Doktortitel und veröffentlichte gleichzeitig ihre erste literarische Arbeit, den Roman *Freunde um Bernhard,* für deren Hauptfiguren sie die Geschwister Klaus und Erika Mann zum Modell genommen hatte, die sie ein Jahr zuvor kennen gelernt hatte.

Die Begegnung mit der Literatenfamilie Mann im Herbst 1930 war für Annemarie, die selbst von Kind auf schriftstellerische Ambitionen hegte, ein einschneidendes Erlebnis, dessen Konsequenzen für ihr weiteres Leben nicht stark genug betont werden können. Sie war auf Anhieb fasziniert von der liberalen und intellektuell anregenden Atmosphäre des Hauses Mann und nahm verwundert zur Kenntnis, dass darin die Tabus und gesellschaftlichen Zwänge, unter denen sie in Horgen litt, nicht existierten. Erstmals meinte sie, unter Gleichgesinnten zu verkehren, die sie verstanden und nicht gleich belächelten, wenn sie von ihren schriftstellerischen Projekten sprach, und die vor allem an ihrer

Homosexualität nicht Anstoß nahmen, bekannten sie sich ja selbst zum Teil offen dazu. In jenem Winter 1930/31 übte der Kreis um die etwa gleichaltrigen Klaus und Erika Mann jedenfalls einen unwiderstehlichen Sog auf Annemarie aus. Wann immer sie konnte, floh sie von zu Hause nach Deutschland zu ihren neuen Freunden, und wenn sie in der Schweiz weilte, erhielt sie den Kontakt aufrecht, indem sie sie mit Briefen überhäufte: herzliche Freundschaftsbriefe an Klaus – und an Erika solche leidenschaftlicher Liebe. Erika wird in ihnen mit »E.-Liebling«, »lieber Fordprinz«, »liebes Kinderhäutchen« oder »Bruder Eri« angesprochen, und selbst unterzeichnet Annemarie meistens mit »Dein Kind A.«[5], ihre Hilfsbedürftigkeit und Abhängigkeit damit betonend. Annemarie war von ihren Gefühlen für Erika regelrecht überwältigt, doch verwandelten sich diese wegen Erikas sanfter, aber dezidierter Zurückweisung sehr bald in eine fatale Mischung von unstillbarer Sehnsucht und Frustration.

Bei aller Geduld, die Erika für Annemaries Seelennot aufbrachte, fiel ihr deren pubertäres Schmachten bisweilen lästig, und schon wenige Wochen nach ihrer Bekanntschaft versuchte sie die aufdringliche Freundin taktvoll auf Distanz zu halten. Für Annemarie stand aber mehr auf dem Spiel, als Erika ahnen konnte. Annemarie hatte in der erfolgreichen, literarisch interessierten Schauspielerin und Reisejournalistin die Verkörperung dessen gefunden, was sie selbst als Ideal der eigenen Selbstverwirklichung anstrebte. Erika sprühte geradezu vor Lebenslust und Kraft, immer riss sie neue Projekte an, liebte Abenteuer und Risiko, schrieb Artikel für Tageszeitungen, Kinderbücher, stand auf der Bühne oder vor der Filmkamera, ging mit dem Bruder auf Weltreise oder nahm, wie im Sommer 1931, sogar an einer Rennfahrt durch ganz Europa teil, die sie natürlich gewann. Eine Lebenskünstlerin, der alles in den Schoß fiel, diese Mann-Tochter, eine echte Powerfrau – aber nicht nur. In jenen turbulenten Jahren geradezu umringt von todessüchtigen Menschen,[6] brachte sie auch viel Kraft und Warmherzigkeit auf, um Rat zu erteilen, Trost zu spenden, Mitgefühl zu zeigen, wo immer sie gebraucht wurde. Annemarie beanspruchte diese Qualitäten allerdings in einem Maß, das selbst Erika zu viel wurde:

»Manchmal bin ich an der letzten, äußersten Grenze der Unsicherheit: wohin diese oder jene Entscheidung, diese Freiheit, diese selbstständig gewählte Richtung mich bringen werde – ob es mir, *mir* erlaubt, für mich richtig sei. Es ist sehr gut, daß Hanna hier ist und dass es ohne Dich, darüber bin ich mir einig, nicht ginge«, schrieb Annemarie am 30. September 1931 an Erika[7]. Es war ein Bekenntnis: ohne Erika ging es wirklich nicht mehr, die Abhängigkeit von der Freundin hatte sich sehr schnell zur existenziellen Fixierung gesteigert.

Entsprechend empfand sich Annemarie im Elternhaus immer mehr als störender Fremdkörper. Weder für ihre Homosexualität noch für ihr Schreiben konnte sie auf Verständnis hoffen, und die innere Vereinsamung, in die sie die Eltern mit ihrer konventionellen bürgerlichen Haltung drängten, spitzte sich zu. »Welches gründliche Abgeschnittensein!«, klagte sie Erika, »Und wohin gehöre ich? Warum *sprechen mich weder Papa noch Mama eigentlich an?* Warum vermeiden sie das, warum übersehen sie mich, fragen kein Wort u. sind wieder einmal schmerzvoll nicht einverstanden. Mit was, mit was? Das ist nicht einmal ein Kompromiss, das ist vielmehr u. für mich die Hölle … (Sag nur, was ich meinen Eltern so abgrundschlechtes angetan habe?)«[8] Renée setzte zudem alles daran, Annemarie von der skandalumwitterten Erika abzubringen, weil sie ihre Macht über die Tochter durch diese intensive Frauenfreundschaft bedroht sah. Die Antipathie beruhte übrigens ganz auf Gegenseitigkeit: Renée Schwarzenbach provozierte Erika Mann einmal zur Aussage, dass die Schweiz gut daran täte, die Prügelstrafe für Schweizer Damen einzuführen.[9] Mit ihrer Ablehnung stellte Renée die Tochter jedenfalls vor eine Entscheidung, zu der diese, hilflos hin und her gerissen zwischen der häuslichen Geborgenheit mit allen ihren materiellen Vorzügen und der verlockenden Berliner Bohème, noch nicht reif war.[10] Sie suchte nach Wegen,

Annemarie mit ihrer Mutter Renée Schwarzenbach auf dem Zürichsee, 1930.

diese gegensätzlichen Welten miteinander zu vereinen, im Wissen, dass sie zum Leben vorläufig noch beide brauchte. Erika aufzugeben hieß ein Stück weit sich selbst aufgeben, hieß auf belebende Impulse verzichten und in die erstickende Welt elterlicher Kontrolle zurück zu kehren; es war unvorstellbar. Aber ebenso wenig konnte auf die Dauer das Kunststück gelingen, Erikas Gegenwart zu genießen und gleichzeitig die angepasste Tochter aus gutem Haus zu spielen.

Der Sog der Bohème siegte schließlich, und Annemarie zog nach Berlin in die Nähe von Klaus und Erika, wo sie sich im Herbst 1932 von der gemeinsamen Freundin Mopsa, der Tochter des Dichters Carl Sternheim, überreden ließ, Morphium zu versuchen. Obwohl Annemarie sich später durch reine Willensanstrengung von den Drogen sporadisch lossagen konnte, spielte die Sucht fortan eine determinierende, zerstörerische Rolle in ihrem Leben.

Einstweilen erhoffte sie sich vom Morphium jedoch eine beflügelnde Wirkung auf ihr Schreiben, worin sie die eigentliche »...Bestätigung des Lebens. Eine ganz irrationale Bestätigung«[11] sah. Gerade darin aber konnte sie weder Erikas noch Klaus' Anerkennung gewinnen. Die Geschwister, die zu ihren Familienmitgliedern hochkarätige Schriftsteller zählten und, im Fall von Klaus, selbst auch schon beachtenswerte Werke – Erzählungen, Theaterstücke, politische Schriften und 1932 den erste Roman *Treffpunkt im Unendlichen* – veröffentlicht hatten, waren höhere Ansprüche gewohnt und beurteilten Annemaries Schreibversuche mit kaum verhohlener Herablassung. Das »Schweizerkind«, wie Klaus die Freundin zu nennen pflegte, hatte in seinen Augen zwar ein gewisses Talent, vermochte es aber nicht richtig zu entfalten. Über ihren

Persien-Roman *Das glückliche Tal,* der 1939 erschien, vermerkte er skeptisch in seinem Tagebuch: »Mit melancholischem Charme geschrieben; aber sehr – sehr dünn … ›Wo Schwermut ist, da ist auch Tugend.‹ Aber dichterische Potenz?«[12]

Somit entpuppte sich Berlin für Annemarie beruflich und persönlich als eine Enttäuschung; Liebe und Anerkennung waren ihr verwehrt, höchstens fühlte sich die »Verwöhnte«, »innerlich Verwilderte«, »Unerzogene«[13] im brillanten Mann-Kreis als Randerscheinung geduldet.

Abreise nach Berlin, 1931.

Aber auch das politische Klima Europas begann Annemarie zu beunruhigen und von ihrer Familie immer entschiedener zu entfernen. Alfred und Renée Schwarzenbach sympathisierten von der Schweiz aus mit dem aufkommenden Nationalsozialismus in Deutschland und als sie soweit gingen, der Tochter nahe zu legen, während ihres Aufenthalts in Berlin »am Aufbau dieses neuen geistigen Deutschlands mitzuhelfen«[14], wusste Annemarie, die überzeugte Linksintellektuelle, nur noch mit Flucht zu reagieren.

Flucht vor den Eltern, Flucht vor der drohenden Katastrophe in Europa, aber auch Flucht vor sich selbst: Annemarie kehrte im Herbst 1933 Europa den Rücken und bereiste den Mittleren Osten und Persien, und zwar ohne Begleitung, nachdem der Plan, Erika, Klaus und den gemeinsamen Freund Ricki Hallgarten für eine solche Reise zu gewinnen, wegen Rickis Selbstmord am Tag vor der Abreise gescheitert war. Das reiche, verwöhnte Schweizer Kind hatte plötzlich Mut und

Kraft zum Sprung ins eigentliche Leben gefunden und sich nach dem ersten Schock für das Wagnis reif gefühlt, allein die Gefahren eines großen Reiseabenteuers zu meistern. Wahrscheinlich traute ihr dies niemand richtig zu, weder die Eltern noch Erika oder Klaus. Die fragile Annemarie bewies aber in jenen Monaten zu aller Erstaunen, dass sie Willensstärke und Durchhaltevermögen besaß und auch nicht davor zurückschreckte, ihr Leben aufs Spiel zu setzen. Nun, da sie allein reisen musste, verstand sie den Aufbruch in die Fremde nicht mehr als touristische Bravour, sondern vielmehr als existenzielle Herausforderung, und sie zögerte nicht, sich ihr zu stellen.

Auf ihrer ersten Orientreise lernte Annemarie das Reisen kennen als einen berauschenden und zugleich schreckensvollen Schwebezustand zwischen der verlassenen Heimat und einem Ziel, das sich bei der Ankunft als illusorisch entpuppt und alle Erwartungen enttäuscht. Nach ein paar Wochen war ihr klar, dass es einer gefestigten Identität bedurfte, um dem Fremden zu begegnen und ihm gerecht zu werden, und dass gerade sie diese nicht mehr besaß. Ihre Identität war durch den exzessiven Drogenkonsum der vergangenen Monate und wegen der emotionalen Abhängigkeit von Frauen – vor allem von Erika und der Mutter – in gefährlichem Maß fragmentiert. Die Wüste bot keine Lösungen, und das Reisen allein, dieses stete Abwechseln von Heimischwerden und Abschiednehmen, konnte sie nicht vergessen lassen, dass zu Hause Ungelöstes ihrer harrte. Je weiter sie vordrang und sich der Fremde stellte, desto stärker fühlte sie die Verlorenheit und peinigte sie die Trauer um das schuldlos verspielte Kindheitsglück. Heimweh plagte sie, und dabei schrieb sie, Schlimmeres erwartend, dass dieses doch nur die erste Stufe des Leidens sei.[15] Gerade in Persien, dem Land, das Annemarie in den nächsten Jahren noch dreimal bereiste und eine Zeit lang auch bewohnte, fand sie die Landschaften, die ihr am schonungslosesten die eigene Existenzangst zuspiegelten und sie spüren ließen, dass sie, am Ende der Welt angelangt, auch sich selbst abhanden gekommen war.

> »... die Fremde gewinnt Macht über uns und entfremdet uns unserem eigenen Herzen.«, schreibt sie in ihrem »unpersönlichen Tagebuch« *Tod in Persien,* »Zuerst nennen wir das: starke Eindrücke empfangen. ... Wir empfinden fremdartige Lebensweisen, zuerst mit Neugierde, bald mit Widerstand; aber wie der Widerstand von uns weicht, wissen wir schon nicht mehr. Starke Leute schütteln solche Versuchungen, die wie Krankheiten sich einschleichen, lachend ab. Kluge reisen rechtzeitig nach Hause. Aber viele sind schwach, und ich bin ›der Schwächsten einer‹.«[16]

Gewiss, Annemarie war im persischen Abenteuer an ihre Grenzen gestoßen, aber sie ging gestärkt daraus hervor, hatte sie sich doch bewiesen, dass sie bei aller inneren Labilität fähig war, in einer fremden, bisweilen unwirtlichen Welt zu überleben und die Einsamkeit durchzustehen.

Sie kehrte ein halbes Jahr später in die Schweiz zurück, verändert insofern, als sie im ständigen Unterwegssein endlich eine Lebensform entdeckt hatte, die sie zwang, sich mit ihren ungelösten inneren Konflikten auseinanderzusetzen. Fortan konnte es sie nirgends mehr länger als ein paar Monate halten, am wenigstens in Europa, wo infolge von Hitlers Machtergreifung die Bedrohung eines zweiten Weltkriegs von Tag zu Tag wirklicher wurde. Persien, mit seiner »desperaten und tödlichen Größe« lockte sie wieder. Dort, wird sie ein paar Jahre später schreiben, glaube man an gar nichts, zu stark seien die Engel, die auf unverletzten Füßen gingen. In ihren poetischen, leider nicht immer zu Ende ausgearbeiteten Aufzeichnungen über dieses Land sind immer wieder große Fragen nach dem Sinn ihres Lebens, ihres Schreibens und Reisens eingestreut, deren Antwort sie ihren Lesern und sich selbst konsequent verweigert.

»Was wollen Sie in Persien?«, wurde sie von André Malraux in Moskau einmal gefragt. »Nur um *weit weg* zu sein?« Statt einer

Antwort schreibt Annemarie nur: »Und ich dachte an Persiens entsetzliche Trauer ...« Ebenso unschlüssig beendet sie das Gespräch mit einem Russen, in dem der wundeste Punkt ihrer Daseinsqual zur Sprache kommt: »Und Sie..., haben Sie etwa kein Heimweh? Warum haben *Sie* ein unbequemes Leben gewählt?« Auch darauf weiß Annemarie nichts zu sagen, sondern flüchtet in Gedanken »an ein Seeufer zu Hause«[17].

Nach ihrem zweiten Persienaufenthalt Ende 1934, von dem sie einen Teil als Ausgrabungsassistentin in der Ruinenstadt Rhages verbrachte, erwartete sie in der Schweiz die allzu lange hinausgeschobene Entscheidung über ihre gegensätzlichen Loyalitäten. Während ihrer Absenz hatte das politische Satireprogramm von Erikas Kabarett »Pfeffermühle« in Zürich Krawalle ausgelöst, als Schweizer Sympathisanten des Nationalsozialismus gegen Erikas tendenziös hitlerfeindliche Bühnendarbietungen demonstrierten. Die Polizei musste eingreifen, und Gerüchte kamen in Umlauf, wonach die Drahtzieherin jener Hetzkampagne gegen Erika keine andere gewesen sei als Annemaries Mutter Renée Schwarzenbach. Daraufhin erwachte Annemaries politisches Verantwortungsbewusstsein schlagartig und siegte über die Angst vor dem Bruch mit der Familie. Am 27. Dezember publizierte sie in der *Zürcher Post* eine öffentliche Verurteilung der sogenannten Frontisten und fand auch innerhalb der Familie endlich den Mut, sich mit ihrer politischen Gesinnung entschieden von ihr zu distanzieren. Thomas Mann hatte lobende Worte für Annemaries publizistische Stellungnahme übrig, doch sie selbst zeigte sich skeptisch über deren Wirkung, sowohl öffentlich wie auch persönlich:

> »So sehr niedergedrückt bin ich nun, weil ich weiß, wie wenig es der Eri nützt. Ob ihr überhaupt etwas an meinem neuen Mut liegt? Und dann verliere ich alle Lust, aber auch gleich alle, u. nähre mich so mit Thunfisch[18], daß es mit Brechen, wachen Nächten, gelähmter Schwä-

> che ganz übel um mich bestellt ist. Ich frage, zu was das alles – wenn es nicht dazu dient … Du, Klaus Heinrich, weißt es doch, daß man nicht ohne Eri auskommt.«[19]

Erika reagierte nicht mit der erwarteten Anerkennung, und zu Annemaries großer Enttäuschung schlug sie auch ihre Einladung aus, Weihnachten in ihrem frisch gemieteten Haus im Bündner Dorf Sils zu verbringen. Von Einsamkeit geplagt und wegen des Drogenkonsums physisch geschwächt und depressiv, sah Annemarie im Januar 1935 keinen andern Weg aus der Isolation heraus, als sich das Leben zu nehmen. Der Selbstmord missglückte, aber immerhin stimmte dieser Verzweiflungsakt die Eltern vorübergehend versöhnlicher. Als Annemarie von neuem nach Persien aufbrach, um dort einen französischen Diplomaten zu heiraten, den sie auf einer früheren Reise kennen gelernt hatte, widersetzten sie sich nicht. Sie selbst hatte die Konsequenzen dieses Schritts indessen nicht zu Ende gedacht, verstand nur, dass die Ehe sie in den Augen ihrer Familie vielleicht rehabilitieren und ihr Halt geben könnte. »Es ist nicht ganz begreiflich«,[20] schrieb sie im Februar 1935 an Klaus Mann, trotzdem heiratete sie drei Monate später den homosexuell veranlagten Claude Clarac, den sie »als Träger und Person« brauchte, und der »richtiggesinnt u. gescheit« genug sei, um ihren unkonventionellen Lebensstil zu akzeptieren. Sie wohnte im Residenzviertel Farmanieh außerhalb Teherans, wo sie sich anfangs aufrichtig bemühte, die Rolle einer Diplomatengattin zu spielen. Sie füllte ihre Tage mit Schwimmen, Reiten und Spazieren aus, organisierte Empfänge und fuhr regelmäßig ins nächste Dorf, um auf dem Klavier der

Mit Erika und Klaus Mann in Sils, 1936.

Mit Barbara Hamilton-Wright und Claude A. Clarac in Persien, 1935.

verlassenen deutschen Delegation zu üben. Aber glücklich war sie trotz Claudes Liebe und Verständnis für ihre Depressionen nicht. Schon nach einem Monat wusste sie, dass sie den Ehemann im Herbst verlassen würde: »Claude wird es bis dahin selbst einsehen – es ist zu absurd, dass ich hier den Winter als Diplomaten-Nesthäkchen durchtaumeln soll –...«[21]

In Farmanieh lernte Annemarie ein neues Persien kennen, jenes der reichen »Expatriates«, deren Leben sie hohl und künstlich fand. Schreiben half kurzfristig, das eigene, sinnlos gewordene Dasein zu verkraften. Sie schrieb Erzählungen, die sie unter dem Namen *Der Falkenkäfig* bald zu publizieren hoffte, aber Malariafieber und der immer unkontrolliertere Konsum von Drogen – neben Morphium nun auch Eukodal und Opium – wirkten sich verheerend auf ihre Gesundheit aus. Claude war ratlos, die wahren Gründe ihrer ständigen Übelkeit und Fieberschübe durchschaute er nicht. Um seiner Frau wenigstens die heißesten Monate in Teheran zu ersparen, organisierte er ein Zeltlager am Fuß des Berges Demawend im 2500 Meter hoch gelegenen Lahr-Tal, das die Delegation auf Maultieren erreichte. Mit von der Partie waren auch englische Diplomaten und später stieß die forsche Journalistin Barbara Hamilton-Wright dazu, mit der Annemarie eine Beziehung anknüpfte, die drei Jahre dauern sollte. In jenem schwierigen Sommer gelang es der Amerikanerin, die Freundin langsam wieder zur Lebensbejahung zurückzuführen und soviel Kraft zu geben, dass sie ihren Entschluss zur Rückkehr in die Schweiz auch in die Tat umsetzte. Annemarie verließ Claude, zog sich im Herbst in ihr Haus in Sils zurück und ließ sich anschließend freiwillig zu einer Entziehungskur in die Klinik von Prangins einliefern. Der erhoffte Erfolg blieb aus, aber immerhin vermochte sie die Abgeschiedenheit und Zeit zu nutzen, ihre Tagebuchaufzeichnungen über den Sommer im Lahr-Tal zu überarbeiten.

Nach ihrer Entlassung führte Anmemarie ein immer rastloseres Leben, einerseits wieder im Bannkreis von Erika und Klaus und anderseits als engagierte und zunehmend geschätzte Reisejourna-

Im Lahr-Tal, 1935.

listin allein oder mit Barbara unterwegs in alle Himmelsrichtungen. London, Paris, Mallorca, die USA hießen die nächsten Stationen, später die baltischen Staaten, Skandinavien und Russland, und dazwischen immer wieder Sils, das geliebte Bündner Dorf, in dem sie das Leid ihres Heimwehs auskurierte, bevor es sie wieder in die Fremde trieb.

Im Laufe ihrer journalistischen Karriere hatte Annemarie auch die Vorzüge des Fotografierens kennen gelernt. In den nördlichen Industriestädten Amerikas und zu einem späteren Zeitpunkt mit Barbara zusammen auf einer gefährlichen Reise durch das »schwarze Amerika« der Südstaaten lieferte sie erstmals sozial und politisch relevante, wenn nicht gar brisante Fotoreportagen an verschiedene Schweizer Zeitungen. Ihr Auge für die Würde der Armut und die Entlarvung sozialer Missstände anhand alltäglicher Details machen diese Bilder zu Zeitdokumenten, die noch heute beeindrucken, wobei Annemarie der Kamera gegenüber manchmal auch ein gewisses Unbehagen verspürte: »Wir machten Photos, es war peinlich, diesen Haufen Elend als ›Sujet‹ zu benützen.«[22]

Dasselbe Engagement zeigte sie anlässlich des deutschen Einmarsches in Wien im März 1938. Trotz drogenbedingter Gesundheitsprobleme reiste sie sogleich nach Österreich und schrieb, während sie den Kontakt zwischen den deutschen Emigranten und dem österreichischen Untergrund zustande brachte, verschiedene Artikel aus ihrer oppositionellen Sicht. Sie hatte ihre Kräfte allerdings überschätzt, denn im Sommer erlitt sie einen zweiten Zusammenbruch, nur wenige Monate nachdem sie Klaus Mann ihren Willen kundgetan hatte, sich endlich von den vielen quälenden Abhängigkeiten zu befreien:

»Ich will keine Rückfälle in jene Zeit, als ich Eri immer nur *brauchte*: um von meiner Mama wegzukommen, um mich von Claude scheiden zu lassen[23], um einen Lebens-Mittelpunkt zu haben, um das Morphium zu überwinden, um das Bein zu heilen, um Sils zu gründen, um mich vor mir selbst zu legitimieren, … ich will brauchbar, erwachsen, zuverlässig, für Eri ein Freund sein statt eines Sorgenkindes.[24]

Trotz ihres guten Willens schaffte es Annemarie jedoch nicht mehr, allein vom Morphium loszukommen. Sie bedurfte ärztlicher Hilfe und diese erhoffte sie sich von der Klinik Bellevue in Yverdon, wo es ihr während der nächsten vier Monate unter der Obhut einer einfühlsamen Ärztin auch tatsächlich gelang, genügend Ruhe zu finden, um sich vorübergehend von ihrer obsessiven Ausrichtung auf Erika zu befreien und konzentriert zu schreiben. In jener Zeit arbeitete sie ihre Erinnerungen an das Lahr-Tal, den *Tod in Persien,* in ein größeres, elegisch komponiertes Prosastück um, das unter dem Titel *Das glückliche Tal* ein Jahr später herauskam. Der Roman, nie ganz frei von Sentimentalität, verarbeitet die persönlichen Erlebnisse in einem Ton der Trauer und Todeserwartung. Die brache Landschaft spiegelt sich in der inneren Befindlichkeit der Autorin, und umgekehrt färben deren Ängste und Sehnsüchte die Sätze über jenes Tal, in dem Annemarie sich damals tatsächlich dem Tod nahe wähnte.

Schon dreimal hatte Annemarie den Orient bereist; dank der Begegnung mit der Schweizer Berufskollegin Ella Maillart, die sie in der Klinik besuchte, reifte der Plan für eine vierte Reise, diesmal nach Afghanistan, einem Land, das Ella Maillart bereits von früheren Aufenthalten her kannte. Annemarie stimmte diesem Plan nur allzu gern zu. »Ich muss fort von hier!«, zitiert Ella Maillart die Freundin vor der Abreise, »Ich bin erledigt, wenn ich in unserem Land bleibe, wo ich keine Hilfe mehr finde, wo ich zu viele Fehler begangen habe, und wo die Vergangenheit zu schwer auf mir lastet ...«[25]

Die gemeinsame Reise durch die Türkei und Persien bis nach Kabul im Juni 1939 ist ein berühmtes, inzwischen sowohl literarisch als auch filmisch ausgeweidetes Kapitel im Leben der beiden Frauen.[26] Mit einem von Annemaries Eltern gestifteten Ford und im Auftrag verschiedener Schweizer Zeitungen[27] durch unwegsame Gebiete unterwegs, nahm die von Spannungen gezeichnete Reise im Laufe der Wochen immer mehr Züge eines Psychodramas an, und der ethnologische Blickpunkt rückte entsprechend in den Hintergrund. Ella Maillart hatte vergeblich gehofft, die Freundin während der Reise von den Drogen zu befreien und ihr neuen Lebensmut zu geben; in Kabul konnte sie nur enttäuscht feststellen, dass Annemarie ihrer Sucht vollkommen verfallen war. Beide sahen ein, dass es das Beste sei, getrennter Wege zu gehen, und so reiste Ella nach Indien weiter, während Annemarie, gesundheitlich arg geschwächt, noch eine Weile in Afghanistan blieb und sich Ende des Jahres schließlich von Bombay nach Genua einschiffte. Annemaries Hoffnung, durch diese Reise das »unerträgliche blinde Herumtappen in der Welt« zu beenden und endlich ein »vernünftiger, verantwortungsbewusster Mensch zu werden«[28] war gescheitert.

Durch die Rückkehr bewies sich Annemarie immerhin ihre Bereitschaft, die leidvollen Konsequenzen des Krieges in Europa mit zu tragen; für einmal war sie nicht geflüchtet. Aber sie wollte nun einen Schritt weiter gehen, wollte handeln, nicht mehr nur dulden. An der Seite der quirligen, launischen Freundin Margot von Opel, mit der sie eben eine

Annemarie Schwarzenbach mit Ella Maillart vor der Abreise nach Persien, 1939.

In Afghanistan, 1939.

stürmische Liebesaffäre begonnen hatte, reiste sie in die USA, wo sie als Zeitungskorrespondentin aktiv gegen Hitler kämpfen wollte. Wie so manches Mal orientierte sie sich wieder an Erika, die sich zu jener Zeit in den USA gerade im Auftrag des Emergency Rescue Committees für die Übersiedlung bedrohter Hitlergegner engagierte. Annemarie versuchte, die alte Freundschaft mit Erika und Klaus wieder zu beleben, indem sie Erika eine Weile in ihrer Arbeit unterstützte, aber die frühere Intimität ließ sich nicht wieder herstellen. Erika und Klaus betrachteten mitleidig, aber auch ablehnend die psychische und physische Degradierung der Freundin seit ihrer letzten Begegnung und wollten nicht merken, dass gerade ihre kühle Haltung Annemaries Verzweiflung vertiefte. Ohne Erikas Freundschaft war sie unfähig, in Amerika Fuß zu fassen, und dieses erneute Gefühl der Isolation trieb sie zu Alkohol- und Drogenexzessen, die wiederum ihre Beziehung zu Margot belasteten. Bald entwickelte Annemarie im Rausch gefährliche Aggressionen gegen die Freundin, deren kindhafte Abhängigkeit sie schlecht ertrug. Aber nicht nur Margot klammerte sich in jenem Sommer 1940 an Annemarie; auch die junge Schriftstellerin Carson McCullers, die mit ihrem Debütroman *Das Herz ist ein einsamer Jäger* in der amerikanischen Literaturszene soeben großes Aufsehen erregt hatte, verliebte sich anlässlich ihrer ersten Begegnung im Haus der Mann-Geschwister so leidenschaftlich in Annemarie, dass sie sogar bereit war, ihren Ehemann für sie zu verlassen. Carsons Liebe zu Annemarie entpuppte sich in ihrer auswegslosen Einseitigkeit gewissermaßen als ein Spiegelbild jener, die Annemarie seit Jahren für Erika empfand. Annemarie, selbst in einer komplizierten Liebschaft mit Margot verstrickt und von Erika nie wirklich losgekommen, konnte Carsons Liebe nicht erwidern. Und wie damals Erika, war sie es nun, die bedacht war, die Gefühle der sie Anbetenden nicht zu verletzen. Sie zeigte darin Verständnis und Taktgefühl, doch wuchsen ihr all diese komplizierten emotionalen Verhältnisse, die sie gleichzeitig an Erika, Margot und Carson band, regelrecht über den Kopf. Es kam erneut zu einem Zusammenbruch – »sehr ernst – diesmal. Pauvre enfant«, notierte Klaus Mann in seinem Tagebuch,[29] nachdem Annemarie in einem New Yorker Hotelzimmer Margot tätlich angegriffen hatte. Die Polizei musste eingeschaltet werden, und Annemarie wurde mit der Diagnose auf Schizophrenie zwangsinterniert. Wie es ihr im berüchtigten Bellevue-Gefängnis erging, deutete sie am 28. Januar 1941 in ihrem Brief an Klaus Mann an: die Zwangsjacke, neun Stunden im Dunkeln gefesselt und brutale Peinigungen sind die Stichworte, über die sie Klaus nichts Näheres sagen wollte, aus Angst, der Übertreibung bezichtigt zu werden: »… ich erspare mir nur die Details, die man doch *erlebt* haben muß um sie zu begreifen.«[30]

Das traumatische Erlebnis in der Psychiatrie-Abteilung des Gefängnisses hatte Annemarie erst richtig geholfen, sich das Enttäuschende an ihrer Beziehung zu Erika und Klaus zu vergegenwärtigen; die Geschwister hatten in diesen schrecklichen Wochen nämlich keinen Finger für sie gerührt. Annemaries Bruder Alfred war es, der vorerst ihre Verlegung in eine private Klinik und schließlich ihre Entlassung bewirken konnte unter der Bedingung, dass sie die USA sofort verlasse.

Über Lissabon gelangte Annemarie zurück in die Schweiz, von wo die üblichen Vorwürfe der Mutter und familiäre Geldfragen sie jedoch alsgleich wieder in die Flucht jagten. Diesmal reiste sie, einem in Lissabon gereiften Projekt folgend, im Frühling 1941 in

Annemarie Schwarzenbach.

den belgischen Kongo mit der Hoffnung, sich als lokale Radioberichterstatterin und Zeitungskorrespondentin profilieren zu können. Doch sowohl in Brazzaville als auch in Léopoldville, wo sich Annemarie insgesamt über ein Jahr lang aufhielt, wurde sie wegen Verdachts auf Spionage für die Deutschen am Arbeiten gehindert. Wiederholt musste sie sich Verhören unterziehen und ihre seltsame Vergangenheit erklären, ohne dass es ihr gelingen konnte, die mit den Allierten verbündete Regierung von ihrer antifaschistischen Gesinnung zu überzeugen. Ihre Schilderungen über jene Monate im Kongo enthalten zudem ziemlich klare Hinweise, dass Annemarie seit den schlimmen Erlebnissen im amerikanischen Gefängnis an einer leichten Form von Verfolgungswahn litt und entsprechend das Misstrauen der kongolesischen Regierung überbewertete. Ihre Arbeitspläne ließen sich nicht verwirklichen, doch begann sie im Herbst ihren letzten Roman *Das Wunder des Baumes,* in dem sie ihr Alter Ego Marc das Trauma des Gefängnisses, den Rückzug in den afrikanischen Busch und eine kurze ekstatische Liebe erleben lässt. Der Text, einer der schwächsten Annemarie Schwarzenbachs, trägt deutliche Zeichen der Ermüdung; weder sprachlich noch stilistisch vermag er zu überzeugen, und die ihn beherrschende Idee, dass der Mensch durch intensive Naturerlebnisse zu innerer Ruhe finden und von seinen Seelenqualen erlöst werden könne, versandet allzu oft in den wehmütigen, ja schwulstigen Beschreibungen.

Auch das afrikanische Abenteuer hatte Annemarie nicht von ihrem Gefühl zunehmender Vereinsamung befreien können. Enttäuscht, nach der »langen und teilweise bitteren Isolation des tiefen schwarzen Afrikas«[31] noch immer nicht stark genug geworden zu sein, um das Leben ohne emotionale Abhängigkeiten zu meistern, verließ Annemarie im Sommer 1942 den Kongo und zog sich nach Aufenthalten in Lissabon, Madrid und Rabat wieder in Sils zurück. Therese Giehse besuchte sie dort, mit der Annemarie seit der Zeit von Erikas »Pfeffermühle-Kabarett« befreundet war, und ihre Präsenz muss wohltuend auf Annemarie gewirkt haben, die sich nach Monaten in Afrika plötzlich wieder mit ihren früheren problematischen Beziehungen konfrontiert sah. Von Margot von Opel erreichten sie hoffnungslose Nachrichten, auch Carson McCullers vereinnahmte sie wieder mit ihren Briefen, doch war es – wie immer – Erika, nach der sich Annemarie sehnte. Die Gefühlskonstellation war unverändert geblieben und darauf reagierte Annemarie gewohnheitsmäßig mit neuen Fluchtplänen. Ziel war diesmal Lissabon. Annemarie plante, sich dort als Korrespondentin der Schweizer Zeitung ›Weltwoche‹ niederzulassen.

»Schicksal, Wege und Ereignisse sind so unerwartet und seltsam gewesen«[32], schrieb Annemarie in ihrem letzten Brief an Klaus Mann rückblickend. Fünf Tage später ereilte sie dieses unerwartete und seltsame Schicksal selbst: Sie fiel in Sils so unglücklich vom Fahrrad, dass sie den Kopf aufschlug und drei Tage ohnmächtig war. Als sie erwachte, erkannte sie niemanden mehr. Sie starb am 15. November 1942 in ihrem Haus in Sils, »ganz alleine, ohne eine einzige ihrer treuen Freundinnen bei sich zu haben«, wie Ella Maillart zwei Jahre später an ihre Mutter schrieb.[33] Annemaries Mutter Renée hatte Annemarie bis zum Schluss ihre Liebe und Wärme verweigert. Nach einer erfolglosen Verlegung Annemaries in die Klinik von Prangings hatte sie zwei private Pflegerinnen angestellt, die während der Betreuung ihrer todkranken Tochter in Sils darauf zu achten hatten, dass niemand zu ihr gelassen wurde.

Anmerkungen

Mina Loy

1 Burke, Carolyn, *Becoming Modern. The Life of Mina Loy,* Berkeley 1996, S. 193.
2 Ebda., S. 192.
3 Ebda., S. 196.
4 Ebda., S. 197.
5 Ebda., S. 195.
6 Ebda., S. 191.
7 Hanscombe, Gillian/Smyers, Virginia L., *Writing for their Lives. The Modernist Women 1910–1940,* Boston 1986, S. 113.
8 Burke, Carolyn, *Becoming Modern. The Life of Mina Loy,* a. a. O., S. 119.
9 Ebda., S. 152.
10 Ebda., S. 156.
11 Ebda.
12 Ebda., S. 180.
13 Ebda., S. 179.
14 Ebda.
15 Ebda., S. 119.
16 Loy, Mina, *The Lost Lunar Baedeker,* hg. v. Roger Conover, New York 1996, S. 189.
17 Ebda., S. XIV.
18 Burke, Carolyn, *Becoming Modern. The Life of Mina Loy,* a. a. O., S. 8.
19 Ebda., S. 7.
20 Motherwell, Robert (Hg.), *The Dada Painters and Poets. An Anthology,* New York 1951, S. 259.
21 Watson, Steven, *Strange Bedfellows. The First American Avant Garde,* New York 1991, S.246.
22 Hanscombe, Gillian/Smyers, Virginia L., *Writing for their Lives. The Modernist Women 1910–1940,* a. a. O., S. 120.
23 Loy, Mina, *The Lost Lunar Baedeker,* hg. v. Roger Conover, a. a. O., S. 106.
24 Ebda.
25 Watson, Steven, *Strange Bedfellows. The First American Avant Garde,* New York 1991, S. 269.
26 Loy, Mina, *The Lost Lunar Baedeker,* hg. v. Roger Conover, a. a. O., S. 112.
27 Ebda., S. 111
28 Ebda., S. 107f.
29 Burke, Carolyn, *Becoming Modern. The Life of Mina Loy*, a. a. O., S. 242.
30 Ebda.
31 Ebda.
32 Ebda., S. 244.
33 Watson, Steven, *Strange Bedfellows. The First American Avant Garde,* a. a. O., S. 10.
34 Hanscombe, Gillian/Smyers, Virginia L., *Writing for their Lives. The Modernist Women 1910–1940,* a. a. O., S. 120.
35 Burke, Carolyn, *Becoming Modern. The Life of Mina Loy,* Berkeley 1996, S. 251.
36 Watson, Steven, *Strange Bedfellows. The First American Avant Garde,* a. a. O., S. 336.
37 Loy, Mina, *The Lost Lunar Baedeker,* hg. v. Roger Conover, a. a. O., S. 117.
38 Ebda., S. 120.
39 Burke, Carolyn, *Becoming Modern. The Life of Mina Loy,* a. a. O., S. 259.

40 Hanscombe, Gillian/Smyers, Virginia L., *Writing for their Lives. The Modernist Women 1910–1940*, a. a. O., S. 183.
41 Burke, Carolyn, *Becoming Modern. The Life of Mina Loy*, a. a. O., S. 294f.
42 Ebda., S. 296.
43 Ebda.
44 Hanscombe, Gillian/Smyers, Virginia L., *Writing for their Lives. The Modernist Women 1910–1940*, a. a. O., S. 122.
45 Ebda., S. 126.
46 Ebda., S. 103.
47 Loy, Mina, *The Lost Lunar Baedeker*, hg. v. Roger Conover, a. a. O., S. XVI.

Ausgewählte Literatur

Burke, Carolyn, *Becoming Modern. The life of Mina Loy*, Berkeley 1996.
Churchill, Allen, *The Improper Bohemians. The Recreation of Greenwich Village in its Heyday*, New York 1959.
Dell, Floyd, *Love in Greenwich Village*, New York 1926.
Eastman, Max, *Enjoyment of Living*, New York 1948.
Edmiston, Susan/Cirino, Linda D., *Literary New York*, Boston 1976.
Field, Andrew, *Djuna Barnes. Eine Biographie*, Frankfurt a. M. 1996.
Hanscombe, Gillian/Smyers, Virginia L., *Writing for Their Lives. The Modernist Women 1910–1940*, Boston 1986.
Kuenzli, Rudolf E. (Hg.), *New York Dada. Mina Loy's »Colossus«. Arthur Cravan Undressed*, New York 1986.
Loy, Mina, *The Lost Lunar Baedecker*, hg. v. Roger L. Conover, New York 1996.
Motherwell, Robert (Hg.), *The Dada Painters and Poets. An Anthology*, New York 1951.
Parry, Albert, *Garrets and Pretenders. A History of Bohemianism in America*, New York 1933.
Stansell, Christine, *American Moderns. Bohemian New York and the Creation of a New Century*, New York 2000.
Van Vechten, Carl, *Generations in Black and White. Photographs by Carl Van Vechten*, hg. v. Rudolph P. Byrd, Athens, Georgia 1993.
Ware, Caroline F., *Greenwich Village, 1920–1930*, New York 1965.
Watson, Steven, *Strange Bedfellows. The First American Avant Garde*, New York 1991.

Dorothy Parker

1 Meade, Marion, *Dorothy Parker, What Fresh Hell Is This?*, New York 1989, S. 104.
2 Parker, Dorothy, *The Collected Dorothy Parker*, London 1973, S. 421 f.
3 Ebd., S. 462.
4 Ebd., S. 157.
Die Übersetzung des Gedichtes von Alexandra Lavizzari lautet:

> Trink und tanz und lach und lüg',
> Liebe, bis in alle Nacht hinein.
> Morgen werden wir nämlich sterben.
> (Doch oh weh wir tun es nie.)

5 Ebd., S. 114.
6 Meade, Marion, *Dorothy Parker, What Fresh Hell Is This?*, a. a. O., S. 230.
7 Ebd., S. 245.

8 Parker, Dorothy, *The Collected Dorothy Parker,* a. a. O., S. 115.
Die Übersetzung des Gedichtes *Überblick über die Situation der Geschlechter* von A. Lavizzari lautet:

Die Frau beharrt auf Monogamie;
Dem Mann gefällt Erneuerung.
Liebe ist der Frau Mond und Sonne;
Der Mann findet an anderem Spaß.
Die Frau lebt nur für ihren Herren;
Zähl bis zehn und den Mann ödet's an.
In dieser Weise auf den Punkt gebracht:
Was denkbar Gutes kann daraus werden?

9 Parker, Dorothy, *The Collected Dorothy Parker,* a. a. O., S. 99.
Die Übersetzung des Gedichtes *Résumé* lautet:

Klingen verletzen;
Flüsse sind nass;
Säuren verätzen;
Und Gift macht blass.
Knarren sind sträflich;
Schlingen sind hoch;
Gas riecht eklig;
Dann leb' ich halt doch.

Aus: Villon-Lechner, Alice, *Der Witz der Ohnmacht*, Neue Zürcher Zeitung vom 28./29. September 1991, S. 67.
10 Meade, Marion, *Dorothy Parker,* a. a. O., S. 406f.

Ausgewählte Literatur

Capron, Marion, *Writers at Work,* New York 1957.
Douglas, George H., *Women of the Twenties*, Dallas 1989.
Fitzgerald, F. Scott, *The Beautiful and the Damned,* Harmondsworth 2004.
Fitzgerald, F. Scott, *The Great Gatsby*, Harmondsworth 1998.
Frewin, Leslie, *The Late Mrs. Dorothy Parker*, New York 1986.
Gaines, James, R., *Wit's End. Days and Nights of the Algonquin Round Table,* New York, 1977.
Harriman, Margaret Case, *The Vicious Circle. The Story of the Algonquin Round Table,* 1951.
Keats, John, *You Might as Well Live. The Life and Times of Dorothy Parker,* New York 1970.
Kinney, Arthur F., *Dorothy Parker*, New York 1998.
Meade, Marion, *Dorothy Parker. What Fresh Hell is This?* Harmondsworth,1989.
Parker, Dorothy, *The Portable Dorothy Parker*, Harmondsworth 1989.
Wilson, Edmund, *The Twenties,* New York 1975.

Helen Hessel

1 Wolff, Charlotte, *Augenblicke verändern uns mehr als die Zeit,* Frankfurt a. M. 1986, S. 123.
2 Ebda.
3 Haage, Ulrike/Voswinckel, Ulrike, *Exakte Vision. Helen Hessels »Jules und Jim«,* Bonn 2004, S. 14.
4 Truffaut, François, *Jules und Jim. Filmprotokoll,* hg. v. R. Fischer, München 1981, S. 97.
5 Das französische Widmungsgedicht von Rilke befand sich in Helen Hessels Privatbesitz.
6 Hessel, Stéphane, *Tanz mit dem Jahrhundert,* München 2000, S. 15.
7 Ebda., S. 15.

8 Ebda., S. 13.
9 Hessel, Helen, *C'était un brave.* In: Manfred Flügge, *Letzte Heimkehr nach Paris,* Berlin 1989, S. 84.
10 Roché, Henri-Pierre, *Jules und Jim.* Frankfurt a. M. 1984, S. 88.
11 Haage, Ulrike/Voswinckel, Ulrike, *Exakte Vision, Helen Hessels »Jules und Jim«,* a. a. O., S. 27.
12 Henri-Pierre Roché, *Jules und Jim,* Frankfurt a. M. 1984, S. 92.
13 Haage, Ulrike/Voswinckel, Ulrike, *Exakte Vision, Helen Hessels »Jules und Jim«,* a. a. O., S. 13.
14 Hessel, Helen, Brief an Roché vom 21.12.1921. Zit. nach: Hessel, Franz, *Nur was uns anschaut, sehen wir,* Ausstellungsbuch, Literaturhaus Berlin 1998, S.65.
15 Hessel, Helen, Brief an Anne-Marie Uhde vom 16. April 1959, zitiert nach: Hessel, Franz, *Nur was uns anschaut, sehen wir,* Ausstellungsbuch, Literaturhaus Berlin 1998, S. 151.
16 Die Autobiographie von Ulrich Hessel (Teil 2). In: Flügge, Manfred, *Gesprungene Liebe. Die wahre Geschichte zu »Jules und Jim«,* Berlin/Weimar 1993, S. 224.
17 Hessel, Stéphane, *Tanz mit dem Jahrhundert,* München 2000, S. 29.
18 Wolff, Charlotte, *Augenblicke verändern uns mehr als die Zeit,* Frankfurt a. M. 1986, S.151.
19 Hessel, Helen, *Vom Wesen der Mode.* Zit. nach: Franz Hessel, *Nur was uns anschaut, sehen wir,* Ausstellungsbuch, Literaturhaus Berlin 1998, S. 71.
20 Ebda., S. 17.
21 Haage, Ulrike/Voswinckel, Ulrike, *Exakte Vision. Helen Hessels »Jules und Jim«,* a. a. O., S. 34.
22 Hessel, Helen, *Journal d'Helen. Lettres à Henri-Pierre Roché 1920–1921,* Marseille 1991.
23 Haage, Ulrike/Voswinckel, Ulrike, *Exakte Vision, Helen Hessels »Jules und Jim«,* a. a. O., Das Buch umfasst den Hörspieltext sowie eine CD.
24 Hessel, Helen, Brief an W. A. Strauss vom 14.11.1964. In: Hessel, Helen, *Journal d'Helen, Lettres à Henri-Pierre Roché 1920–1921,* Marseille 1991,S. XII, Übersetzung in: Magali Laure Nieradka, *Der Meister der leisen Töne, Biographie des Dichters Franz Hessel.* Oldenburg 2003, S.87.
25 Hessel, Helen, Brief an Anne-Marie Uhde vom 21. März 1959, zit. nach: Franz Hessel. *Nur was uns anschaut, sehen wir,* Ausstellungsbuch, a. a. O., S. 151.
26 Haage, Ulrike/Voswinckel, Ulrike, *Exakte Vision, Helen Hessels »Jules und Jim«,* a. a. O., S. 25.
27 Ebda.

Ausgewählte Literatur

Flügge, Manfred, *Letzte Heimkehr nach Paris,* Berlin 1989.
Flügge, Manfred, *Gesprungene Liebe. Die wahre Geschichte zu »Jules und Jim«,* Berlin/Weimar 1993.
Haage, Ulrike/Voswinckel, Ulrike, *Exakte Vision. Helen Hessels »Jules und Jim«,* Bonn 2004.
Hessel, Franz, *Nur was uns anschaut, sehen wir,* Ausstellungsbuch, Literaturhaus Berlin 1998.
Hessel, Helen, *Journal d'Helen. Lettres à Henri-Pierre Roché 1920–1921,* Marseille 1991.
Hessel, Stéphane, *Tanz mit dem Jahrhundert,* München, 2000.
Hirschbach, D./Nowoselsky, S. (Hg.), *Zwischen Aufbruch und Verfolgung, Künstlerinnen der zwanziger und dreißiger Jahre,* Bremen 1993.
Nieradka, Magali Laure, *Der Meister der leisen Töne, Biographie des Dichters Franz Hessel,* Oldenburg 2003.
Roché, Henri-Pierre, *Jules und Jim,* Frankfurt a. M. 1984.
Truffaut, François, *Jules und Jim. Filmprotokoll,* hg. v. R. Fischer, München 1981.
Wolff, Charlotte, *Augenblicke verändern uns mehr als die Zeit,* Frankfurt a. M. 1986.

Katherine Mansfield

1 Mansfield, Katherine, *Tagebuch 1904–1922,* hg. v. Max A. Schwendimann, München 1979, S. 57.
2 Ebda. S. 12.
3 zit. in: Schöffling, Ida, *Katherine Mansfield. Leben und Werk in Texten und Bildern,* Frankfurt a. M./Leipzig 1996, S. 44f.
4 Mansfield, Katherine, *Briefe,* Frankfurt a. M./Leipzig 1992, S. 21.
5 Mansfield, Katherine, *Tagebuch 1904–1922,* a. a. O., S. 77.
6 Ebda., S. 74.
7 Ebda. S. 50 und 58.
8 Mansfield, Katherine, *Briefe,* a. a. O., S. 21.
9 Mansfield, Katherine, *Tagebuch 1904–1922,* a.a.O.
10 Mansfield, Katherine, *Eine Ehe in Briefen,* hg. v. Max A. Schwendimann. München 1970, S. 12.
11 Mansfield, Katherine, *Tagebuch 1904–1922,* a. a. O., S. 109.
12 Ebda., S. 153.
13 Mansfield, Katherine, *Briefe,* a. a. O.,S. 80.
14 Woolf, Virginia, *Tagebücher 2 (1920–1924),* Frankfurt a. M. 1994, S. 332.
15 Mansfield, Katherine, *Tagebuch 1904–1922.* a. a. O., S. 336.
16 Mansfield, Katherine, *Tagebuch 1904–1922.* a. a. O., S. 199.
17 Ebda., S. 230.
18 Mansfield, Katherine, *Briefe,* a. a. O., S. 95.
19 Ebda., S. 128.
20 Mansfield, Katherine,*Tagebuch 1904–1922,* a. a. O., S. 245.
21 Ebda., S. 235.
22 Schöffling, Ida, *Katherine Mansfield. Leben und Werk in Texten und Bildern,* a. a. O., S. 151.
23 Baker, Ida, *Ein Leben für Katherine Mansfield. Erinnerungen,* Dortmund 1996, S. 164.
24 Mansfield, Katherine, *Briefe,* a. a. O., S. 200.
25 Mansfield, Katherine, *Tagebuch, 1904–1922.* a. a. O., S. 299.
26 Ebda., S. 268f.
27 Ebda., S. 399.
28 Mansfield, Katherine, *Briefe,* a. a. O., S. 307.
29 Ebda., S. 230.
30 Ebda., S. 232.
31 Ebda., S. 250.
32 Baker, Ida, *Ein Leben für Katherine Mansfield. Erinnerungen,* a. a. O., S. 274 und 269.
33 Mansfield, Katherine, *Tagebuch 1904–1922,* a. a. O., S. 26f.
34 Ebda., S. 381.
35 Mansfield, Katherine, *Briefe,* a. a. O., S. 277f.
36 Ebda.
37 Mansfield, Katherine, *Tagebuch, 1904–1922,* a. a. O., S. 408.
38 Schöffling, Ida, *Katherine Mansfield. Leben und Werk in Texten und Bildern.* a. a. O., S. 213.
39 Mansfield, Katherine, *Tagebuch, 1904–1922,* a. a. O., S. 459.
40 Mansfield, Katherine, *Briefe,* a. a. O., S. 326.
41 Baker, Ida, *Ein Leben für Katherine Mansfield. Erinnerungen,* a. a. O., S. 297.
42 Mansfield, Katherine, *Briefe,* a. a. O., S. 320.
43 Ebda., S. 317.

Ausgewählte Literatur

Mansfield, Katherine, *Tagebücher 1904–1922,* hg. v. Max A. Schwendimann, München 1979.
Baker, Ida, *Ein Leben für Katherine Mansfield. Erinnerungen,* Dortmund 1996.
Mansfield, Katherine, *Briefe,* Frankfurt a. M./Leipzig 1992.
Mansfield, Katherine, *Eine Ehe in Briefen,* hg. v. Max A. Schwendimann. München 1970.
Woolf, Virginia, *Tagebücher 2 (1920–1924),* Frankfurt a. M. 1994.
Schöffling, Ida, *Katherine Mansfield. Leben und Werk in Texten und Bildern,* Frankfurt a. M./Leipzig 1996.

Claire Goll

1 Goll, Claire, *Ich verzeihe keinem,* Bern/München 1978, S. 303f.
2 Ebda., S. 10.
3 Ebda., S. 21f.
4 Goll, Claire, *Traumtänzerin. Jahre der Jugend,* München 1971 S. 7.
5 Unveröffentlichter Brief von Julie Reisinger-Kerschensteiner vom 9.12.1929 (Deutsches Literaturarchiv Marbach)
6 Goll, Claire/Goll, Iwan, *Meiner Seele Töne. Das literarische Dokument eines Lebens zwischen Kunst und Liebe – aufgezeichnet in ihren Briefen,* neu hg. und kommentiert v. Barbara Glauert, Bern/München 1978, S. 268.
7 Ebda., S. 27.
8 Ebda., S. 11.
9 Goll, Claire, *Die Stunde der Frauen.* In: Goll, Claire, *Der Gläserne Garten,* hg. und kommentiert v. B. Glauert-Hesse, Berlin 1989, S. 11.
10 Ebda.
11 Goll, Claire, *Ich verzeihe keinem,* a. a. O., S. 99.
12 Mann, Klaus, *Ivan und Claire.* In: Mann, Klaus, *Auf der Suche nach einem Weg. Aufsätze.* Berlin 1931, S. 331–335.
13 Die Bücherwarte, Berlin, zitiert nach: B. Glauert-Hesse, Nachwort zu: Goll, Claire, *Ein Mensch ertrinkt,* Berlin 1988, S. 233.
14 Kurt Wolff zitiert im Brief Claire Golls an Iwan Goll vom 28.1.1932. In: Goll, Claire/Goll, Iwan, *Meiner Seele Töne, Das literarische Dokument eines Lebens zwischen Kunst und Liebe – aufgezeichnet in ihren Briefen,* a. a. O., S. 81.
15 Goll, Claire/Goll, Iwan, *Das literarische Dokument eines Lebens zwischen Kunst und Liebe – aufgezeichnet in ihren Briefen,* a. a. O., S. 97.
16 Goll, Claire, *Ich verzeihe keinem,* a. a. O., S. 209
17 Ebda., S. 146.

Ausgewählte Literatur

Glauert-Hesse, B., Nachwort zu: Claire Goll, *Ein Mensch ertrinkt,* Berlin 1988.
Goll, Claire, *Eine Deutsche in Paris,* Berlin 1927.
Goll, Claire, *Traumtänzerin. Jahre der Jugend,* München 1971.
Goll, Claire, *Ich verzeihe keinem,* Bern/München 1978.
Goll, Claire, *Memoiren eines Spatzen des Jahrhunderts,* München/Wien 1978.
Goll, Claire, *Der gestohlene Himmel,* hg. und neu überarbeitet v. Barbara Glauert-Hesse, Berlin 1988.
Goll, Claire, *Der Neger Jupiter raubt Europa,* mit einem Nachwort v. Rita Mielke, Berlin 1987.

Goll, Claire, *Ein Mensch ertrinkt,* mit einem Nachwort v. Barbara Glauert-Hesse, Berlin 1988.
Goll, Claire, *Der Gläserne Garten,* hg. und kommentiert v. B. Glauert-Hesse, Berlin 1989.
Goll, Claire/Iwan, *Meiner Seele Töne. Das literarische Dokument eines Lebens zwischen Kunst und Liebe – aufgezeichnet in ihren Briefen,* neu hg. und kommentiert v. Barbara Glauert, Bern/München 1978.
Goll, Yvan, *Die Lyrik in vier Bänden,* hg. und kommentiert v. Barbara Glauert-Hesse. Berlin 1996
Goll, Yvan/Goll, Claire, *Bücher und Bilder,* Ausstellungskatalog, Mainz 1973.
Mann, Klaus, *Ivan und Claire,* in: Klaus Mann, Auf der Suche nach einem Weg. Aufsätze. Berlin 1931.
Rilke, Rainer Maria/Goll, Claire, *»Ich sehne mich sehr nach deinen blauen Briefen«, Briefwechsel,* hg. v. Barbara Glauert-Hesse, Göttingen 2000.
Studer, Claire, *Mitwelt. Gedichte,* Berlin-Wilmersdorf 1918.
Studer, Claire, *Lyrische Films. Gedichte,* Basel/Leipzig 1922. (Nachdruck: Nendeln/Liechtenstein 1973)

Nancy Cunard

1 Cunard, Nancy, *GM. Memories of George Moore,* London 1956, S. 120.
2 Chisholm, Anne, *Nancy Cunard,* Harmondsworth 1979, S. 101.
3 Ebda., S. 142–143.
4 Cunard, Nancy, *GM. Memories of George Moore,* a. a. O., S. 42.
5 Chisholm, Anne, *Nancy Cunard,* a. a. O., S. 137.
6 Goll, Claire, *Ich verzeihe keinem,* Berlin 1987, S. 144.
7 In *Crisis,* September 1931.
8 Nach Chisholm, Anne, *Nancy Cunard,* a. a. O., S. 184.
9 Ebda., S. 250.
10 Ford, Hugh (Hg.), *Nancy Cunard. Brave Poet, indomitel rebel,* Philadelphia/New York/London 1968, S. 71.
11 Hobson in Ford, Hugh (Hg.), *Nancy Cunard. Brave Poet, indomitel rebel,* a. a. O., S. 230.
12 Triolet, Elsa, *Écoutez-voir,* Paris 1968, S. 152–156.
13 Townsend Warner in Hugh Ford (Hg.), *Nancy Cunard. Brave Poet, indomitel rebel,* a. a. O., S. 229.

Ausgewählte Literatur

Chisholm, Anne, *Nancy Cunard,* Harmondsworth 1979.
Cunard, Nancy, *GM. Memories of George Moore,* London 1956.
Ford, Hugh (Hg.), *Nancy Cunard. Brave Poet, indomitel rebel,* Philadelphia/New York/London 1968.
Triolet, Elsa, *Écoutez-voir,* Paris 1968.

Elsa Triolet

1 Triolet, Elsa, im Vorwort zu: *Das Ende hat seinen Preis, Erzählungen aus der Résistance,* Schwifting 1983, S. 10.
2 Triolet, Elsa, *La mise en mots,* Paris/Genf 1969, S. 50.
3 Triolet, Elsa, *Ecrits intimes 1912–1939,* hg. und mit einem Vorwort und Anmerkungen versehen v. Marie-Thérèse Eychart, Paris 1998, S. 86f.
4 Ebda., S. 45f.

5 Röhr, E., *Gedichte für Dekolletés*, in: *Vogue*, April 1999.
6 Triolet, Elsa, *Majakowskij*, Berlin 1957, S. 5.
7 Triolet, Elsa, *Œvres Romanesques Croisées d'Elsa Triolet et Aragon*, Bd. I, *Ouverture*, S. 31.
8 Hörner, Unda, *Elsa Triolet und Louis Aragon. Die Liebenden des Jahrhunderts*. Frankfurt a. M. 1999, S. 150.
9 Triolet, Elsa, Brief an ihre Schwester Lilja Brik vom 1. Februar 1945. In: Lilja Brik, *Schreib Verse für mich, Erinnerungen an Majakowski und Briefe*, München 1993, S. 209.

Ausgewählte Literatur

Brik, Lilja, *Schreib Verse für mich, Erinnerungen an Majakowski und Briefe*, München 1993.
Hörner, Unda, *Die realen Frauen der Surrealisten. Simone Breton, Gala Eluard, Elsa Triolet*, Mannheim 1996.
Hörner, Unda, *Elsa Triolet und Louis Aragon. Die Liebenden des Jahrhunderts*, Frankfurt a. M. 1999.
Mackinnon, Lachlan, *The lives of Elsa Triolet*, London, 1992
Marcou, Lilly, *Elsa Triolet. Les Yeux et la Mémoire*, Paris, 1994.
Triolet, Elsa, *Le rossignol se tait à l'aube*, Paris 1970.
Triolet, Elsa, *Le premier accroc coûte deux cents francs*, Paris 1945.
Triolet, Elsa, *Das Ende hat seinen Preis, Erzählungen aus der Résistance*, Schwifting 1983.
Triolet, Elsa, *La mise en mots*, Paris / Genf 1969.
Triolet, Elsa, *Majakowskij*, Berlin 1957
Triolet, Elsa, *Écrits intimes 1912–1939*, hg. v. Marie-Thérèse Eychart, Paris 1998.
Triolet, Elsa, *Colliers de Paris*, Dortmund 1999.
Triolet, Elsa, *Die Frau mit dem Diamanten*, Dortmund 1999.
Triolet, Elsa, *Die Frau im Nerz*, Dortmund 2001.

Annemarie Schwarzenbach

1 Mann, Klaus, *Wendezeiten*, München, 1981, S. 273.
2 Maillart, Ella, *Der bittere Weg. Mit Annemarie Schwarzenbach unterwegs nach Afghanistan*, Basel 2003, S. 10.
3 Mann, Klaus, *Wendezeiten*, a. a. O., S. 273.
4 Mann, Klaus, *Wendezeiten*, a. a. O., S. 273.
5 Im Februar 1931 schreibt sie sogar: »… Du weißt wie schwach die Menschen sind u. speziell das fünfzehnjahrealte Kind A., und wie sehr man Dich nun einmal liebt.« Zit. in: Fleischmann, Uta (Hg.), *Wir werden es schon zuwege bringen, das Leben. Annemarie Schwarzenbach an Erika und Klaus Mann. Briefe 1930–1942*, Herbolzheim 2001, S. 48.
6 Der Bruder Klaus, Annemarie selbst, der Freund Ricki Hallgarten u.a., sie alle fanden mit ihrer Sehnsucht nach dem Tod bei Erika vorübergehend Halt und Trost. Erika litt unter dieser Rolle und empfand die vielen Selbstmorde in ihrem Umkreis, die sie zu verkraften hatte, als eine persönliche Kränkung und ein feiges ›Sich davonstehlen‹.
7 Fleischmann, Uta (Hg.), *Wir werden es schon zuwege bringen, das Leben. Annemarie Schwarzenbach an Erika und Klaus Mann. Briefe 1930–1942*, Herbolzheim 2001, S. 63.
8 Ebd., S. 56.
9 Mann, Erika, *Briefe und Antworten*, München, 1988, S. 36.
10 Am 19. August 1931 erklärte Annemarie der Freundin ihren Konflikt: »Und dass sie (die Mutter) alles, was sie vorgibt von mir zu fordern, doch nicht ernstlich wünschen kann. Wie, wenn ich meinen ›Umgang‹aufgäbe – wäre ich nicht in Kurzem notwendig wieder dabei angelangt? Wobei ich

gleich hinschrieb, dass ich, solange Du auch im Geringsten gewillt seist mit mir etwas zu tun zu haben, ich darauf in keinem Fall verzichten könnte.« In: Fleischmann, Uta (Hg.), *Wir werden es schon zuwege bringen, das Leben,* a. a. O., S. 57.

11 Ebd., S. 56.

12 Mann, Klaus, *Tagebücher 1940–1943,* München 1991, S. 19.

13 So charakterisiert sich Annemarie selbst in ihren Briefen an Erika.

14 Mann, Erika, *Briefe und Antworten,* a. a. O., S. 39.

15 Schwarzenbach, Annemarie, *Tod in Persien,* Basel 2003, S. 75.

16 Ebd., S. 74.

17 Ebd., S. 29.

18 Thunfisch steht in der Korrespondenz zwischen Annemarie und Klaus Mann für Morphium.

19 Brief Annemaries an Klaus Mann vom 21. Dezember 1934, in: Fleischmann, Uta (Hg.), *Wir werden es schon zuwege bringen, das Leben,* a. a. O., 122.

20 Brief an Klaus Mann vom 23. Februar 1935, in: Ebd. S. 126.

21 Brief an Klaus Mann vom 12. Juni 1935, in: Ebd., S. 132.

22 Schwarzenbach, Annemarie, *Die ›eiserne Stadt‹ Amerikas,* in: *Auf der Schattenseite. Ausgewählte Reportagen, Feuilletons und Fotografien 1933–1942,* hg. v. Regina Dieterle und Roger Perret, Basel 1990, S. 118.

23 Obwohl Annemarie nach ihrer Abreise aus Teheran im Herbst 1935 nie mehr mit Claude zusammen wohnte, blieben sie freundschaftlich verbunden und sahen sich sporadisch an verschiedenen Orten wieder.

24 Brief an Klaus Mann vom 18. März 1938, in: Fleischmann, Uta (Hg.), *Wir werden es schon zuwege bringen, das Leben. Annemarie Schwarzenbach an Erika und Klaus Mann. Briefe 1930–1942,* a. a. O., S. 165.

25 Maillart, Ella, Der bittere Weg, a. a. O., S. 10.

26 Ella Maillart schrieb einen Bericht über die gemeinsame Reise, der, aus dem Englischen übersetzt, unter dem Titel *Der bittere Weg* 2003 in Basel neu aufgelegt worden ist. Annemaries Aufzeichnungen hat Renée Schwarzenbach nach deren Tod vernichtet.

27 Annemarie gelang es, vom Press Service 1 000 und von der *Zürcher Illustrierten* 500 Schweizer Franken Vorschuss für die Reise zu sichern.

28 Ebd., S. 11.

29 Mann, Klaus, *Tagebücher 1940–1943,* München, 1991, S. 69.

30 Brief an Klaus Mann vom 28.1. 1941, in: Fleischmann, Uta (Hg.), *Wir werden es schon zuwege bringen, das Leben. Annemarie Schwarzenbach an Erika und Klaus Mann. Briefe 1930–1942,* a. a. O., S. 186.

31 Brief an Klaus Mann vom 2. September 1942, in: Ebd., S. 188.

32 Ebd., S. 188.

33 Brief Ella Maillarts an die Mutter vom 7. August 1944, zit. in: Schwarzenbach, Annemarie, *Das glückliche Tal,* mit einem biographischen Nachwort v. Charles Linsmayer, Frauenfeld 2001, S. 222.

Ausgewählte Literatur

Carr, Virginia Spencer, *The Lonely Hunter. A Biography of Carson McCullers,* Athens (GA), 2003.

Chrambach, Eva/Hummel, Ursula, *Klaus und Erika Mann. Bilder und Dokumente,* München 1990.

Fleischmann, Uta (Hg.), *„Wir werden es schon zuwege bringen, das Leben". Annemarie Schwarzenbach an Erika und Klaus Mann. Briefe 1930–1942.*

Georgiadou, Areti, *Das Leben zerfetzt sich mir in tausend Stücke. Annemarie Schwarzenbach. Eine Biografie,* Frankfurt a.M./New York, 1995.

Maillart, Ella, *Der bittere Weg. Mit Annemarie Schwarzenbach unterwegs nach Afghanistan*, Basel, 2003.

Mann, Erika, *Briefe und Antworten*, 2 Bände, München 1988.
Mann, Klaus, *Der Wendepunkt. Ein Lebensbericht,* mit einem Nachwort v. Frido Mann, München 1991.
Mann, Klaus, *Tagebücher 1931–1949,* hg. v. Joachim Heimannsberg, Peter Laemmle und Wilfried Schoeller, München 1989.
Pelz, Annegret, *Reisen durch die eigene Fremde. Reiseliteratur von Frauen als autogeographische Schriften,* Köln/Weimar/Wien 1993.
Schwarzenbach, Annemarie, *Alle Wege sind offen,* Basel 2002.
Schwarzenbach, Annemarie, *Auf der Schattenseite. Ausgewählte Reportagen, Feuilletons und Fotografien 1933–1942,* mit einem Nachwort v. Regina Dieterle, Basel 2003.
Schwarzenbach, Annemarie, *Freunde um Bernhard,* Basel 2000.
Schwarzenbach, Annemarie, *Das glückliche Tal,* Frauenfeld 2002.
Schwarzenbach, Annemarie, *Lyrische Novelle*, Basel 1999.
Schwarzenbach, Annemarie, *Tod in Persien*, Basel 2003.
Uhlenhaut, Cornelia, *»Das ist das Geheimnis: ich weiss nicht, was ausserhalb von mir existiert.« Zum autobiographischen Schreiben Annemarie Schwarzenbachs.* In: Holdenried, Michaela (Hg.), *Geschriebenes Leben. Autobiographik von Frauen,* Berlin 1995.
Willems, Elvira (Hg.) *Annemarie Schwarzenbach. Autorin, Reisende, Fotografin,* Herbholzheim 2001.

Die Autorinnen

Unda Hörner, lebt als freie Autorin in Berlin, wo sie Germanistik und Romanistik studierte. Sie schreibt Erzählungen und Romane und ist eine ausgewiesene Spezialistin in Sachen Avantgarde. In der edition ebersbach erschienen zuletzt *Auf nach Hiddensee. Die Bohème macht Urlaub* und *Hoch oben in der guten Luft. Die Bohème in Davos.*

Alexandra Lavizzari, geboren in Basel, studierte Ethnologie und Islamwissenschaft. Aufenthalte in Nepal, Pakistan und Thailand. Sie lebt mit ihrem Mann und drei Kindern in Rom. Alexandra Lavizzari schreibt für die *Neue Zürcher Zeitung*, und den *Bund* und ist Autorin kunstgeschichtlicher und literaturkritischer Werke, so u. a. von *Gwen John. Rodins kleine Muse* (2001). In der editon ebersbach erschien 2005 *Lulu, Lolita und Alice. Das Leben berühmter Kindsmusen*.

Susanne Nadolny, studierte Romanistik und Germanistik in Bochum und Paris; lebt als Übersetzerin und freie Autorin mit ihrer Familie in Dortmund. Sie beschäftigt sich seit einigen Jahren schwerpunktmäßig mit Biografien spannender Persönlichkeiten aus der deutschen und französischen Literaturgeschichte. Mitarbeit u. a. an Harenbergs *Buch der 1 000 Bücher* und *Buch der 1 000 Frauen*.

Jutta Rosenkranz, studierte Germanistik und Romanistik und lebt als freie Schriftstellerin in Berlin. Sie veröffentlichte zwei Gedichtbände, mehrere Lyrik-Anthologien und zahlreiche Beiträge für Hörfunk und Print-Medien. Ein Arbeitsschwerpunkt sind Radio-Porträts über internationale Autorinnen des 19. und 20. Jahrhunderts.

Abbildungsnachweis

Alexander Turnbull Library, Wellington: S. 78, 79, 80, 82, 83, 86, 92 (Ida Baker Colection), 95.
Archive Photos: S. 61.
Baker, Ida, *Katherine Mansfield. The Memories of L. M.*, London 1971: S. 90.
Boston University Libraries: S. 44, 46.
© Breslauer, Marianne: S. 176, 194.
Burke, Carolyn, *Becoming Modern. The Life of Mina Loy,* Berkeley 1996: S.13, 16, 17, 35.
Clements, Geoffrey: S. 20.
Conover, Roger L.: S. 23, 25
Columbia University Library: S. 10, 14, 28.
Deutsches Literaturarchiv, Marbach: S. 102, 106, 109, 111, 113, 115, 116, 119, 122, 125, 127.
Europe, 1971: S. 150, 158, 168, 171.
Fischer, Robert (Hg.), *François Truffaut, Jules und Jim,* München 1981: S. 58, 67, 68.
Ford, Hugh (Hg.), *Nancy Cunard. Brave Poet, indomitel rebel,* Philadelphia / New York / London 1968: 139, 143, 146.
Franz Michael Felder Archiv, Bregenz: S. 121.
© Gisèle Freund, Vera Beskow, Paris: S. 148.
Futurismo & Futurismi, Katalog der Ausstellung, Mailand 1986: S.18.
Gilman Wohlforth, Mildred: S. 51.
Haustedt, Birgit, *Die wilden Jahre in Berlin,* Dortmund 2000, S. 62.
Hörner, Unda, *Die realen Frauen der Surrealisten,* Mannheim 1996: S. 154.
Iveson, Helen / Robert / Droste, Margaret / Cotton, Susan: S. 42, 43.
Los Angeles Times, 1962: S. 38.
© Man Ray Trust, Paris / VG Bildkunst Bonn: S. 30 (The Menil Collection, Houston), 36 (Special Collection, Princeton University Library), 128, 134, 163, 166.
Marcou, Lilly, *Elsa Triolet. Les Yeux et la Mémoire,* Paris 1994: S. 153.
Marx, Susan: S. 50.
© Moffat, Curtis: S. 136.
Müller, Nicole / Grente, Dominique, *Der untröstliche Engel,* München 1995: S. 187, 188, 192.
Nadolny, Susanne, *Elsa Triolet,* Dortmund 2000: S. 169, 172, 174.
National Art Gallery, Neuseeland: S. 98.
Paramount Pictures Cooperation: S. 52.
Prints and Photograph Division, Library of Congress, Washington: S. 136.
Schwarzenbach, Annemarie, *Das glückliche Tal,* Frauenfeld 1987: S. 178, 179, 182, 189, 191.
Stephenson, D.: S. 85.
Schaefler, Sam: S. 49.
The Harry Ranson Humanities Research Center, Austin / Texas: S. 140.
Triolet, Elsa, *Majakowskij,* Berlin 1957: S.156.
Wide World Photos: S. 53.
Wiesner, Herbert (Hg.), *Franz Hessel. Nur was uns anschaut, sehen wir,* Ausstellungsbuch Literaturhaus Berlin 1998: S. 63, 65, 72, 73, 74, 75.
Zentralbibliothek Zürich, Graphische Sammlung: S. 183.